少年帝王传

南宫不凡 著

少年
秦始
皇

南京大学出版社

图书在版编目(CIP)数据

少年秦始皇 / 南宫不凡著. -- 南京 : 南京大学出版社,
2018.5(2020.11 重印)
　　(少年帝王传)
　　ISBN 978 - 7 - 305 - 19340 - 8

　　Ⅰ. ①少… Ⅱ. ①南… Ⅲ. ①传记小说－中国－当代
Ⅳ. ①I247.5

中国版本图书馆 CIP 数据核字(2017)第 246354 号

本书经上海青山文化传播有限公司授权独家出版中文简体字版

出版发行　南京大学出版社
社　　址　南京市汉口路 22 号　　　邮　编　210093
出 版 人　金鑫荣

丛 书 名　少年帝王传
书　　名　**少年秦始皇**
著　　者　南宫不凡
责任编辑　黄　卉　官欣欣　　　　编辑热线　025 - 83593947

照　　排　南京南琳图文制作有限公司
印　　刷　南京玉河印刷厂
开　　本　880×1230　1/32　印张 11.625　字数 251 千
版　　次　2018 年 5 月第 1 版　2020 年 11 月第 2 次印刷
ISBN 978 - 7 - 305 - 19340 - 8
定　　价　35.00 元

网址：http://www.njupco.com
官方微博：http://weibo.com/njupco
官方微信号：njupress
销售咨询热线：(025) 83594756

导 读

　　一个邯郸街头的落难王孙，一个阿房宫里的孤独少主，一个扫荡六国的绝代皇帝，他的一生是个传奇，他的故事是部史诗。

　　公元前 259 年嬴政在战火纷飞的年代降临人世，原本是秦王嬴氏后代的他却被取名为赵政，这究竟是为什么？

　　邯郸城里的巨贾吕不韦做成了古今天字第一号的大买卖，从此关于嬴政的身世到底是王室之胄，还是商人之子成了一个难解的谜，在本书中你能否找到答案？

　　嬴政生在赵国，长在赵国，而赵国却是秦国最大的敌人，身为秦国王孙，他的童年生活因此充满了坎坷与磨难，年幼的他能否顺利度过？

　　苦尽甘来，九岁的秦国王孙终于恢复国姓，改回嬴政，并开始了危机四伏的后宫生活。嬴政性格好强，在新的环境里遭受了许多挫折，他是如何熬过人在矮檐下的岁月的呢？

　　风云际会，十三岁的他登上了王位，成为雄霸天下的秦国新君。虽然他名为国王，实际上却处处受制于人，在初为人君的苦涩岁月中，母亲为什么要密谋策划推翻他？他又为什么对本该敬爱有加的"仲父"充满怨恨？

　　特立独行，少年天子力排众议，坚决支持修建郑国渠，却与贵族官僚产生了激烈的冲突。这时,秦国发生了史无前例的蝗灾,北方匈奴再次扰境,内忧外患,一起向他压了过来……

外敌当前,内政不稳,母后竟与假宦官嫪毐狼狈为奸,密谋陷害嬴政夺王位。在嬴政冠冕之日,你死我活的皇室争斗拉开了帷幕……

目　录

第一章　落魄王孙来到赵国

第一节　玄鸟衔卵

秦国的由来

"秦王扫六合,虎视何雄哉!挥剑决浮云,诸侯尽西来。"

秦王名嬴政,史称始皇帝,他十三岁(公元前 247 年)的时候,继任秦国国王,从此开始了他征战六国、兼并天下的统一大业,最终建立了中国历史上第一个统一的封建王朝——秦朝。

说起秦国的由来,还有一段颇为美妙的传说。

相传秦人的祖先是上古时期帝王颛顼的后代,他有一个孙女,名叫女修。女修长得非常美丽,身材修长,面容姣好,许多年轻的英俊后生都很喜欢她,希望能够娶她做妻子。女修还是位勤劳能干的女子,将洗衣服、做饭等各种家务事料理得井井有条,深受父母喜爱。

一天,女修早早起床,来到河边洗衣服。清晨的天空,澄澈清明,晨光熹微,浮云若有若无,映照在清澈见底的河水里,几条小鱼游来游去。女修把衣服放到河边,蹲下身去,用手轻轻撩拨水花,和几条小鱼嬉耍逗趣。

女修玩了一会儿,准备洗衣服。这时,天空中传来一声优美动听的鸟鸣,女修急忙抬头观看,只见一只黑色的大鸟在空中盘旋。它长着一对乌亮发光的翅膀,一会儿飞高,一会儿又飞低,

汉画像砖上的玄鸟图案

在女修的头顶转来转去。

女修见大鸟不肯离去,就高声喊道:"黑鸟,你有事吗?"

黑鸟听到问话,就飞到女修的面前,轻拍几下翅膀,乖巧地停在她的脚边。女修伸手抚摸着黑鸟,轻轻地说:"你受伤了吗?"

黑鸟的眼睛乌黑透亮,像两颗晶莹的珠宝。它看了看女修,突然一转身,又飞到空中去了。

黑鸟离开后,女修发现脚边多了一颗鸟蛋,鸟蛋饱满光滑,玲珑可爱。女修弯腰捡起鸟蛋,小心地捧在手中。

飞到空中的黑鸟并没有离去,依然在附近飞来飞去。女修手举鸟蛋,说:"放心吧! 我会好好保护它的。"

黑鸟见女修把蛋举起,猛然一个俯冲,飞到女修的头顶,把蛋衔起。女修略一吃惊,嘴巴都张开了,她刚想说话,鸟蛋从空中落下,正巧掉在她的嘴里。随着一股清凉爽滑的感觉,鸟蛋不见了,它溶化进女修的身体里。

黑鸟又高叫几声,展翅远去。女修看着黑鸟飞走,匆匆洗完衣服,赶回家去。

令人难以想象的是,女修含了这枚鸟蛋竟然神奇地受孕了。十月分娩,女修生下了一个男孩。这个男孩就是秦国的祖先,历经几世,秦人归附周朝,后来封地秦,世袭秦王。

秦人特别喜欢黑色,这可能与他们的祖先因黑鸟而诞生有关。秦始皇统一中国后，也把黑色视为最高贵的颜色，他规定皇帝的服饰、御用的旗帜等都用黑色。

战国末年，秦国经过几代明君的艰苦奋斗、勤勉治理，特别是秦孝公时，通过商鞅变法，国力得到很大提升，在诸侯国中崭露头角。

秦赵两国的关系

秦国和赵国是邻居，两个国家都是诸侯大国，各自称霸一方，曾发生过多次战争。秦昭襄王的时候，诸侯间的冲突更加激化，秦王任用精通兵法、善于作战的白起为大将军。白起几次攻打韩、魏、楚、赵等国，攻城夺寨，节节胜利。有一次作战，白起俘虏了三晋的将军，并且将十三万士兵全部杀死。

平原君从善如流

　　白起率军与赵国作战，两军在河边展开激战。白起治军严明，他命令士兵，奋勇向前，后退者将被就地处死。秦军将士一个个如下山的猛虎，直扑敌营。赵军在河边还没站稳脚跟，就遭到秦军的猛烈攻击，阵脚大乱，很快就被秦军击败，全军被活捉。

　　白起素来以凶猛著称，他看到两万被俘的士兵，就吩咐手下的人说："把他们扔到河里。"就这样两万多赵军全部被扔进河里淹死，喂了鱼。

　　白起先后夺取了许多诸侯国的城郡，秦国的疆土不断扩大，势力在众诸侯中越来越强大。随着秦国的强大，其他诸侯国开始对它有所防备。

　　赵国的公子平原君赵胜，足智多谋，在赵国的势力相当大，很多国事都是他说了算，同时他又能从善如流，深得民心。

　　一个叫赵奢的税官，在收税时大公无私，一视同仁。一次，他来到平原君家里收取田税，但是管家仗势欺人，不但戏弄赵奢，还拒付税款。赵奢依照法令杀了几个无事生非的闹事者。平原君听到此事后，怒气冲天，一定要赵奢抵命。赵奢据理力争，他对平原君说："您是赵国栋梁之才，是受朝廷重用的大官。应该遵守国家法令，以昭示天下百姓。而现在您的管家却依靠您的权势，公然违反国家法令。如果百姓都拒不付税，那么天下还会太平吗？国家还会富强吗？到那时候，您还会有现在这样显赫的地位吗？如果您能够奉公守法，那么百姓也会以您为榜样，那么天下就会稳定，国家就会富强。"平原君听了这番话，转怒为喜，将赵奢保举给赵惠文王，做了掌管整个赵国税收的大官。

　　平原君看到秦国势力不断增强，对自己的国家是极大的威胁,于是上奏国君,建议采取与秦国修好的策略。

他上奏说:"秦国东有关河,西有汉中,国强民众,我们不能跟它相争相斗,我们应该与它订立盟约,互换人质,以求长远之策。"

当时,各诸侯国之间战乱不断,为了达到各自的目的,彼此互相制约,交战国双方经常订立各种盟约。为了保证盟约的实施,往往会交换王族的子孙作为人质抵押,如果一方违反盟约,就拿人质开刀。

在权衡利弊之下,赵王采纳平原君的策略。秦赵两国在渑池相会,达成协议,互换人质为盟。

赵国派出一名公子到秦国做人质;秦王跟太子安国君商量,派谁到赵国做人质比较合适呢?

安国君说:"我们国家强盛,不用怕他们,随便派个人去就行。"

秦王说:"按照惯例,一定是公子,最起码也得是王孙。"

"王孙?"安国君一听明白了,原来是叫我的儿子去做人质。他想了想说:"就叫异人去吧!"

异人,就是秦始皇嬴政的父亲。他在安国君的二十多个儿子当中,排行中间,长得其貌不扬,平日里沉默寡言,读书、练武都不出色,可谓默默无闻。

秦王随即同意了安国君的建议,异人作为人质就这样踏上了东去赵国的路。没有人送行,没有人嘘寒问暖,也没有人关注,前路漫漫,孤独寂寥,好像天生就是去赵国做人质的料。只有异人的母亲对他一再叮咛:"路上要多加小心,好好吃饭,注意身体,平时别忘了勤换衣服!"

　　安国君不喜欢异人的母亲夏姬,甚至有些讨厌她,如果没有异人这个儿子,安国君也许早就忘了自己的后宫还有个夏姬。母亲、儿子都得不到安国君的宠爱,在王府中像一对温顺的绵羊,成了最好欺负的嫔妃和王孙。

　　秦国与赵国的关系并没有因为互换人质而得到改善。异人在赵国做人质期间,公元前262至公元前260年,秦赵两国发生了历史上有名的一次大规模的战役——长平之战。这一战,对秦赵的关系产生了巨大的影响,并波及异人的命运。

　　春秋战国时期,诸侯国之间战事频繁,生产遭到极大破坏,阻碍了社会的进步和发展,给人民带来了灾难,人民渴望安定与和平。这个时期,秦国凭借自己强大的国力,不断兼并邻国的土地,希望能够统一全国。但是秦国的兼并活动却妨害了各个诸侯国贵族奴隶主阶级的利益,遭到他们顽强的反抗,战争由此接二连三地发生。

秦赵长平之战

这次,秦王采取先弱后强的战略,首先攻打与赵国相邻的韩国。白起率领军队很快攻打到韩国的上党。韩国吃了几次败仗后,国内文臣武将听到白起的名字都很害怕,无人前去应战。上党被困多日,得不到援兵救助,自己又无力退敌。上党守将冯亭思虑再三,想出一条退兵的计策。他对部下说:"我们与韩都城的道路已经被秦军阻断,国家不能派兵来救助我们,现在秦军日益逼近,我们的性命危在旦夕,如果援军不到,我们必死无疑。我有一条计策,也许可以保全大家的性命。"

众人都说:"什么计策? 快快请讲。"

冯亭说:"为今之计,我们只有投降赵国,如果赵国承认我们投降,来收复上党,那么秦军一定会非常生气,继而去攻打赵国。赵国受到攻击,必定会与韩国一起抵抗秦国,这样,两个国家的力量就足可以打败秦军了。"

众人听了,拍手称好。冯亭立即派人出使赵国。赵国国君与几位大臣接见了韩国派来的使者,明白他们的意图后,展开激烈的争论。平阳君说:"秦军攻打上党数月,志在必得,现在我们不费一兵一卒,要来一个小小的上党,恐怕会得罪秦国,到时候后患无穷。"

平原君却不这么认为,他说:"不费一兵一卒,得到一个郡,这是求之不得的事情,我们应该接受上党。"

最后,赵王采纳了平原君的建议,决定接受上党郡。

赵王本以为坐收渔翁之利,捡了个大便宜。没有想到,赵国接受上党这件事情,果然触怒了秦国。秦国立即派大兵压境,直取赵国。秦国与赵国的关系越来越紧张。

赵国的平原君一看,急忙派大将廉颇出征,抵御秦军。廉颇与白起都是有名的大将,两个人征战多年,富有经验,带领的军队都很强大。双方军队在长平对峙多日,损伤惨重,却始终没有分出输赢。后来,赵王中了秦国的反间计,改派只会纸上谈兵的赵括代替老将廉颇。白起抓住赵括骄傲轻敌的弱点,交战时佯败后退,引诱赵军进入秦军的埋伏圈,并派兵切断赵军的粮道,堵截赵国援军。公元前260年,赵军粮草断绝,又无援军,拼死突围,结果主帅赵括被射死,40多万赵军士卒被全部活埋。赵国割城纳降,从此实力大大削弱。

对于长平之战,后人有文感叹曰:

山有谷,人有毒,战场数岁断弓弦,溪里多年折箭镞。谷中草,山头木,髑髅眼眶生胡速。朝朝怨气上冲天,夜夜唯闻鬼啼哭。长平草,秋月兰,长平山上月初圆。战处全无旧营幕,煞气漫漫占一川。啾鬼相连哭复怨,此地今时不种田。天地一时浑变色,将军白起用兵权。年复久,岁复深,寻常地,似天险。晓气紫烟恒

邯郸古城

觅觅,暮暮碧雾更沉沉。白日马蹄多客思,黄昏鬼哭碎
人心。自从往日刑残害,怨气切切至如今。赵卒降秦
死不还,空留野鬼哭寒山。煞气只今犹未散,黑云长掩
太行山。山头一片不航云,应是长平赵卒魂。薄暮啾
啾闻鬼哭,至今犹怨白将军。

长平之战后,赵国元气大伤,不敢直接对抗秦国,只好另谋
他策。

平原君赵胜的谋士为平原君出谋划策,认为只凭赵国的力
量很难打退秦军,不如联合其他五国,共同抗敌,仍然采取多年
来"合纵抗秦"的老办法,这样一来,才能化解赵国的危难。在平
原君的号召下,魏国公子无忌出兵解围,解救了赵国的危机。秦
国接受赵国割让的城池,罢兵回国养精蓄锐,等待时机再图
发展。

而在赵国,做为人质的异人,从公元前262年两国交战起,
生活发生了巨大的变化,他由一位不起眼的王孙一再落魄,成了
他人的俎上肉,差点客死他乡。公元前259年,赵国投降后的第
二年正月初一,异人的第一个儿子秦始皇嬴政出生在了敌
国——赵国的都城邯郸。

异人究竟是怎么摆脱危机,神奇地被立为嫡嗣子,而且结婚
生子的呢?让我们从他出使赵国开始慢慢谈起,看看他是如何
实现这一连串人生巨变的。

第二节　落魄王孙

异人初到赵国

话说异人离别故土,乘着一匹瘦马拉着的单车,带着几个随从,直奔赵国的都城邯郸。异人的随从们都没有出过远门,这次随异人去赵国,虽说是做人质,可是他们早就听说邯郸富甲天下,是人间少有的富庶之地,所以个个都很兴奋,盼望着早日见识一下繁华文明的大都市。

异人为人随和、平易近人,从不跟随从们摆架子。他看随从们高兴,自己坐在车里,也偷偷笑起来,好像他们不是去做人质,而是忙着赶赴盛宴。

主仆一行快马加鞭赶往赵国。他们谁也没有想到,等待他们的将是异常艰难危险的生活;他们更没有想到,多年后,他们返回秦国时,异人竟然被立为秦国嗣子,这些随从也都跟着升官晋爵,荣华加身。

他们满怀期待,风尘仆仆地赶到了邯郸,邯郸城内外的大街上,人来人往,车水马龙,挑担的、卖货的,吆喝声此起彼伏,热闹非凡;城内的建筑也是高低起伏,错落有致。当时人们用"举手为云,挥汗如雨"来描绘邯郸,可见邯郸繁华富庶的程度。

赵国官员接待了异人,把他们安排到专门供各国质子居住

的馆舍。原来邯郸城内，有来自韩、魏、齐、楚、燕等各个国家的
公子王孙，他们都是来做人质的。

贵族公子轻裘肥马的生活

异人的随从把携带的行李简单收拾一下，对异人说："公子，
我们出去转转吧！"随从们跟异人一样，都是不足二十岁的年轻
人，他们太想出去看看繁华热闹的邯郸城了。

异人说："我们初来乍到，还是小心为好。"

尽管异人非常小心，麻烦还是找上门来。听说又来了一位
王孙，其他各国的质子都来拜访。他们来到异人的住处，看到一
匹瘦马、几名随从，屋内陈设更是简陋破旧，便露出不屑的讥讽
之色。

楚国公子问道："你们秦国兵强马壮，四处征战，你身为王
孙，怎么如此节俭？"

异人听了，木讷地说："出门在外，还是随便些比较好，方便
安全。"

齐国公子取笑道："王孙可真是勤俭节约的模范啊！"

众人讪讪而笑,韩国公子说:"王孙一定是害怕身在赵国,会遭抢劫谋害。"

秦赵两国关系一向比较紧张,又都是当时最大的国家之一,韩国公子故意开玩笑说异人害怕在赵国遭劫遇害。

几位公子有说有笑,全然不把异人放在眼里。异人本来想请他们坐下喝杯茶的,见他们这么狂妄,便不再言语。

一起进来的还有一位燕国公子,名叫喜,他一直没有说话,只是默默地打量着异人。他见异人尴尬地站在一边,几位公子还在不停取笑,便上前说道:"各位公子,秦国王孙初来乍到,我们请他出去吃饭怎么样?"

大伙一听,都嚷嚷起来:"走,吃饭去。""吃饭去,吃饭去。"人们乱哄哄往外走去。各国的公子王孙从小娇生惯养,养尊处优,在舒适安逸的环境里长大,被派往国外做人质,也都会带上许多的金银珠宝、侍从人员,仍然过着豪华奢侈的生活,只有异人是个特例。

异人与燕国公子喜走在最后面。燕国公子喜回头看一眼异人,说:"你刚到赵国,人生地不熟,有需要的地方,尽管开口。"异人对燕国公子喜深施一礼,感激道:"谢谢了,谢谢了。"

异人见燕国公子喜出面为自己解围,对燕国公子喜心生好感,又听他说要帮助自己,不胜感激,急忙说:"公子来赵国多久了?"

燕国公子喜笑着说:"快三年了。我对这里已经非常熟悉,可以给你做向导了,有需要帮忙的,尽管说。"

异人听说快三年了,着急地问:"这么久没有回过国吗?"异人心想:秦赵两国经常打仗,三年的时间,不知要发生几次战争呢！一旦交战，自己还不是必死无疑？

燕国公子喜说："有的公子来赵国十几年了，他们在这里结婚生子，已经习惯赵国的生活，叫他们回去他们还不回去呢！"

"是啊！是啊！"异人随口应和着，默默地想自己的心事。

燕国公子喜说："秦国治国有方，国富民强，现在是最强大的诸侯国，你们国君肯定会很快就把王孙接回去的。"

异人可没有这样想，当他辞别祖父秦王和父亲安国君的时候，他们先对他大加赞扬一番，然后教导他说："你去赵国吧！不用担心两国关系的问题。"异人听了他们的话，却觉得另有含意，他们好像在说，你可以在那里待一辈子。

燕国公子喜有才有谋，城府极深，不像其他国家的公子，除了吃、喝、玩、乐，对于自己的前途和国家命运从不考虑。他有意接近异人，认为秦国强大，多多接触了解秦王孙，应该对自己的将来大有好处，对燕国也很有利。

异人在燕国公子喜的帮助下，很快熟悉了邯郸，也结识许多在赵国做人质的公子王孙。他逐渐适应了赵国的生活，有了一定的生活圈子。由于秦国强大，异人又性格随和不爱张扬，赵国官员对他很客气，诸多公子王孙受燕国公子喜的影响，也不再对他冷嘲热讽。异人觉得，这样的日子也算不错，有吃有穿，生活清闲自在，比起国内争权夺势、被人冷落的后宫生活，这里的一切是自由、充实而快乐的。

异人万万没有想到，自己的好日子立刻就要结束了，秦国与赵国再一次拉开了战争的序幕。

燕国公子救异人

秦赵两国在长平作战时，异人陷入危险之中。赵国想起秦王孙，赶紧派人把异人扣押起来。异人不断哀求，希望能放自己一条生路，可是大战面前，谁能听得进他的央求。眼看着异人的生命危在旦夕。

燕国公子喜聪明多智，他得知异人被扣押，立即命令手下准备大量的金银珠宝，去拜见赵国的王公大臣。他在赵国时间久了，结识了很多名流显贵。很快，他就透过平原君的门客，见到了平原君。

前面已经说过，平原君在赵国的势力很大，他几乎左右着赵国的一切事务。

平原君看到燕国公子喜，仔细打量他一会儿，见他一表人才，气宇轩昂，不觉有些喜欢，开口问道："听说你是为秦王孙而来的？"

燕国公子喜深深作揖，慷慨陈词道："大人，我不是为秦王孙，我是为赵国而来。"

"为赵国？"

"是啊！赵国将要犯下一个大错误。我虽然是燕国人，可是在赵国时间久了，不愿意看到赵国犯一个无谓的错误。"

燕国公子喜的话引起平原君极大的好奇，他装着无所谓的样子，想了一会儿，终于说："你说吧！说说你的看法。"

燕国公子喜说："秦国强大，这是众人公认的事实，赵国与它作战，不占有利条件，这也是事实。"

平原君背对着燕国公子喜，一脸的不耐烦，仿佛说："这样的话也用你来跟我说？"

燕国公子喜接着说："秦强赵弱,秦国派来的人质是他们国内一名微不足道的王孙。既然微不足道,杀与不杀,对于秦国来说也是无所谓的。"

平原君听到这里,转过身来,看看燕国公子喜,示意他继续说下去。

燕国公子喜说："杀不杀秦王孙,对秦国来说,不起任何作用,而对赵国,则有着非比寻常的意义。"

"是吗?"

"是啊! 大人,您想想,在赵国做人质的公子王孙这么多,赵国如果杀了秦王孙,必然招来其他国家公子王孙的担忧,其他诸侯国也认为赵国残忍好杀,就会与赵国断交,赵国失去其他诸侯国的信任和帮助,怎么能抵挡住秦国的攻击呢? 这样一来,杀秦王孙正中了秦国的奸计。"

平原君听燕国公子喜侃侃而谈,有理有据,不觉暗暗佩服。他是个爱好名声的人,仔细琢磨燕国公子的话,认为很有道理,于是下令释放秦王孙。

异人被放出来后,对燕国公子喜更是感激万分,他带着自己仅有的一块玉佩,登门拜谢燕国公子喜。

燕国公子喜说："我们同是人质,理应相互关照。"

按说各国的公子王孙做人质,本国会经常派人送去生活用品和金银珠宝,以保证他们的日常生活和应酬开支。异人在国内地位微贱,来到赵国随身携带的物品不是很多,没过多久所带物品就消耗殆尽了。而秦国又很少派人给异人送物品和钱财,现在两国开战,秦国更把异人的事情抛到九霄云外了。

异人虽然被释放,但赵国对他的监视却很严密,他的活动受

被誉为"天下言治生者之祖"的战国著名商人白圭

到限制,他的日常用度也被克扣,他的生活一下子跌入了窘困落魄的深渊当中。

身处险境的异人,不知道如何才能摆脱面临的困境,他像一只无辜的小鹿,蹦跳在两头凶猛的狮子身边,前方是悬崖,后方无退路。生性温和的异人开始变得烦躁不安、焦虑紧张起来。而这时,跟随他一同来到赵国的一名侍卫,有一天趁他不注意,也偷偷地溜走了,这对他不啻感情上重重的一击,使他备感孤独和凄凉。

生活陷入困境

异人住的馆舍院内,有一株大树,树干高大,树顶如华盖一样伸展开来,非常壮观。树有些老了,树皮粗糙,裂纹遍布,树的根部有些外凸,像有新芽要拱出地面。异人每到心情烦躁的时候,都会在大树下徘徊踱步。他望着满树的叶子,浮想联翩,却想不出任何好的主意和办法。

这天,异人围着大树转了两圈,他弯腰捡起一片树叶,叹息道:"树叶离开树枝,等于人离开故土,失去了生命啊!"

异人第一次思念起自己的国家,虽然在那里生活得并不快乐,但是只要自己老老实实,安分守己,就不会对生活和生命感到担忧。现在可好,身为人质,客居他乡,两国交战,险象环生。异人想来想去,也理不出个头绪,他觉得自己的脑子都快爆炸了。

突然,一名赵国官员走了进来。他叫公孙干,以前见了异人总是毕恭毕敬,可是这次进来后,他趾高气扬地喊道:"哪位是秦国的人质?"

异人说:"你不认识我了? 我就是啊! 是不是秦国有使臣来了?"

"使臣?"公孙干白了异人一眼,"两国交战你不知道吗? 哪个使臣敢来? 除非没人要的废物滥竽充数!"

"废物?"异人急了,"你说我是废物?"

公孙干斜了一眼异人,不以为然地说:"我是来要马草粮钱的,几个月了,白给你喂马,一分钱也没给呢!"

"草粮钱?"异人吃惊地问,"喂马还要钱吗?"

"你以为是在你的王府里,吃、喝、拉、撒什么都不用花钱?"

异人仅有的一块玉佩送给了燕国公子,他再也没有什么值钱的东西了。他跟他的随从已经很多天没有吃顿饱餐,现在要交饲料钱,他哪里交得出?又能到哪里去弄钱?

他转来转去,看看拴在树桩上的老马,真想大哭一场。

这时,赵安回来了,他是异人最贴心的一名随从。他趴在异人的耳边,悄悄说了几句,异人立刻眉开眼笑,要哭出来的泪花变成高兴的泪水流了下来。

公孙干看到异人一会儿烦恼,一会儿高兴,一会儿又竟然泪流满面,不知道到底发生了什么事情,仔细琢磨一下,不敢久留,匆匆离去。

赵安带回来的消息,并没有特别之处,但是解了异人的燃眉之急。原来,他有一位同乡在赵国当差,这位同乡听说异人陷入困境后,就把情况跟自己的主人一五一十地说了。主人得知秦国王孙有难,就决定尽力帮他们一把,以便将来有求异人之处。可是现在两国交兵,自己不便出面,于是他就委托一位做生意的朋友,请他暂时替自己帮一下秦王孙。

战国时代,出现了许多大商人。赵国的邯郸是商贾云集之地,这些富有的商人都在这里投资做生意。他们买贱卖贵,囤积居奇,加上此地人口众多,需求旺盛,生意自然好做。越来越多的商人挣到钱后,开始巴结官场中人,以此显示自己的尊贵,并希求得到官府的保护,同时利用官府手中的权力,挣到更多的钱财。赵安老乡的主人就是委托了一个这样的商人来帮助异人。

受委托的商人给异人送来了食品和布匹,对他说:"过几天,我介绍你认识一位大商人,他会给你更多的资助。"

异人说:"多谢,我身为王孙,得到你的帮助非常高兴,请你相信,如果我回到秦国,一定会加倍奉还的。"异人倒没有吹牛,虽然商人富有,可是这些生活用品,对一个王孙来说,就微不足道了。

谁也没有想到，异人接下来认识的这位商人，竟然成了异人生命里的一个神话，也成了无数人生命里的一个奇迹。

这个人又是谁呢？他究竟做了什么惊天动地的事情呢？

异人独在异邦，生命存亡系于一线，却神奇地摆脱了困厄，并且娶妻生子。时也？命也？

他的那个在战火纷飞的年代降临人世的男婴，取名赵政，就是后来的秦始皇嬴政，他是秦国王室的后裔还是富商巨贾的后代？

奇货可居，成就了一段传奇；商人投资政治，开始了流传千百年的不朽故事。

第二章　身世之谜众说纷纭

第一节　奇货可居

商人吕不韦卖马

吕不韦是一名大商人,他做生意非常在行,经他手进来的货物,总是比别人的便宜,而经他手卖出去的东西,又总比他人的价格贵。这样一来,吕不韦的生意经越念越活,买卖越做越大,三十五岁的时候,他已经家累千金,非常富有了。

吕不韦本来是阳翟人,富有以后,并不满足,他早就听说邯郸是最繁华的地方,能够在那里做生意,才算是真正的大商人。他是一个做生意的好手,脑子特别灵活,他想:"别人能去邯郸做生意挣大钱,我为什么不去呢?我的脑子比他们好,我一定能在邯郸成就一番事业。"

吕不韦说做就做,他召集十几个随从,快马加鞭,飞奔邯郸而去。在他临行前,他的妻子为他算了一卦,说他此行获利无法计算,贵可通天。吕不韦非常迷信,听了以后,认为这是一个吉兆,匆

吕不韦

忙别过家人，去寻找富贵通天的门路。

风雨兼程，邯郸就在眼前了，吕不韦站在城外，望着高不可攀的城墙、富丽堂皇的宫殿楼台、来来往往川流不息的人群，感叹道："这才是成就事业的地方啊！"邯郸与自己的老家相比，简直是天壤之别。吕不韦仿佛看到自己在这里施展才华、出人头地的那一天了。

很快，吕不韦就在生意圈中有了名声。邯郸城内的生意人都知道来了个大生意人吕不韦，家产殷实，买卖灵活，为人豪爽，喜好结交天下豪杰。

吕不韦与人合伙，从塞外贩运一批良马。各国部队常年作战，需要很多马匹。吕不韦见到负责采购马匹的官员，故作神秘地说："我这批马都是塞外良种马，奔跑迅速，善于作战，远非当地马可比。"

官员说："我们历次都是购买这样的马，没什么奇怪的。"

吕不韦一听，笑着说："我的马还有一个大优点呢！如果你不买，我也就不告诉你了。"

官员问道："什么优点？"

吕不韦说："我做生意，从不轻易泄漏我的商业机密，你不想买，我就把它们运到韩国去，韩国人正等着这批宝马呢！"

官员哈哈一笑说："难道韩国人想靠它们抵挡秦国的入侵？"

吕不韦听了，立即颇显紧张地问道："你是怎么知道的？"接着装作无可奈何地说："大人能掐会算，我也不再隐瞒你了，我的这批宝马出产地在漠北草原，与秦国国内用的战马，产自同个地方。你可知道，现在秦国如此强大，就是因为他们兵强马壮，如果其他国家也改用这样的宝马，不是很快也能强大起来，不怕秦国入侵了吗？"

吕不韦是生意人，他看到赵国为抵御秦国入侵，千方百计，不惜消耗任何财力、物力，招兵买马，扩充战备，他就灵机一动：只要自己的货物与抗秦有关，一定会卖个好价钱。

官员听吕不韦一说，有些心动。现在大家都为抗击秦国出谋划策，如果自己能购得如此宝马，不也是立了一件大功吗？即便这些马没有他说得那么好，与平时购买的马也没有太大差别，不至于出什么差错。

想到这里，官员立即说："好吧！我就买下你这批马，每匹马多加五金。"当时的金是指铜，这个价格在当时已经是很高的了。

吕不韦卖马赚了不少钱，很高兴，他也隐约感到自己在这个战乱时刻，会有一番大作为。他决定请朋友吃饭，他要多认识一些生意人，多认识一些官场中人，俗话说，多一个朋友多一条路，吕不韦深谙此道。

正当吕不韦风光无限，大宴宾客的时候，秦王孙异人却连基本的生活都无法维持，快要没钱吃饭了。资助异人的商人把吕不韦介绍给了秦王孙，他认为吕不韦会给异人更多的帮助，结果又会如何呢？我们拭目以待。

初次相识

吕不韦在邯郸城内买下一座豪华宅院，经常请一些达官贵人、豪门富户到这里聚会。一时间，吕不韦成了邯郸城内外许多商人谈论的话题。

有一次，吕不韦喝多了酒，他徘徊在厅堂的柱廊前，想起临行前妻子为自己算的卦，不觉脱口而出："富贵通天，天在哪里？"

他认识了不少当官的,也认识了不少大商人,可是这些人似乎离自己的远大志向都很遥远,他有些彷徨,不知道这样下去是不是真能做大自己的生意。

吕不韦的话被一个人听到了,他就是正在资助异人的商人。这个人上前问道:"大人,有一个人,不知道你想不想认识。"

"什么人?"吕不韦懒洋洋地问,他来邯郸仅半年时间,就已经认识数不清的人了。

"我听大人说'富贵通天',想必大人是想结识一下王公贵族。"

吕不韦眼睛一亮:"你认识他们?"在古代,生意人身份低贱,即便他们非常富有,也往往被贵族阶级瞧不起。

"是啊!近日邯郸城内有这么一位王孙……"他在吕不韦的耳边低语起来。

吕不韦听说异人是秦国的王孙,目前受困于此,正等着有人帮助,不觉惊呼道:"奇货可居!"天啊!这可是一件珍奇的货物,应该立即买下来。吕不韦是生意人,说惯了生意上的话语,他的意思是说,异人的身份特殊,应该立即与他结交。

吕不韦请来了异人,异人自从被赵国关押,已经很久没有赴过宴席了,谁也不敢与他交往过密。燕国公子也迫于时局的压力,救出异人后,就很少去见他了。

吕不韦可不用担心这么多,他是生意人,在这里做不了生意,还可以去别的地方继续做。他决心结识异人。

异人乘着瘦马单车来到吕不韦的府邸前,他看到富丽堂皇的大门和严肃精壮的门卫时,差点以为这是到了哪个国家的宫门外。

吕不韦看见异人,也深深感叹一声,一国王孙竟然落魄至此,真让人无法相信。异人身材消瘦,衣服破旧,一双鞋快要露出脚趾头了。

异人让赵安拴好瘦马,随着吕不韦进到他的客厅。吕不韦已经命人点起从南越买来的香炉,香气萦绕,让人仿佛进入云里雾中。仆人端上一杯茶,吕不韦说:"请王孙慢用,这是南方客商捎来的上等茶叶,您慢慢品尝。"

异人端起茶杯,香气扑鼻而来。还是在国内的时候,秦王有一次赏赐诸位王孙,异人有幸品尝到这种茶。这茶香,一下子勾起了异人满腹的心事。

吃饱喝足之后,吕不韦对异人说:"王孙身居此地,可有什么打算?"

异人说:"寄人篱下,还能有什么打算?"异人心想,勉强逃得一死,已经是万幸了。

吕不韦说:"王孙应该想办法回到自己的国家去。"

"我也是这么想的,可是现在无计可施。"

吕不韦说:"我看王孙为人谦逊,待人忠诚,日后一定会有好运气的。"

"但愿如此吧!"异人拱拱手说,"实在是感谢你的款待。"

吕不韦说:"王孙不要这么说,我们以后就是朋友,我会尽我所能帮助王孙的。"

异人自然很高兴,不管吕不韦身份如何,他是眼前唯一能帮助自己的人。异人从此与吕不韦成为莫逆之交,常常一起畅谈时局和国家大事,他就像换了一个人,精神抖擞,意气风发。

正是这个吕不韦,策划着帮助异人回到秦国,坐上王位。吕不韦也摇身一变,成了秦国的相国,富贵通天。

第二节　吕不韦游说秦国

吕不韦的生意经

吕不韦在邯郸的所作所为引起了父亲的不满。吕家原先以务农为生,到了吕不韦的父亲,他看到有人做生意,买进卖出,利润丰厚,于是放弃耕种,也做起生意来。吕父苦心经营,多年以后终于有了一定的基业。他见吕不韦精明强干,是块做生意的料,就把家业交给他,让他经营。吕不韦继承家业后,确实让吕家的事业更上了一层楼。

父亲同意吕不韦去邯郸做生意,希望他在那里能把生意做得更大。半年下来,吕父听说吕不韦做了几笔好生意,很高兴,亲自到邯郸来看吕不韦。

吕父见儿子置办了豪华的宅院,又添买不少仆人、侍女,觉得很满意。可是几日下来,他发现儿子每日与人吃、喝、玩、乐,出手大方,还结交一些生意场外的人,非常不理解,心想,儿子是不是堕落了,不求上进了?

这天,异人前脚离开吕不韦家,吕父后脚就派人把吕不韦叫去了。

吕父说:"我们是生意人,结交贵族王孙有什么用处?不要跟他们交往了。"

吕不韦说:"父亲,我正有一件天大的事情要跟您商量呢!"

"什么事情这么重要?"吕父奇怪地问。

"奇货可居"——吕不韦做了古今最大的一笔买卖

"父亲,您知道当今天下哪个国家最强大吗?"

"当然是秦国了。"吕父说,"可是秦国强大与我们有什么关系?"

吕不韦说:"现在我认识了秦王孙,我看他忠厚老实,是个可交之人。目前他正在落魄之时,我帮助他渡过难关,一旦富贵,他一定不会忘记我的大恩大德。"

"话是这么说,可是我们生意人,讲究的是本小利大,你现在投入这么多,什么时候才有回报? 又有多大的回报?"吕父不无担心地说。

吕不韦却好似胸有成竹,他说:"父亲,以前我们种地,种一收十,风险小,可是利润也小;后来我们做生意,买一卖百,利润大了,风险也大了。"

吕父听儿子这么一说,不住点头:"做生意就要冒风险,风险越大,利润也会越大。"

"父亲,"吕不韦接着说,"我最近身在邯郸,接触不少高层人士,有了一个新的想法。"

"什么想法?"

"我们买卖货物,可以以一赢百,有时候还能盈利上千,可是再贵重的货物也是有价格的。我最近发现一样东西,是无价之宝。如果我们谋划得当,获利将会不可胜数。"

吕父听了,瞪大眼睛问道:"什么货物如此珍贵?"

吕不韦说:"国家。"

"国家?!"

"父亲,如果我们把异人立为秦国国王,您想想我们会有什么样的利润呢?以秦国一国之富,天底下什么货物可比呢?这样的生意我们为什么不做?"

吕父被儿子的一席话说得目瞪口呆,他沉吟半晌,方才讷讷说道:"固然是好生意,可是该怎么去做呢?"

吕不韦笑了起来:"父亲,做生意要抓住时机,如果没有好的时机,我也不敢如此冒险。现在时机成熟,只等着我去做了。"

吕不韦已经探听清楚,秦国太子安国君还没有立下嗣子,储位空虚正是可乘之机。吕不韦也清楚异人在国内地位低贱,单凭他个人的势力,在安国君二十多个儿子当中,实在难以胜出。吕不韦善于抓住时机,他对安国君的后宫做了详细分析后,终于发现一个可以利用的人。

吕不韦仔细盘算后,乘着马车星夜赶往异人的住处,他要与异人商量自己的这个重大决策。

吕不韦献计

异人还没有休息,他坐在一盏枯灯下,默默地想着心事。赵安在旁边坐着,不停地打着哈欠。

异人说:"天不早了,你去睡吧!"

赵安摇摇头,强打精神说:"你不睡我也不睡。"

异人说:"我还要看会儿书呢!"

两个人正说着话,有人在门外咚咚敲门。异人和赵安都站了起来,他们紧张地互相看了一眼。怎么回事? 难道赵国又来抓人了? 听说战争仍然很激烈,赵国联合其他五国共同对抗秦国,是不是秦国打败了,他们不再惧怕秦国,要把人质秦王孙杀掉?

赵安急忙噗一声吹灭灯盏,悄声示意异人躲起来。他慢腾腾朝外走去,站在院门边听了一会儿,来人不像是赵国人。

站在门外的正是吕不韦,他轻声说:"是我,吕不韦。"

异人见吕不韦来了,总算放下心来。他们二人来到书房,异人说:"这么晚了,有什么紧急事情吗?"

吕不韦说:"正是,我考虑多日,已经想好帮助王孙摆脱困境、走向荣华富贵的办法。"

异人苦笑一下:"你还是做好你自己的生意吧! 不要因为我受到牵连。"

吕不韦说:"王孙不要见外,您能荣华富贵,我也跟着沾光啊!"

异人见他说得诚恳,又知道此人聪明机智,又有谋略,就说:

安国君的父亲昭襄王

"既然如此，你就仔细说说你的想法。"

异人屏退赵安和吕不韦的随从，与吕不韦来到里间密室，两人秘密交谈起来。

吕不韦说："秦王年纪大了，安国君为太子，还没有立嗣。一旦秦王去世，安国君继位，储位之争必然非常激烈。"

"是啊！我们兄弟二十几个，都已经长大成人。一旦父亲登基，储君之争必然惊心动魄。"异人生在后宫，早就对宫内斗争了如指掌，他黯然地说道。

吕不韦说："我听说安国君宠幸华阳夫人，可有此事？"

华阳夫人？异人怎么会不知道，华阳夫人美丽高贵，自从她进宫，安国君就把其他姬妾都忘记了。后宫之内，谁不敬畏、巴结华阳夫人？

吕不韦说："华阳夫人虽然受宠，进宫多年却没有生育。如果她有儿子的话，一定会被安国君立为储君。"

异人说："是啊！可是我该怎么办呢？"

吕不韦说："王孙不受安国君宠爱，又多年在外，深陷贫困之中，没有办法结交宾客，与亲人也从来没有交往。"

异人叹口气："你说得很对，我贫困潦倒，实在无法与他们交往。"

吕不韦说："王孙不要着急，我吕不韦愿意送给你一千金，让王孙孝敬安国君和华阳夫人。华阳夫人一定很高兴，力荐安国君立你为嗣子。"

异人一听，真如天上掉下个大礼物，砸到眼前，不知道该不该去捡。

吕不韦说："王孙觉得有什么不妥吗？"

异人拱手说道："真如先生之言，等我做了秦王，必定分一半江山给你。"

两个人秘密谋划，直到第二天天亮。吕不韦与异人分头行动，开始了他们的计划。吕不韦给异人五百金，让他在赵国活动。异人一方面在各国公子王孙间请客送礼，树立自己的形象，一方面招揽能人志士，为自己出谋划策。

吕不韦用另外五百金购买新奇玩物，带着这些东西，亲自踏上了西去的道路。他满怀信心，要去拜见华阳夫人，来实现自己的梦想。吕不韦的秦国之行，就这样拉开了序幕。

异人被立为嗣子

吕不韦很顺利地到达了秦国，他以异人朋友的身份拜访了许多王公贵族。他打听到华阳夫人自视甚高，要想见到她可不是件容易事。不过这可没有难倒足智多谋的吕不韦，他在一次偶然的宴席中,认识了华阳夫人的姐姐。

吕不韦赶紧奉献上一块珍贵玉佩,他说:"这是王孙让我给华阳夫人带来的。还有许多珍宝都在客店里呢!王孙在赵国,结识了许多诸侯朋友,他们的关系都不错。王孙经常在人前提起,华阳夫人贤良美德,实在是上天对秦国的恩赐。王孙日夜思念安国君和夫人,期盼他们健康长寿。"

华阳夫人的姐姐把吕不韦的话转告给华阳夫人,夫人一听,非常高兴,立即召见了吕不韦。吕不韦见到了华阳夫人,他献上一车珍宝,又把异人对夫人和安国君的思念之意重复一遍。

夫人说:"两国交战,互为人质也是没有办法的事,异人忠厚,身在赵国还能惦记我们,真难为他了。"

吕不韦说:"王孙在赵国,贤德有名,赵国人很尊敬他,与他交往的各国公子将相也都称赞他。"

夫人说:"异人越来越有出息了,你回去的时候,告诉他安国君和我也惦记他。"

吕不韦拜别华阳夫人,匆匆忙忙准备礼物,去见夫人的姐姐。

夫人的姐姐说:"你还有什么话要说吗?"

吕不韦说:"是啊!我见过夫人后,猛然想起一件事情来,不知道该不该说?"

"什么事?但说无妨。"

"我听人说过'色衰而爱弛'这句话,不知道夫人认为有没有道理。安国君宠爱华阳夫人,夫人却没有生育儿子,不如趁此时在诸子中选一位孝顺仁贤的作为自己的儿子,立为嗣子。这样一来,夫人的地位就长久稳固了,安国君在,夫人受到宠爱;安国君百年以后,夫人的儿子继承王位,夫人身为太后,仍然尊贵,无人敢动摇夫人的地位。"

　　吕不韦看到华阳夫人的姐姐没有言语,接着说道:"夫人如果不早拿主意,一旦色衰爱弛,想见到安国君都难了,到时候可就危险了。"

　　华阳夫人受宠于安国君,她娘家的人跟着加官晋爵,这些年来,得到不少好处。他们也想着长久富贵,永保平安。一荣俱荣,一损俱损,这个道理他们都很清楚。后宫争宠历来都很残酷,华阳夫人早早立个嗣子,确实是个可行的办法。

愁心寄明月

　　吕不韦见夫人的姐姐有所心动,就试探着说:"王孙异人为人忠诚,虽然身在赵国,仍然惦记思念夫人,把夫人当作上天一样来尊敬。异人在安国君的二十多个儿子中,排行中间,不会立为嗣子,他的母亲又不得宠。如果夫人肯提拔他,把他认作自己的儿子,请求安国君立他为嗣子,异人一定会感激涕零,终生感念夫人,如此夫人就会万世尊崇了。"

后来,华阳夫人的姐姐把吕不韦的这些建议转告给华阳夫人,夫人也认为有道理,正中下怀。她决定按照吕不韦的建议去做。安国君来到她宫中时,夫人轻盈地来到他面前,说道:"真是好消息啊! 异人在赵国不但平安,还很受他人重视,各国诸侯都称赞他贤德呢!"

安国君听说自己的儿子受人赞誉,也很高兴,说道:"想不到这个孩子还有出息了。"

华阳夫人吩咐侍女准备酒宴,她要陪安国君一同喝酒庆贺。华阳夫人的宫内装饰得华丽别致,檀木案几上摆着几个玲珑剔透的古玩,颇显高雅气派。室内暗香盈盈,仿佛夏日早晨初开的玫瑰花香。华阳夫人特别钟爱各种花香,她的宫内总是有不同花香的气味。

安国君喝了几杯酒,乘兴问道:"夫人,大冷天你怎么弄出这股香气?"

华阳夫人微微一笑:"这可是个秘密。"说着又为安国君斟上一杯酒。这时,月亮已经升得很高,透过窗子照进室内。夫人抬头看一眼,忽然有些伤感地说:"月圆月缺,转眼又是一月。"她不禁轻声哼唱道:

> 日月忽其不淹兮,
> 春与秋其代序。
> 惟草木之零落兮,
> 恐美人之迟暮。

安国君问道:"夫人有什么心事吗?"

华阳夫人答道:"不敢相瞒,臣妾最近确实心事重重。"

安国君抬头看着夫人,不解地问:"夫人对什么事情不满?还是有人冒犯夫人?"

华阳夫人深情地望一眼安国君,说道:"臣妾备受宠爱,在这后宫之中,一人之下,万人之上,还有什么不满?谁又敢欺负我呢?臣妾如此受宠,却没能为君生下一子半女,这是我的罪过啊!"

安国君一听,顿时释然,说道:"我还以为什么事呢!我不怪你,你也不要再自责了。"

华阳夫人眼含泪花,啜泣着说道:"臣妾年龄越来越大,几日来总想老了有谁服侍。现在听说异人仁爱孝顺,不如把他过继给我做儿子,把他立为嗣子,这样一来,臣妾老了,也好有人照应。"

安国君琢磨一会儿,说道:"立嗣是大事,要跟国君商量才能定夺。"

华阳夫人说:"国君年纪大了,随时都有驾崩的可能,如果不实时立嗣,一旦出现变乱,再做决定就晚了。"

安国君近日来也听他人说起,异人在赵国颇有作为,结交宾客和诸侯国的公子,跟他来往的王公大臣都说,秦王孙为人豁达,宽厚仁慈,是个贤能之人。

安国君看着一脸泪花的华阳夫人,心疼地说:"夫人不要伤心了,我答应你就是了。"

华阳夫人一听,立即破涕为笑,斟满两杯酒,与安国君一饮而尽。夫人说:"君无戏言,请君立下一个凭证,也好让人带给异人,让他放心做事。"

安国君取过一块玉佩,在上面刻下"立华阳夫人子异人为嗣子"的字样,交给华阳夫人。华阳夫人看过后,仔细收藏起来。

华阳夫人说:"异人既为储君,就不能再叫这个名字了。"当时举凡王室公子,取名都以"子"开头。华阳夫人略一思索,说道:"以后就叫子楚吧!"华阳夫人是楚国人,她为自己的新儿子取名"子楚",包含了深切的情意。

从此以后,异人改名叫子楚,被正式册立为秦国的嗣子。华阳夫人备好金银珠宝,请来吕不韦,仔细叮嘱,托他带给子楚做活动费用,辅佐子楚在赵国活动。

子楚得知自己被册立为储君,激动万分,又得到这么多费用,更是高兴。恰逢秦赵两国罢兵言好,他抓住时机,加紧与各国诸侯的交往,广泛招揽门客,名声越来越大,渐渐有了地位。

第三节　赵政出生

美女赵姬

吕不韦成功经营秦王孙立嗣一事，被赵国的一个富商知道了，他在邯郸有很多的生意，家产丰厚。这个富商姓赵，他得知秦王孙已经被立为嗣子，有心把自己的女儿嫁给他。赵家把吕不韦请到家中，与他密谋这件事情。吕不韦自然乐意为子楚寻找嫔妃，这样一来，等于自己在子楚身边安了"内线"，能更清楚地了解他的情况，控制他的行踪。

赵家的女儿唤作赵姬，从小聪明伶俐，能歌善舞，又有闭月羞花之容，见过她的人，都说这个女子非常人可比，将来一定会贵不可言。赵姬也很有抱负，她常说自己要嫁给公子王孙。

赵姬的年龄已经不小了，父母也为她的婚事操心着急。赵姬看到同年龄的姐妹大部

美人弹琴图

分都嫁出去了，不免也有些心急。

早晨起来，赵姬梳洗完毕，来到花园中散步。早春寒意仍浓，花园里冷冷清清。赵姬漫不经心地走着，忽然发现一两朵野花露出了花苞，她惊喜地蹲下身去，无限爱怜地抚摸着花苞，心想，真是青春不畏寒啊！

赵姬并不知道今天吕不韦要来相亲，她在花园中转了一会儿，就迈着轻盈的步伐回房弹琴去了。富家女子，从小就要练习琴棋书画。赵姬偏偏只喜欢舞蹈和弹琴，她在琴声中、舞蹈里往往会忘记自己，感觉自身是一片树叶、一朵野花、一片浮云，飘忽不一，优哉美哉。

赵姬的侍女得知吕不韦来相亲的消息，匆匆回房告诉小姐。赵姬听了，停住琴声，信步朝客厅走来，她要偷偷看看来相亲的人什么模样。赵姬和侍女都以为吕不韦是未来的姑爷。

赵姬从窗子偷偷望去，一个仪表堂堂的男子正坐在厅堂里与父亲谈话。她看到这个人长得五官端正，气宇不凡，心里一阵高兴。仔细聆听，这个男子说话抑扬顿挫，很有见地，赵姬想："不知道父亲会不会同意这个人的求婚。"

正当赵姬悄悄观望的时候，他的父亲喊来一个下人："去，把小姐请来。"

赵姬大吃一惊，相亲就要亲自见面吗？她赶紧跑回自己的房间。

赵姬被家人请到前厅的时候，满面绯红，不敢抬起头来。吕不韦感到眼前一亮，如此佳人真是难得一见啊！吕不韦的心中翻腾了一下，很快又趋于平静，他知道自己的目的，他是个只为目的做事的人，不会因为感情而做错事情。

赵姬为吕不韦弹了一首曲子,跳了几段舞蹈。琴声婉转动人,舞步妩媚摇曳,吕不韦连连点头称好。他也略通音律,不知不觉和赵姬交谈起来,两个人都有一种相见恨晚的感觉。

婚事定了下来,赵姬不知道自己要嫁给子楚,还认为见过几次面的吕不韦是自己未来的夫婿呢!

吕不韦自从见过赵姬,也为她的美貌所打动,眼看着自己喜欢的女子嫁给他人,心里别有一番感伤。

子楚听说吕不韦为自己保媒成功,又大大地奖赏他。子楚已经听人说,赵姬是邯郸城内数一数二的美女,心里更加高兴,直等着婚期到来,就可以坐拥美人了。

事情并没有想象的那么顺利。赵姬是个好奇心极强的女子,她见过几次吕不韦后,觉得他有些奇怪,对自己不冷不热,这是为什么呢?就要成为夫妻了,为何还要如此冷淡?

她只身来到吕不韦家,想亲自解开心中的疑惑。吕不韦和赵姬单独相见了,两个人在吕家花园内漫步畅谈,议论国事,品评艺术,谈得非常投机。吕不韦发现赵姬是个色艺双全、聪明机智的女子,心中更添几分留恋。

最终,吕不韦还是没有抵挡住诱惑,留赵姬住了下来。吕不韦已经娶过几房妻妾,只是忙于生意,并没有把她们带在身边,这次赵姬芳心暗许,怎能不令他神魂颠倒?

赵家的人发现赵姬住到吕不韦家,大为恼怒,赵父上门与吕不韦争辩,骂他禽兽不如。吕不韦也知道自己惹了麻烦,但他很快镇静下来,又想出一个主意。

他对赵父说,这件事情只有你我两家知道,千万不要再吵闹张扬了,传出去对谁都不好,只有赶快把赵姬嫁给子楚,才是最好的办法。

赵父本来就是想依靠吕不韦，才能让女儿嫁给子楚，现在事已至此，只好听从吕不韦的安排，赶紧把女儿嫁出去。

赵姬知道事情的真相后，又哭又闹，她已经喜欢上吕不韦了，怎么可能轻易嫁给他人呢？吕不韦对赵姬说："婚事已定，谁也不能随意改变。如果你不嫁过去，子楚必定怪我不守信用，到时候我可怎么在邯郸待下去？怎么辅佐子楚做秦王？你嫁过去是夫人，等子楚做了秦王，你就是王后，你生的儿子就是未来的秦王，这是多么荣耀的事情。"

赵姬为了成全吕不韦的事业，只好勉强答应嫁给子楚。吕不韦心里暗自高兴，赵姬在子楚身边，自己就更容易左右子楚了。

吕不韦一步步朝着自己的远大目标前进。

赵姬嫁给子楚

子楚已经为婚事做好了准备，馆舍内外张灯结彩，来往客人络绎不绝。赵国派人送上厚礼，其他各国也纷纷送礼祝贺。子楚到赵国几年来，第一次如此风光，脸上、心里都乐开怀。

婚宴散罢，吕不韦对子楚说："赵姬是富家女子，嫁给王孙，请以夫人之礼相待。"

子楚恭敬地说："先生所言，我一定从命。"

婚后，赵姬发现子楚为人温和，对待自己也十分宠爱，心情渐渐平静下来。子楚在漂泊多年以后，寻找到一方停泊的港湾，也感到很宽慰，两个人都沉浸在新婚的幸福之中。

吕不韦是家中的常客，经常来讨论时局，帮助子楚做下一步的打算。他好像忘记与赵姬的暧昧关系，每次都恭恭敬敬地称她为"夫人"。

结婚不足一月，赵姬发现自己有了身孕，她慌忙派侍女请来吕不韦。赵姬哭诉着说："这可如何是好？我怀的孩子是先生你的。"

吕不韦听了，不但没有惊慌，反而高兴地说："太好了，如果生下的是男孩，将来就会成为秦王，我吕不韦的儿子要做国王啦！"

吕不韦叮嘱赵姬严守秘密，不要对任何人提起此事。

过了些日子，赵姬娇滴滴地对子楚说自己有了身孕，子楚自然十分高兴，他想把这个消息告诉吕不韦和自己的朋友，想让大家一起高兴高兴。

吕不韦又给子楚献计道："王孙已有了子嗣，真是可喜可贺。当今天下纷乱，王孙应该及早立嗣，以稳固自己的地位，扩大自己的影响力和势力。"

子楚说："不用着急，孩子还没出生，等出生再立也不迟。"

吕不韦接着说："王孙可以先立夫人，赵姬已经有身孕，把她立为夫人，这样一来，后宫稳固，对王孙可是大有利处啊！"

子楚同意吕不韦的建议，正式册立赵姬为夫人，派人把这个消息送回秦国，告诉华阳夫人和安国君。华阳夫人听说后，知道子楚娶了夫人，快要有孩子了，也很高兴，立即派人送来许多金银财宝，叮嘱他努力做事，只等时机成熟就回秦国。

赵姬成了正式的秦国王孙夫人，地位提高，万分荣耀。她每日静心修养，只等着生下儿子，回到秦国，做夫人，做王后，做太后。

　　生活真能如人所愿吗？赵姬抚摸着肚子里的胎儿，又担心又兴奋地盼望着儿子的出生。真是生男龙升天，子贵母亦荣。

正月出生

　　秋去冬来，转眼间新年到了，尽管天气十分寒冷，人们还是兴高采烈冲出家门，高举火把，敲锣打鼓庆贺新一年的到来。按照赵国风俗，火把烧得越旺，象征来年的日子越红火；锣鼓敲得越响，象征来年的生活越平安。传说锣鼓的响声能够吓跑妖魔鬼怪，当时诸侯之间纷争四起，仿佛群魔乱舞，深受战乱之苦的人们都渴望国家统一，过上幸福安定的生活，所以过年的时候，锣鼓声敲得特别响亮，以此发泄对战争的不满。

　　子楚的馆舍内，随从、侍女们也紧张地收拾、准备。自从子楚被立为储君，得到华阳夫人的资助，他也添置了许多家具，买了不少仆役。新年将至，夫人也快要生公子了，双喜临门，大家工作得自然起劲。子楚吩咐下去，今年过年要多多奖赏众人。

　　新年夜里人们都不睡觉，大人、孩子围坐在火炉旁，听长者讲述本族的历史和英雄人物的故事。大家边吃边谈，把炉火烧得旺旺的，一起守岁。新年夜里熬的时间越长，表示人寿越高，明年的年头也越好。

　　子楚家的随从、侍女们也聚在一起，他们围着一个旺旺的火盆，正在听一个老妇人讲故事。她是被请来服侍赵姬生产的接生婆，在馆舍里年龄最长，讲故事的任务自然落到她的头上。

　　接生婆一生靠接生为活，经她手来到世上的小孩多得数不清，她微微闭着眼睛，慢慢讲述一些逸闻趣事。年轻人却对她接生的事情感兴趣，大家怂恿赵安，让他叫老人讲讲自己接生的经历。

接生婆笑着说："你们这些小毛头,对这还感兴趣?"

大家尴尬地笑着,赵安搔搔头皮说:"夫人快生孩子了,知道这方面的事情,到时候伺候小公子有用。"

接生婆说:"我接生一辈子,还没碰上正月初一出生的孩子呢!你们放心大胆地过年吧!不用担心夫人今天生产。"

"真的?"

"夫人不生产,天亮我们可以出去好好玩了。"侍女们议论纷纷,难得一个太平年,邯郸城内又恢复往日的繁华,大家想出去看看热闹。

"听老一辈人讲,正月正日正时出生的人也有,古时的周文王就出生在那个时辰。"接生婆说。

"是吗?"赵安紧张地问,"我们公子也是王室后裔,说不定也会出生在正时呢!"

"那可是个富贵时辰,我接生这么多年还没遇到过呢!"接生婆又念叨起来。

大家七嘴八舌说笑的时候,正时来到了,夫人的房内突然传来一声喊叫:"快来人!"接着子楚匆匆跑出来,他喊道:"快点,夫人要生产了。"

所有人都紧张地站起来,接生婆慌忙吩咐侍女们准备用具,整个馆舍忙作一团。

子楚在门外踱来踱去,焦躁地等待着,赵安跟在他的身后,搓着两手不知道做什么才好。突然,馆舍上空红光闪耀,紧接着一声洪亮的婴儿啼哭声传来,盖过了那些此起彼伏的锣鼓声,在这个新年时刻响彻了整个夜空。此时邯郸城内的大街小巷上,庆祝新年的人们将火把烧得更旺,火光熊熊燃烧。

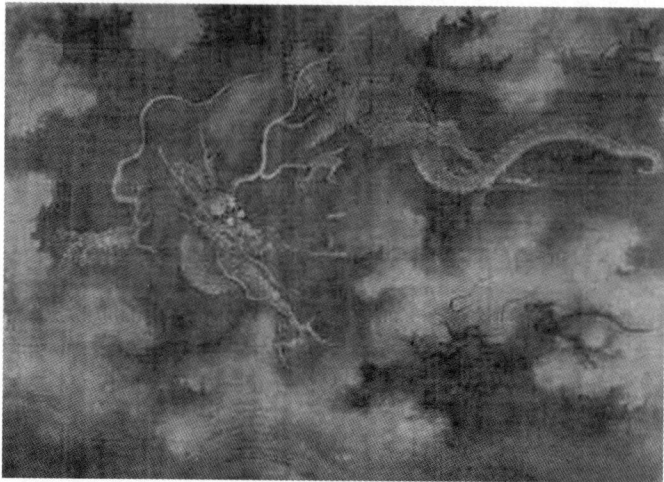

墨龙腾空

果真是个男孩,接生婆笑逐颜开地走过来,给子楚道喜:"恭喜,是个公子,哭声可真响,长得也很壮实。"

孩子顺利诞生了,子楚松了一口气,他抬头望望寒冷的夜空,仿佛星光也失去了颜色。侍女们进进出出,穿梭不停地忙碌着。赵安悄声对子楚说:"主公,我刚才听接生婆说,正月正时出生的孩子很少,古时的周文王就是这个时辰出生的。"

"是吗?"子楚惊奇地问,"周文王出生在正月正时?"

"是啊!这是个富贵时辰。"

子楚惊讶之余,当然非常高兴,他说:"就给这个孩子取名为'政',作为秦国王室子孙,出生在异地赵国,就叫他赵政吧!"古时的"正"与"政"相通,"政"即正月正时的意思。

赵政出生了,他就是后来的秦始皇。相传,在赵政出生的时候,空中突然飞降下一条黑龙,黑龙在室内盘旋三周,化为一阵黑烟而去。还有人说,赵政出生的时候,天放异彩,呈现瑞祥之兆。不管怎么说,这些传说都是因为赵政通过努力,统一中国,创建新制,成就了千古帝业,进而使他的一生富有传奇色彩,所以人们对他的出生怀有好奇之心。

赵政的身世,后人更是津津乐道,大部分人认为他是吕不韦的亲生儿子,并且由此产生了许多不同的说法。

就连《史记》也有如下的记载:

> 吕不韦取邯郸诸姬绝善舞者与居,知有身。子楚从不韦饮,见而悦之,因起为寿,请之。吕不韦怒,念业已破家为子楚,欲以钓奇,乃遂献其姬,姬自匿有身,至大期时,生子政。

赵政出生在赵国,生长在赵国,而赵国却是秦国最大的敌人。他是秦国王孙,他的童年生活因此充满了坎坷与磨难,历经战争洗礼,几度与父母别离,乡村逃难,还有出其不意的追杀围绕着他。在这种艰难的岁月里,他成长着、观察着,年幼的他能否顺利渡过难关呢? 伴随着苦难,他的童年生活还有哪些故事发生呢?

第三章 坎坷童年磨砺大志

第一节 与母亲相依为命

第一次离别

公元前 260 年,秦昭王四十八年,秦赵两国罢兵修好。赵国经过一年多的休养生息、发展生产,逐渐恢复了元气,邯郸城再次呈现出一片热闹繁华的景象,尤其午夜时分,豪门富户的亭台楼榭又是笙歌处处,彩裙飞舞,灯火辉煌。

赵政就出生在公元前 259 年的正月,良辰美景,预示着美好的未来。赵王得知秦国王孙在本国出生,非常重视,立即派人送去厚礼祝贺,其他国家在赵国的人士也纷纷登门携礼为贺。一时间,子楚的馆舍内外车马喧哗,热闹非凡。燕国公子喜更是亲自送去一对玉如意,他对子楚说:"我国情况有变,恐怕不日我就要回国册立为太子了。"

子楚高兴地说:"这是可喜可贺的事情,我先祝贺你了。"

燕国公子喜说:"天下纷乱,册立为太子也算是临危受命了,不知道兄长有何高见啊?"子楚立为秦国储君后,燕国公子喜和他八拜结交,义结金兰,相约共为天下谋太平。子楚说:"哎,也没有什么好计策,等你册封太子后再说吧!"

燕国公子喜说:"我这次回国,想烦请兄长一同前往。"燕国公子是个有心机的人,他想,我在国外这么多年,回去被册立为太子，一定要多带诸侯公子王孙，以显示我在国外的势力和作为，不能让国内人小看了自己，轻视自己的太子之尊。

子楚面对娇妻、爱子，实在难以决断割舍。要不要跟着燕国公子喜一起去呢？他一时踌躇不决。

夜深人静，子楚望着儿子一张粉嘟嘟的小脸，难以入睡。这个孩子眼睛长长的、大大的，炯炯有神，鼻梁挺直高耸，小脸饱满圆润，额头隆起，方圆周正，一副大富大贵的面相。子楚看着看着，突然决定跟燕国公子喜一起走，儿子出生在富贵时辰，吉人自有天相，一定能健康成长，平安顺利，自己不用有太多的担心。

子楚辞别赵姬和刚出生一个多月的赵政，踏上北去的道路。

尚在襁褓之中的赵政，哪里知道父亲已经离开自己远去燕国，他静静地躺在乳母的怀里，吃着香甜的奶水，一天天长大。只是苦了赵姬，一个刚刚嫁过来的年轻女子，又要带孩子，又要照顾家里的一堆事情。子楚在赵国已经很有影响力，也有了一份像样的家业，这一切只有交给赵姬照顾管理了。

子楚带着赵安和吕不韦到了燕国，参加燕国公子喜册立太子大典。在那里，子楚受到很隆重的欢迎和款待，人们知道他是秦国未来的国王，谁不巴结逢迎他？当时秦国在诸侯各国中最为强大，无人敢与之抗衡，而燕国地处偏远的北方地区，国小民弱，更视秦国为上邦大国，百般讨好。子楚在国外多年，第一次得到如此热情的款待，竟有些不知所措。

子楚的谦和敦厚得到燕国人民的一致好评，他们都认为一旦子楚继承王位，秦国必然会改变现在的对外政策，那么战争就不再这么频繁，各诸侯国不用整天提心吊胆，天下黎民也会少受些苦难。

燕国的王公大臣不停地跟子楚交流关于战争的看法,子楚随口应和着,他心里清楚,秦国这么多的战争,谁跟自己商量过?高贵的祖父秦昭王还不一定认识自己这个王孙。

子楚这次出访燕国非常成功,一方面帮助燕国公子扩大了影响,提高了地位;另一方面也宣传了自己,让燕国人民看到秦国未来的国君是仁慈忠厚的,也许继任秦王后,天下会呈现另一番气象。

子楚离开赵国,一去就是五个多月,他回来的时候,小赵政已经六七个月,能够坐在摇篮里抓着东西玩耍了。

赵政一双细长的大眼睛,盯着同时进来的两个人,一个是他的父亲,另一个也是他的父亲,前者是子楚,后者是吕不韦。两个父亲望着活泼健康的赵政,都开心地笑了。

爱子之心,人人相同,赵政的两个父亲会怎么样去爱护他,去辅助他,让他一步步登上皇帝的宝座呢?赵政一天天的长大成人,他又怎么样面对自己的两个父亲呢?

子楚抱起赵政,抚摸了一下他的脸颊:"儿子,在家玩得开心吗?"赵政小嘴一翘,露出满脸笑意,子楚高兴地说:"真懂事。"

吕不韦看到子楚与儿子亲近,悄悄躲到一边,他不敢有丝毫的流露,他害怕一不小心露出马脚,就会坏了自己的全盘计划。

这时,侍女和乳母把赵政抱走了。达官贵人家的子女出生后,从小就由乳母抚养,服侍的侍女也有很多个。小孩跟乳母的关系往往比亲生母亲还要亲密。赵政的乳母已经快三十岁了,她有三个孩子,最小的孩子跟赵政相差仅有几天,她丈夫是赵安的朋友,经赵安推荐来子楚的馆舍做乳母。乳母非常疼爱赵政,她看到赵政吃饱了不哭不闹,眨着两个大眼睛不住地看,自己坐

长大后的赵高成了秦王嬴政有力的助手

在那里玩耍,就会轻声叹道:"小公子真是贵人啊!瞧我家那个小子,就知道一天到晚哭个不停。"

乳母的小儿子名叫高,出生不到一个月,母亲就被召到子楚馆舍做乳母,高没有奶吃,常常哭闹不休。高本是赵国的贵族之后,他的父亲是赵国君主的远房本家,因为犯罪,被施以宫刑,其母受牵连沦为奴婢,高弟兄数人也因此而净身。

赵安安慰他们一家人说:"让这个小子做我的干儿子吧!大了也好进王宫找点事做。"乳母一家自然很高兴,就给这个孩子改名叫赵高,他长大后,成了赵政的第一个朋友。

赵政跟父亲的第一次离别时间不长,当时家中富贵荣华,锦衣玉食,他又是牙牙学语的婴儿,所以对小小的他来说,这次离别几乎没有什么影响。可是父子团聚后没多久,事有突变,很快他的生活就发生了天翻地覆的变化,他的父亲逃回秦国,第二次离开了他。年仅两岁的赵政跟着母亲,开始了颠沛流离的逃亡生涯。他什么时候才能渡过难关,再次见到自己的父亲呢?他又将度过一段怎么样的艰难岁月呢?

第二次离别

秦昭王五十年,秦赵两国的关系再次恶化。秦王命令军队攻打赵国,这个时候屡立战功、威震各方诸侯的大将白起却提出反对意见,他上书说道:"邯郸城高池深,防守坚固,实在是很难攻取。而且赵国与其他诸侯达成联盟,一旦赵国有难,诸侯会纷纷来救。臣听说救兵都已在途中,这些诸侯国对我国的怨恨都不是一天两天了,抓到这个群攻的机会,必然不会放松。目前秦国虽然已歼灭赵国的长平军,但秦军本身也已伤亡过半,国内已成空虚状态,却还要越山渡河,千里迢迢地去争别人的国都,一旦赵从内冲,诸侯军由外攻,来个里应外合的夹攻,秦军就会遭到被歼的命运,这场仗是不能打的。"这也是白起多年与赵国交战得出的深切体会,要消灭赵国并非一朝一夕就能做到的容易事。

秦昭王是秦武王的弟弟,秦武王没有儿子,所以把王位传给了秦昭王,秦昭王继位已经五十年了。他喜欢用兵,在位期间,强大的秦国南征北战,多次发动对外战争,秦国的势力和威望取得了空前的壮大和提高。秦昭王自认为一生功绩非凡,如果在有生之年能平定四海,岂不是一件更伟大的功绩?他觉得自己年事已高,要想统一全国,必须加快行动,所以,暮年的他并没有停下奋斗的步伐,依然多次对外作战。不过秦昭王求胜心切,在当时复杂的诸侯关系当中,没有把握好时机,屡次受到诸侯联盟的共同反抗,他的一生虽然取得了很大的胜利,却始终不能平定六国。秦昭王哪里想到,他远在赵国出生的曾孙子赵政已经蹒跚学步,正是这个孩子一步步走上王位,统一全国,完成自己为之奋斗一生的大业,成为中国历史上第一个皇帝。

这次秦昭王没有听白起的劝告,执意攻打赵国,打算完成自己一生的抱负。令他没有想到的是,这场战争却给幼小的赵政带来了命运的转折,让他陷入人生的第一次磨难当中,正是这些磨难,成就了一代帝王坚毅的品格,为赵国的灭亡埋下了伏笔。一代帝王艰难坎坷的童年生活,就在曾祖父发动的战争中慢慢地度过,成为一生中难以磨灭的印记。

当时,赵政已经满院子跑着玩了,他的身后跟着侍女、仆人,他们紧追慢赶,害怕小公子摔倒。赵政满周岁生日的当天就会走路,说来奇怪,他走路像跑一样,非常快,跌跌撞撞却从不摔倒。看着赵政跑来跑去,乳母叹口气说:"赵高比小公子大一个月,还没有小公子走得好呢!"

赵政总是一刻不停到处乱跑,他的两条小腿好像不知疲倦,他喜欢跑来跑去,却很少开口说话,偶尔喊一两声,大人也听不清他说的是什么。做母亲的总是很小心,赵姬私底下想,孩子都两岁了,怎么还不会说话,莫不是有什么问题?

赵姬听说乳母的儿子赵高已经很会说话了,就派人把他接进来,希望赵政跟他一起训练一下说话的能力。赵高果然很会说话,见了人开口闭口叫得挺甜,他在子楚的馆舍内住下来,成了赵政的第一个朋友。两个小家伙一前一后,一个跑跑颠颠,一个喋喋不休,成了馆舍内一道引人开怀一笑的风景。也许那是赵政一生当中最快乐无忧的日子。他的命运随着战事的发展有了一个极大的转变。

白起不愿意作战,触怒了秦昭王。昭王把他贬为普通士兵,任命王龁为将,围攻邯郸。王龁攻打邯郸,给子楚一家带来了莫大的危险。此时的子楚已经是秦国的嗣子,地位非先前可比。

上次因为子楚地位微贱,燕国公子喜出面说服赵王,子楚才免于一死,现在子楚贵为秦国嗣子,赵国怎么肯轻易放过他呢?

赵国立即派人封锁了子楚的馆舍,任何人不得随意出入。子楚一家人被困在馆舍内无计可施,大家愁眉苦脸,等待灾难和死神的降临。只有幼小的赵政还在一个劲地乱跑。子楚弯腰抱住赵政说:“不要跑了。”赵政挣脱父亲的手臂,依然往外跑去。把守门外的侍卫看到跑出来一个小孩,大声呵斥:“哪里来的孩子,快抱走,要不然就给扔了!”赵政连理也不理,他朝门外走过来的一个人跑去。原来是吕不韦。他是来与子楚谋划如何逃离赵国的,走到门前正好碰到跑出来的赵政。吕不韦经常进出馆舍,赵政对他并不陌生,所以朝他跑去。

吕不韦看到侍卫申斥赵政,赶紧上前一步:“大人,请别动怒。”说着,顺手塞给侍卫官一个玉佩,“小孩子不懂事,我把他抱回去。”

侍卫官收好玉佩,转过脸来说:“赵王有令,什么人都不许进,你进去不是寻死吗?”

吕不韦叹口气说:“虽然我与子楚是故友,可是他现在有罪在身,我哪敢违抗王命? 我只是觉得小孩子可怜,给他送点吃的。”吕不韦指指身后的马车。这时一个侍女追出来把赵政抱了回去。

侍卫官想了想说:“你放到这里吧! 过一会儿我派人送进去。”

“多谢,多谢。”吕不韦连声称谢,又从怀里掏出一个锦盒递给侍卫官,“一点小玩意,请大人笑纳。”

侍卫官知道吕不韦是富商,家财万贯,珍奇宝物应有尽有,就笑着接过来说:"早就听说吕大人有许多宝物,哪天可不可以去你府上开开眼界?"

此话正中吕不韦的意愿,他赶紧说:"大人如果肯赏光,小人真是三生有幸,寒舍一定蓬荜生辉啊!"两个人越说越近乎,侍卫官说:"过几天秦王孙就要被押走了,到时候我一定去你府上拜会。"

吕不韦说:"好啊!最近我从东海运来一批上好的海货,大人一定要赏光啊!"接着他指着里边说:"他们人不多,除了妇孺就是手无缚鸡之力的文弱之士,你们还怕他们什么呢?"

侍卫官说:"上面要求得严,不敢大意。"

"他们身在邯郸城内,谅他们插翅也难逃得出去啊!您休息一会儿,我把东西送去,我们就去我那里,这样可好?"

侍卫官看看身边的士兵,对吕不韦说:"好吧!快去快回。"

吕不韦带着几个人,搬着东西疾步进去,见到子楚慌忙说道:"我得到可靠消息,今夜赵国将把你押走,为今之计,只有快快逃走。"

"怎么逃?"

"你扮成我的随从随我出去。"

来不及多说什么,子楚匆忙更换服装。吕不韦又吩咐,赵国抓人的时候,让赵安冒充子楚,这样可以赢得充分的时间逃跑。赵安毫不含糊地答应了,他拍拍胸脯说:"为王孙死,我不怕。"

子楚最后瞥一眼生活了几年的馆舍,赵政正在乳母的怀里,赵姬坐在一边掉眼泪。子楚什么也没有说,随同吕不韦匆匆离去。父亲第二次离开赵政,这一别就是好几年,剩下赵政母子更不知道如何逃脱面临的危险,如何在这乱世艰难之中生存下去。

虎口脱险

子楚他们逃出馆舍,子楚问:"如何出得城去啊?"邯郸城内外战旗飘扬,气氛紧张,赵国军队把守城门,防守严密。秦军在离城几十里远的地方安营扎寨,随时准备进攻。吕不韦说:"我花了六百金买通城门官吏,你假扮我的随从,就说出去藏匿一件珍宝。"子楚满口答应:"只要逃出城去,就好办了。"

深夜时分,子楚悄悄逃出邯郸城,来到驻扎在远处的秦营。守卫将领听说是王孙逃出来了,赶紧报告王龁。王龁见到子楚又惊又喜,急忙命人为他接风洗尘。

吕不韦送走子楚,赶回馆舍的时候,赵政母子、赵安还有所有的随从、侍女都已经被抓走了。吕不韦只好回家去,准备另想办法营救赵政母子。

赵姬的父亲知道子楚被困以后,也在四处活动,寻找机会救人。早晨起来听人说女儿全家昨晚已经被抓,他急忙赶往吕不韦家,与他商量对策。吕不韦告诉他子楚已经脱险,要想救赵政母子看来只有用下策了,说着在赵父的耳朵边嘀咕一阵。

赵父听了,呆呆地坐了一会儿,最后说:"为了救女儿,豁出去了。"

赵父立即带着厚礼见到平原君的一个门客,他哭诉着说:"我女儿本来是吕不韦的女人,只因为秦王孙霸道,强抢了去,现在他自己逃亡在外,不管我女儿的死活,大人您可一定要为我做主啊!"

门客说:"还有这样的事?可是我听说他们已经有了孩子,孩子是秦国王室后裔,事情不好办啊!"

赵父说:"秦王什么时候重视过自己的后裔?子楚身为安国

君的嗣子他都没放在眼里,何况一个小小的曾孙,他不会当回事的。"

"话虽这么说,可是对于赵国,他的意义可不一样啊!"

赵父抹一把眼泪,无奈地说:"真是让我没法说啊! 这个孩子、这个孩子他不是子楚的孩子。"

"此话怎么讲?"门客吃惊地问。

"我女儿嫁给子楚的时候已经怀有身孕,这个孩子与秦国没有一点关系啊! 要不然子楚逃跑的时候怎么不带着自己的儿子呢?"

"原来是这样啊!"

"这个孩子非但与秦国没有关系,还是正统的赵国人,况且他只是一个小孩,杀了他影响君王的名声,对秦国来说又不起什么作用。"

门客觉得事情重大,立即汇报上去。平原君得知子楚已经逃亡,下令仔细调查此事,又听说赵政的离奇身世,认为杀了他确实没有太大的益处,秦国反而会更加仇视赵国。如果留下来,说不定还能派上用场。于是下令放回赵政母子,不过还是派人密切监视。

赵政母子虽然得以脱离困境,却因为这件事,名声受到极大影响。他们母子只好搬到赵家在农村的一处庄园里居住,生活才算暂时稳定下来。

吕不韦受到了赵国的严密审查,不得已,他悄悄离开赵国,也逃到秦国去了。

第二节　五岁拜师

梧桐树下的战斗

赵家庄园非常大,每处院子的天井里,都种着梧桐树,特别是到了夏天,枝叶繁茂,树荫浓密,庭院房舍被掩盖其中,倒也阴凉清爽。晚上的时候,轻风一吹,树影婆娑,风声飒飒,更是别有一番景象。

赵政母子一直生活在繁华的邯郸城内,突然住到一个僻静的山村里来,很不适应。四周静悄悄的,没有了买卖的吆喝声,没有了车马的喧哗声,也没有了那么多仆人、随从。赵安冒充子楚遇害后,赵姬打发走了大部分的随从、侍女,为了照顾赵政,她留下了乳母和她的儿子赵高。

庄园四周来来往往的全是农夫,他们日出而作,日落而息,与这对逃亡到此的母子倒也相安无事。

很快,赵政熟悉了周围的环境,他发现这个地方的小孩子特别多。农民的孩子都在大街上玩耍,相识也特别容易。赵政越来越大,他在家里待不住了,吃完饭就跑出去玩,赵高每次都跟在他的身后。

赵政总是跟伙伴们玩打仗的游戏,你拿一根长棍,我握一把木剑,你来我往,玩得不亦乐乎。他每次杀伐决断都能取胜。这一天,几个小孩又在一起玩耍,赵政让赵高拿一根木棍和他一起作战,赵高胆子小,手里的棍子挥舞几下就掉地上了。赵政奋勇上前,只杀得对方连连后退。

赵政他们玩得正高兴,几个大人朝这边走过来,赵政不去理睬,继续攻击,其他的孩子却都停了下来。原来是赵政的外公来了,他身边还跟着好几个随从。村庄里的孩子看见穿着华贵、气势不凡的来人,吓得跑到一边躲起来。赵政追着他们说:"还没分出胜负呢!你们跑什么?你们逃跑就算输了。"

小孩嬉戏图

外公喊住紧追不放的赵政说:"见了外公还不住手吗?"

赵政说:"两军对战正激烈的时候,怎么能因为见到外公就停止呢?"

外公说:"可是这不是真正的战斗啊!"

赵政说:"外公难道没听说过孙武三令五申的故事?孙武命

令吴王的宫女演练军法,她们以为是玩笑,不认真对待,结果被孙武杀了。"

外公惊奇地问:"你怎么知道这个故事的?"

赵政不以为然地说:"村子里的大人都知道,他们在梧桐树下乘凉,经常讲这样的故事。"

外公抚摸着赵政晒得黝黑的脸庞说:"好样的,只是在这山村乡野受委屈了。"

赵政早已经忘掉在邯郸的生活,他不知道为什么大人总以为自己在这里可惜,而那个让母亲念念不忘的邯郸又是什么样的呢?难道那里没有崎岖的山路?没有劳作的农夫?没有破败的草房?没有玩耍的孩童?那里会是个什么地方呢?赵政的心里充满了好奇。

外公送来了衣服、被褥和一些生活用品,赵政望着那些花花绿绿的衣服说:"我不穿,穿着这种衣服妨碍战斗。"赵高却很喜欢这些衣服,他试穿了一件又一件,件件爱不释手。赵政说:"你都拿去穿吧!不过你得陪我打仗。"

乳母把物品归拢一下,高兴地说:"又够我们用一段时间了。"赵政他们靠外公的接济生活,每次送来物品,赵姬跟乳母都很仔细地算计着使用,害怕用多了,接济不上,孤儿寡母可怎么生活。

三年的时光就这样过去了,赵国对他们的监控好像放松了些,最近外公来的次数也多起来。赵姬跟父亲秘密商量以后该怎么办。子楚回国后音信全无,秦赵两国的关系一直非常紧张,吕不韦也没派人来联系他们。赵姬身为秦王嫡孙夫人,生有王孙的嫡长子,现在母子俩却过着寄人篱下、朝不保夕的日子,能不着急吗？一旦时局有变,赵国再来抓捕他们可怎么办？

赵父说:"赵政大了,应该给他找个老师了。"

赵姬说:"目前生活如此窘迫,怎么给他找老师?"

赵父想起刚才进村的一幕,说道:"这个孩子英武决断,非一般人可比,他是秦王室后裔,我们要好好培养。"

赵姬泪眼汪汪地说:"本来想嫁给王孙,能贪图点荣华富贵,没有想到事情却是这样,还要连累父亲。"

赵父说:"事已至此,不要再抱怨了。我赶紧想办法给赵政找老师,你也准备准备让他去上学。"

与老师辩论

按照当时各个国家对王室后裔的教育习惯,王室公子五岁要接受嗣子基础教育,包括诗、书、礼、乐、射、御和剑法等。十二岁的时候开始深一层次的教育,学习项目就更复杂了,包括政经之术、兵法、刑名等深一步的学问,此外也可按照各自的兴趣与爱好,研读其他方面的学问,诸如天文地理、诸子百家等。十五岁接受个别教育,按照太子、嫡嗣子、庶出公子,等等,级别不同,分别接受不同的训练和教育。太子和嫡嗣子所受训练特别严格,每个人有好几个老师,分别是太师、太傅、太保。太师教授帝王学,专门教授太子、嫡嗣子如何成为一代明君,所以太师的地位相对来说也最重要;太傅督导他们的品德修养,管理生活起居,以及外交应对等礼仪方面的内容;太保则负责他们的身体保健及安全护卫等事宜。

赵政已经五岁了,按照宫廷习惯应该接受正规王室教育了。赵姬心里也很着急,赵政是秦国的嫡曾孙,未来的国君继承人,

射术是王室贵族子弟必须掌握的技能

落魄在这山野之中。可是怎么接受教育？虽然赵政还不知道自己的身世，终究有一天他会长大，知道自己是秦国王孙，如果现在不能接受教育，到时候他怎么继任王位呢？

　　赵姬的父亲费了许多周折，请来了一位须发皆白的老先生。老先生姓李，自称学富五车，见多识广，曾经教育过许多贵族子弟。当他第一眼看见赵政的时候，感到很奇怪，这也是王室子弟吗？看上去黝黑粗壮，跟农村子弟没什么两样。

　　老先生的教育无非是读《诗经》，背《尚书》，每天写写字。一开始赵政感觉好玩，时间长了，就厌烦起来，他觉得坐在那里枯燥无味，不如跑出去打闹好玩。一天，趁李老先生睡着了，赵政和赵高悄悄溜了出去。他们跑到庄园后面的小山上。这座小山虽然不高，却也树木葱郁，怪石林立，一条崎岖的小路直达山顶，是小孩们玩耍的好去处。赵政从来没有登上过山顶，他对赵高说："我们爬到山顶去看看，怎么样？"

赵高说:"大人都说山顶危险,还是不去的好。"

赵政说:"我就是想看看有什么危险。"说着朝上攀登起来。赵政是个好奇心极强的孩子,又有很强的征服欲望,他不顾一切往山顶爬去。

夏日的阳光照射下来,山路上树影斑驳,两个小孩子吃力地向上爬着,一会儿用手抓住石头,一会儿用脚钩住突兀的树根。快到山顶的时候,小路几乎看不见了,到处是杂草树丛,一块块奇形怪状的石头。赵高说:"没有路了,我们回去吧!"

赵政说:"没有路就不能走了吗?踏过这些杂草不就行了吗?"他挥舞着小手继续前进。多年以后,这个倔强的孩子长大了,他征战四方,统一全国,也是靠这种顽强不服输的精神取得了胜利。

赵政站到了山顶上,他征服了这座令他神往已久的小山。他们两个在山顶上追逐玩耍了一会儿,赵政爬到一棵大树上,骑到枝丫间说:"这是我的马车,我要驾着它去打仗。"

天快黑的时候,赵政和赵高才意犹未尽地赶了回来。老师跟母亲都在院中等候,见到他们又气又喜,气的是两个小孩胆大包天,偷偷出去玩,这么晚才回来;喜的是两个孩子终于平安归来了。

老师说:"我要惩罚你们。"

赵政说:"为什么要惩罚?"

老师说:"你们上课的时候偷偷出去玩,难道不应该受到惩罚吗?"

赵政说:"老师,您从来没有说过出去玩要受惩罚,您只是说学不会书本要受惩罚。"

　　老师一时无言以对。他看赵政年幼,料想他不会跑出去玩,所以对于要不要出去玩没做要求,只是要求他学会需要掌握的内容,没有想到今天会被这个小孩子抓住把柄。

　　老师有些气恼地说:"不管怎样,今天你做错了。"

　　赵政理直气壮地说:"老师法令不严,今天反而来怪罪我们。我觉得老师也不对。"

　　老师的胡子都哆嗦起来,他说:"小小孩子,懂什么法令?"

　　"法令就是规矩,您没有立好规矩,还要赖别人吗?"

　　赵政长大做了皇帝后,特别注重法令的严明,他知道法令是人们做事的准则,没有准确明晰的法令,人们就容易出现错误,不知道该如何行事。

　　李老先生崇尚文雅,只知道教书做学问,哪能体会到赵政的雄心壮志。他被赵政用一通理论批驳以后,觉得无法待下去,回去收拾行李,匆匆离去了。赵政的第一个老师走了,母亲责怪他不听话,赵政却说:"诗书礼乐,记记背背而已,没什么好学的,我不喜欢,我要学习射箭、骑马。"

　　赵政希望学到真正的本领,在他幼小的心里,已经埋下了一颗不甘屈服、勇于进取的种子。

第三节　亡命天涯

逃亡途中

赵政学习射箭、骑马的愿望还没有来得及实现,事情又有了变化,赵国突然加紧对他们母子的监控,据说有可能再次将他们抓捕。赵姬的父亲匆匆赶来,他跟女儿商量说:"这次无论如何也不能再被抓住了,为了更好地躲避追捕,你们母子最好分开,我派人保护赵政去一个秘密的地方生活。"

赵姬的父亲安排身边一个贴身随从带走了赵政,这个随从名叫李仲,家在邯郸城外的李家堡。李仲带着赵政回到李家堡住了几日,听说风声很紧,不敢久留,匆匆踏上了逃亡的路途。

他们两个人一路西奔,希望能够有机会回到秦国。赵政两岁以前生活在富贵乡中,锦衣玉食,侍从环绕;后来跟母亲躲到赵家庄园,生活清贫了些,却也是平平安安;现在跟着李仲风餐露宿,马不停蹄地奔波,年仅七八岁的赵政简直有些吃不消了。

为了躲避追踪,他们白天不敢赶路,等到晚上才悄悄前行。有时候半夜三更,赵政刚刚睡着,就被李仲喊醒继续赶路。有时候,太阳都快要落山了,他们还躲在山林中不敢露面,一天的饭食自然没有着落,饿得赵政两眼昏花,肚子咕咕直叫。

赵政一路上见到了许多以前没有见过的事情,感触最深的就是四处流散的难民。他们成群结队，衣不遮体，大多是伤残老弱，也有一些年轻人，不是缺手就是断腿，他们身上还穿着残留的军服，一看就知道是受伤的士兵，不知道他们在哪次战役中负伤，又是如何得以脱身的。现在他们置身在乞讨的队伍之中，只能靠讨饭养活自己。有的小孩只有两三岁光景，也蹒跚在乞讨的队伍当中，睁着一双无辜的大眼睛，等着路人的施舍。

赵政看不下去了，他把自己的一块干粮递给一个乞讨的小孩，小孩接过干粮，狼吞虎咽，三两下就吃完了。

李仲说："公子，这样施舍是没有用的，你救他一时，能救他一世吗？你救这一个人，能救其他的人吗？"

赵政心里隐隐作痛，天下纷争，民不聊生，什么时候战争才能停止呢？

赵政也会偶尔听到有人紧张地谈论秦国的政事，说此次出兵为的是要消灭六国，扫平天下。也有人说国家统一势在必行，如果不统一，诸侯列强必然会继续征战下去。

一路上，经过战火洗劫的城镇，房屋毁坏，田地荒芜，生灵涂炭，民不聊生，一派萧条颓废的气象。赵政看到破碎的家园无人料理，草长树高，把大好江山都淹没了，他幼小的心灵一阵酸痛。

巧遇卖瓜老人

李仲和赵政经过一天奔波，来到一座山脚下歇息，李仲说："公子，这个地方偏僻，我们在这里歇歇吧！"

赵政走下车来，看到面前一座挺拔的高山，问道："这是什么地方？"

李仲说："我也不知道这是哪里，不过前面有片瓜田，我去买几个西瓜,我们解解渴。"

赵政顺着李仲指的方向望去,果然一片绿油油的西瓜田。赵政随李仲一起走到瓜田旁,高声喊道:"有人吗?"

话音刚过,一座草棚中走出一位老者,他手搭凉棚,朝这边望望,走了过来。老者说:"你们是什么人? 要吃西瓜吗?"

李仲答道:"是啊! 路过此地,买几个西瓜吃。"

老者看了看赵政,突然说道:"贵客到此,有失远迎。"

赵政急忙还礼说:"老人家,我们偶然路过此地,去远方探亲。"

老者呵呵笑道:"公子家是在哪儿? 又到哪里去探亲?"

李仲制止老人说:"买你几个西瓜还这么麻烦! 快给我们挑几个西瓜。"

赵政说:"不用慌张。老人家,我有一事不明,想请教一二。"

老者说:"公子请讲。"

赵政说:"我们一路走来,见到许多逃难百姓,他们无依无靠,过着流浪乞讨的生活。老人家你在这乱世当中怎么还能悠闲地种瓜、卖瓜,过着安定的日子呢?"

老者听赵政这么一说,对他更是刮目相看:"公子不是平凡人物,将来必能成就一番宏伟事业。"

赵政并不知道,这个老人曾经是赵国的大官,因为与平原君意见不一致,所以退隐山林,种瓜度日。

老人接着说:"周王室衰微,诸侯用强,这已经是多年的事情了。诸侯各国互不相让,纷争天下,战争不可避免。我早就看透这一点,所以搬到深山之中居住,避免受难啊!"

"依老人家之见,战争会继续打下去吗?"

老人说:"只有国家统一,战争才会结束。可是现在,贵族官僚抱住自己的荣华富贵不肯放手,誓死抵抗,给黎民百姓带来多大的灾难啊!"

赵政默默地点点头,仿佛明白了什么似的说:"老人家说得是。"

老人为他们摘了几个西瓜,两个人坐下来吃西瓜,老人说:"公子听说过宣王好射的故事吗?齐国曾经有个国君宣王,特别爱好名声,喜欢听人们夸他力气大,能拉开强弓,其实他拉的弓用不了三石的力气就能拉开。他时常表演拉弓给他的臣僚们观看,臣僚们为了巴结讨好他,也都装模作样地接过弓来试试,但是拉到半满的时候就故意止住,都啧啧地说:'大王真是神力啊!要拉开这样的弓,气力不能低于九石,我们比不上大王,拉不开这样的强弓。'齐宣王听了很高兴,觉得自己的力气果真很大,实际上,他使用的弓不过三石,一般人都可以很轻松地拉开。可是宣王直到死前还认为自己用的是九石的弓。"

"哈哈!"李仲和赵政都笑起来,"他也太虚荣了。"

"是啊!"老人说,"可是现在的贵族大臣们就是过着这样虚伪的生活啊!平原君贪图名声,听信冯亭献城的计策,导致长平一战造成多大损失!只要诸侯并存,战争就永远不会结束,除非天下统一。"

赵政恍然大悟:"老人家真是目光远大啊!"

老者说:"公子是非常人。天下纷争已经几百年了,不知道你们长大了,国家会是什么样子啊!"

赵政沉默了,他心里想,我一定要刻苦努力,将来一统天下,让天下永远也没有战争,百姓都过上安稳的日子。

当他辞别老人,坐在车上时,依然沉思刚才与老人的对话,他想:"老人是个有学问的人,我应该请他做我的老师。"

赵政想到这里,回头观望老人和他的瓜田,在夕阳的余晖之下,青山呈现着微微红光,绿树郁郁,像一幅图画渐渐远去,瓜棚、草舍没有了,老人也看不见了。赵政揉揉自己酸疼的眼睛,奇怪地说:"难道是我做的一个梦吗?"他看看坐在车前的李仲,正低垂着脑袋打瞌睡呢! 赵政坐回车里,伸开双腿也睡起来。

赵政在三十九岁的时候终于实现了儿时统一中国的理想

机智脱险

赵政和李仲迷迷糊糊一路前行,突然被一队人马拦住,他们是从前线退回来的赵国军队。一位将官模样的人走过来,掀开车帘子看了看说:"你们要去哪里,不知道前方正在作战吗?"

李仲看到这么多赵国军队,吓得腿都软了,战战兢兢地说:"我……我们……我们要去探亲。"

"探亲?"将官看了一眼赵政,"上头有命令,看到七八岁的孩子就抓起来,不知道你是不是我要抓的人。"

赵政坐直了身体,从容回答:"不知道将军为什么要抓一个七八岁的孩子？他犯了国法吗？"

将官说:"这我就不知道了,反正要抓住他。"

赵政说:"我奉父亲之命,到这里来买西瓜,如果无缘无故被抓走,父亲一定会很着急。"

"西瓜？"将官说,"我们经常从这里经过,怎么不知道这里有卖西瓜的？小孩子说谎吧!"

赵政说:"我怎么敢骗将军呢？我刚刚从瓜田过来,还吃了几个呢!"

将官说:"你买的西瓜呢？搬几个让我们也尝尝。"

赵政说:"卖瓜老人说,天色已晚,怕摘的西瓜生熟不好分辨,叫我明天来取。"

将官见赵政对答如流,从容不迫,只好说:"你过去吧!以后不要在这里随便跑动,小心伤害到你。"

李仲听说放他们前行,赶紧提起鞭子,准备打马向前。赵政却制止李仲:"慢着,将军如此信任我们,我们慌张什么,我看将士们都很疲惫,这样吧,我们回去买几个西瓜来给他们解解渴吧!"

李仲十分不解地望着赵政,焦急地说:"老爷等急了,会怪罪我的。"

赵政说:"你不用担心,一切有我呢!"

将士们听说有人给他们运送西瓜,都很高兴,嚷嚷起来:"坐下歇一会儿,等着吃西瓜了。"士兵们席地而坐,等待着赵政为他们运瓜。

赵政和李仲掉转马头,赵政说:"我们火速离开这里。"

李仲说:"你不是说给他们买西瓜吗?"

"买什么西瓜?"赵政说,"我不用这个计策,他们能放我们回来吗?"

"他们已经同意放我们过去,我们过去不就得了?"

"前面是什么地方我们还不知道,我看这些士兵虽然是溃退下来的,可是军容依然严整,他们后面肯定还有大部队,有治军有方的将军统帅,我们往前会受到更严格的盘查,一旦出现漏洞,我们就无处藏身了,还是趁现在赶紧逃吧!"

李仲这才明白其中的道理,挥动长鞭,抽打马背,主仆二人死命朝前奔去。

他们一口气跑出去几十里路,马也跑不动了,李仲说:"停下来歇会儿吧!"

赵政看看四周灰蒙蒙一片,已经傍晚掌灯时分,他说:"我们到哪里过夜?"

李仲说:"就在车上将就一宿吧!"

赵政说:"官兵已经认识我们的马车,我们在里面过夜会很危险。"

李仲说:"可是现在前不着村、后不着店,我们去哪里过夜?"

赵政说:"我看那边有片树林,我们进去躲躲吧!"

"树林里有虫狼出没,很吓人。"

"不用怕,我们爬到树上去。"赵政拿起随身携带的短剑,朝树林走去。他在赵家庄园的时候,经常爬树玩,他爬树的本领还很高呢!

赵政跟李仲在树上蹲坐了一夜,第二天下来的时候,衣服都刮破了,李仲说:"我们现在衣服都破了,只剩一辆马车还不敢乘坐,我们干脆混到乞讨的队伍中去吧!"

赵政说:"这样也好,再也没有人认出我来了,我们还是先回邯郸吧!"两人混迹到讨饭队伍中,一路朝邯郸而去。

由俎上肉成为座上宾,巨变突然降临到 8 岁的赵政头上,他出入各国王孙们举办的宴席酒会,大胆地接受新鲜事物,并表现出了他的过人之处,贵族王孙们奢侈浮华的生活对他产生了哪些影响呢?就在这时,关于他命运前途的一次大争论在秦国后宫激烈地进行着,他能不能回归秦国,与父亲团聚呢?

第四章　小小少儿心怀高远

第一节　苦尽甘来

子楚立为太子

公元前 251 年，一个秋风瑟瑟的日子，在位五十六年的秦昭王闭上了他英明的双眼，溘然与世长辞。这位秦王在统治秦国几十年的漫长岁月里，继承先辈们的治国方略，对内鼓励生产，发展经济，对外则不断地发动战争，讨伐六国。当时，秦国的国家财富占到全国财富的十分之六，秦国的领土扩大到全国三分之一的面积。从商鞅变法至昭王时期，秦国都是当时诸侯国中最强大的国家。

秦昭王在临死的时候，望着安国君和子楚，他不知道这两个人能否完成自己未完成的大业，秦国能不能够继续扩大疆土，实现大一统。安国君继位为王，史称孝文王，这个时候的安国君也是五十多岁的人了，他按照祖制服丧一年后，正式继位。

秦孝文王即位后，实行了一连串安抚政策，赦免有罪的人，封赏亲朋好友，他想尽快确立自己的地位，树立自己的威信。他一面修好先王时期的功臣，一面提拔重用自己看重的人才。外交方面，安国君罢兵修整，停止了一切战争。

秦孝文王立华阳夫人为王后，子楚为太子。子楚回到秦国已经六年了，六年来他勤勤恳恳，习文练武，学习治邦安国的本领,侍奉华阳夫人如亲生母亲。华阳夫人看他能干又孝顺,也很满意,花重金请来老师辅导帮助子楚。子楚在华阳夫人和吕不韦的协助下,势力一天天强大起来,每天出入他府邸的门客谋士络绎不绝,他们为子楚出谋划策,讨论国内、国外的时局变化,子楚礼贤下士,与他们相处和谐,最终成了安国君眼中比较有出息的儿子。

子楚回国后,华阳夫人立即为他挑选了几位姬妾。华阳夫人说:"身为一国嗣子,应该多娶几位姬妾。"子楚的亲生母亲夏姬也说:"夫人考虑得很对,应该多娶几个姬妾。"华阳夫人说:"子楚是你的儿子,也是我的儿子。我们要同心协助他成就一番事业。"夏姬没有想到儿子会有今天的荣华富贵,对于华阳夫人充满感激之情,华阳夫人说什么、做什么,她都唯命是从。

子楚当然没有忘记赵姬和赵政,可是战乱年代,自己也没有办法。他不敢违抗华阳夫人,只好将几位姬妾纳入府中。娶进来的几位姬妾中,有一位是华阳夫人的同乡,也是楚国人,华阳夫人非常喜欢她,给她赐名楚玉,意思是这位美女是楚国的一块美玉,也希望她能成为子楚心中的宝玉。楚玉长得眉清目秀,面容姣好,举止大方得体。她从小就喜欢读书,诗书礼仪,样样精通。楚玉进宫后,很受华阳夫人器重。华阳夫人人前人后不住地夸奖她,子楚对她也很有好感。

一天深夜,子楚在庭院中徘徊,月色深沉,竹影摇曳,此番情景让子楚想起在赵国的日子,身陷赵国的妻子不知道怎么样了。自己逃出来以后,他们有没有受到株连?生死两茫茫,赵政的一双眼睛仿佛在子楚面前眨动不已,他不觉失声喊道:"政儿,你还活着吗?"

子楚在院中徘徊的时候,楚玉也来到院中,她看子楚愁眉不展,好像有什么心事,就悄悄跟在身后,这时听他一声喊叫,不免吓了一跳。子楚听见身后有人,急忙转过身喝问道:"谁?"

楚玉款步上前,盈盈叩拜:"公子,是臣妾。"

"原来是楚玉啊!"子楚说,"这么晚了还不休息?"

"臣妾见公子独自散步,好像有什么心事,就跟着过来了。"

子楚说:"我看月色姣好,正在赏月。你来得正好,一块看看月亮吧!"

楚玉抬头观望,幽幽地说:"月中嫦娥偷吃了仙药,飞离人间,离开自己心爱的丈夫,在月宫中寂寞度日,她一定非常后悔。"

子楚说:"想必她也是没有办法。"

"难道公子也有难言之隐?"

子楚看看楚玉,无可奈何地说:"我就像月中的嫦娥。"

楚玉奇怪地问:"公子的姬妾都在身边,怎么像月中的嫦娥呢?难道公子有喜欢的女子不能相见?"

于是,子楚把他在赵国娶妻生子的事情跟楚玉仔细说了一遍,感叹道:"也不知道他们生死如何。"

楚玉早就听说过子楚在赵国的事情,只是觉得王室公子,大多喜新厌旧,恐怕子楚早把赵国妻子给忘了,没有想到子楚还是性情中人,念念不忘自己的妻儿。楚玉心生感动,对子楚更加敬佩。

楚玉说:"公子的一片深情令人感动,时逢战乱生离死别也不是公子的过错。当今公子应该发愤图强,一旦时机成熟也好接回他们母子。"

子楚听了楚玉的一番话,惊讶这个弱女子还有如此胸襟与气魄,不禁对她刮目相看,两人在月下深谈起来。此后子楚接受楚玉的意见,一方面秘密派人打探赵政母子的下落,一方面加紧宣传稳固自己的势力。

经过这次交流,子楚和楚玉的关系更加亲密,楚玉得到了子楚的宠爱和信任,在子楚的宫内,楚玉成了至高无上的女主人。不久楚玉怀了身孕,十月分娩,产下一个白白胖胖的男婴。这下子,乐坏了华阳夫人,她大请宾客,为小王孙举办了一个隆重的满月筵席。这个孩子长得极像子楚,皮肤白皙,神色俊美,眉目清秀,眼睛不大,却清澈透明,仿佛两弯新月挂在天边。华阳夫人看着新生的婴孩,说道:"如此健美的孩子,多像一条出水的蛟龙,就给他取名成蛟吧!"

俗话说"母以子贵,母爱者子抱"。成蛟母子在后宫当中备受宠爱,享尽人世间的富贵与幸福。子楚是个喜欢孩子的人,当初对赵政就是百般宠爱,现在身为嗣子,地位尊崇,条件优厚,对成蛟母子更是投入无限关爱。转眼间,成蛟牙牙学语,蹒跚学步了,看着成蛟跌跌撞撞走来走去,子楚眼前就会出现赵政的身影,与赵政分离的时候他还不会说话,子楚的印象中,只有一个跑来跑去的影子,现在这个影子也逐渐模糊,被眼前这个活灵活现的身影取代了。成蛟聪明伶俐,一岁多一点就学会说话,两岁的时候就跟随母亲念诗读经,摇头晃脑,非常可爱。

秦昭王去世,安国君继位,子楚立为太子,这时成蛟已经五岁了,开始接受正规的王室教育。子楚为成蛟请来最好的老师,教授他诗、书、礼、乐、射、御和剑法。成蛟很爱学习,这些基础的教育一学就会,很快在王室子孙中脱颖而出。

母子团聚

先王去世、新君登基,秦国忙着处理这些政事,暂时罢兵,因此各方诸侯纷纷退兵,赵国也赶紧调回部队,重新休整。赵政和李仲混在行乞的人潮中,经过一个多月的流浪,终于回到邯郸。赵政两岁多离开邯郸,一直没有回来过,对于邯郸城的印象是从母亲他们口中道听途说来的。赵政踏进邯郸城,感受到大都市的气魄,虽然经过战争的摧残,在赵政眼里邯郸依然巍峨壮观,厚重的城墙,高大的建筑,川流不息的人群,这一切都让在乡下长大的赵政眼花缭乱,目不暇接。

李仲回来后,轻车熟路,他安排赵政在街头的一个破旧馆舍住下,天刚黑,他一个人悄悄朝赵家府邸溜去。李仲边走边四下观察,留意是不是有人跟踪自己。他辗转绕道来到赵府的后门,轻轻地拍了拍门,里边传出一个老人的声音:"谁呀? 是赵顺回来了吗?"赵顺是赵府的侍从,李仲的好朋友。李仲轻声说:"是我。"

门打开一条缝,一张饱受风霜的脸露出来,他是赵府年龄最大的侍从,人们喊他张老汉,他看到李仲,吃惊得张大了嘴巴,做了个请进的手势,两个人迅速闪进门内。李仲压低声音问:"老爷呢?"

张老汉说:"你怎么回来了?"

李仲说:"别管我的事了,我要见老爷。"

张老汉说:"老爷去接小姐了,听说有要紧事。"

李仲说:"老爷敢去接小姐了? 是不是没有危险了?"

两个人一边说一边朝前院走去,来到客厅前,看到老爷跟小姐都坐在屋内。李仲赶忙进去见过老爷、小姐。赵姬看见李仲,一把扶住他,急切地问道:"政儿在哪里?"

李仲把路上的经历跟老爷、小姐详细汇报了一遍,赵姬听到儿子智勇渡过难关,才放下心来,连忙派人随同李仲去接赵政。

赵政见到母亲的时候,母亲抱住他大哭不已,赵政懂事地说:"母亲不要哭泣,现在情况到底怎么样了?"

赵姬的父亲说:"真是苦尽甘来啊!孩子,你祖父继位做了秦王,你父亲现在是秦国太子,你祖父新立,罢兵与各诸侯言好,赵国为了表达对新秦王的祝贺,打算把你们母子送回秦国。"

"真的吗?"赵政欣喜若狂,眼中闪着激动的泪花,他抓住母亲的手说,"母亲,我们终于可以回去了!"

赵政以前并不知道自己的身世,他也问过母亲关于父亲的事情,可是母亲总是避而不谈。后来赵政慢慢长大,逐渐感觉其中必有缘故,他从众人的目光中得知自己的身世是个复杂问题,所以他不再询问,只是把这个谜团深深藏在心底。

在这次出逃前,母亲跟外公终于向他吐露真情,原来自己是秦国王孙!赵政有一丝骄傲,有一丝悲哀,有一丝彷徨,有一丝不知所措。秦王孙,这是个什么样的称呼?高贵?低贱?危险?还是与众不同?赵政在小小的年纪好像经历了数不清、道不明的人间炎凉,自己遭遇的一切都因为这个"秦王孙"的称呼吗?有那么一瞬间,赵政真想说:"我就是我,不是什么秦王孙。"赵政最后选择了自己的身份,他带着秦王孙这个荣耀的头衔四处逃难,他终于知道身份与生俱来,扔不掉也抢不来。

秦王孙这个称号在一夜间又变得尊贵了,他的尊贵竟是因为自己曾祖父的去世!如果曾祖父没有去世,依然是高高在上的秦王,自己今夜又将怎么度过?还能逃过一劫吗?

母亲赵姬显然没有赵政这么多的感慨，她已经欢天喜地地准备行装了。赵政的衣服十分破旧，需要立即订制新的衣服，还要把握时间给他补习功课，学习礼、艺、乐、射、御和剑术。

赵姬拿起古琴，她已经很久没有接触琴弦了，古琴在她轻轻的抚弄之下，琴声悠扬动听，像催醒一只只冬眠的小兽。赵姬猛然记起多年前初识吕不韦的情景，脸色微微红润，她的琴声更加缠绵悱恻，撩人魂魄。

赵政听母亲弹琴，如在云里雾中，他见母亲非常投入，就偷偷溜出来去找外公练习骑马。外公家养着一匹宝马，据说能够日行千里，很少有人能制服它。外公已经答应，如果赵政能够驯服宝马，就把宝马送给他。

驯服宝马

赵政来到马厩前，一匹黑色宝马跃然眼前。这匹马从头到脚一色乌黑，全身没有一根杂毛，黑色的毛发在阳光下闪闪放光，像一块尘封日久的宝石。赵政轻轻走到马的身边，宝马警觉地昂起头，抬脚四处走动，紧张地注视着赵政。

赵政没有走上前去，而是远远地与宝马对望。过了一会儿，马见赵政没有动静，渐渐安静下来，它绕着食槽嗅了一圈，又昂起高贵的头。赵政看在眼里，立即跑到草料间，仆人们见公子亲自来取草料，慌忙帮助赵政，赵政制止他们说："我自己来，你们只要告诉我哪种草料适合宝马就行。"仆人说："这是匹西域宝马，吃的饲料与我们这里的马不同，这匹马运来的时候，带着一箱子饲料，这里就是。"说着，搬过一个箱子递给赵政。

赵政命令他们打开箱子，里边的草料都已经发霉，难闻的气

味四处散开,呛得一屋子人直咳嗽。赵政问:"你们就给宝马喂这样的饲料?"仆人们面面相觑,吓得不知道怎么办才好,他们请

马中极品——汗血宝马

求赵政帮忙想办法。赵政说:"我去去就来。"

赵政跑去找赵高了。赵高母子一直陪同赵姬居住,这次也随同赵姬一起搬回了邯郸。赵政知道赵高喜欢马术,听说在自己离开的这段日子,赵高得到一本《相马经》,对于马的研究又提高了不少。

赵政见到赵高说:"你快想办法给宝马弄点吃的。"

赵高丈二和尚摸不着头,他问:"什么宝马?什么吃的?"

赵政把赵高拉到马厩前,说:"瞧瞧,就是这匹马。"

赵高围着宝马转了几圈,有些疑惑地说:"等一下,我拿书来比对看看。"

赵政笑道:"你也快成孙阳的儿子了,比对书本看马,你可别给我找只癞蛤蟆来。"

春秋时期,秦国有个叫孙阳的人擅长相马,他熟悉各种良马的习性和形状特征,他把自己的经验编成一本书,叫《相马经》,里面介绍各种马的特点,并且还配了插图。这本书就流行起来,人们也尊敬地称呼孙阳为"伯乐"。孙阳的儿子也喜欢相马,他读了父亲的《相马经》后,觉得书本上内容详细还有插图,只要随身携带书本就能区别马的良莠。有一天,他携带书本到外面寻找良马,突然看见一只癞蛤蟆,他惊奇地发现,癞蛤蟆前额宽广,两眼大而有神,他高兴地说:"这是良马的特征。"于是就把癞蛤蟆带回家。孙阳看见儿子带回一只癞蛤蟆,就大声训斥他,没有想到儿子却辩解说:"你书中的介绍和插图都跟它非常相似,只不过蹄子有些不同而已,难道非要与你书本中一样的马才算良马吗?"

赵政故意取笑赵高按图索骥,不知道按照具体情况做出分析。赵高搬着一本大书跑过来,气喘吁吁地说:"这上面全是篆书,我不大认识这些字。"赵政说:"我只叫你看看宝马吃什么草料,你却搬出一大本书来。"

赵高说:"书上都有画呢!"

赵政不理他,快步跑到后院去了,他想张老汉年龄大了,见多识广,一定能帮助自己。张老汉听了赵政的问题,随他一同来到马厩,老汉一看宝马就笑起来:"这种马以前我们家也养过,院子外面那块草地上种的草就是专门给它们吃的。"

赵政听了非常高兴,喊来赵高去院子外面割草。赵政在赵家庄园生活了几年,对于农事并不陌生。他抱着一捆新鲜的青草来到马厩,宝马看了,昂头嘶鸣,抬起蹄子在马厩里撒欢。赵政每天都为宝马割草喂食,几天下来他跟宝马熟悉了。这天早晨,赵政解开马的缰绳,牵它来到草地吃草。马在草地上吃草,自然格外开心,一会儿抬头嘶鸣,一会儿低头吃草。赵政看到马听从自己的指挥,抚摸着它的鬃毛说:"这下我可以骑上去了吧!"说着飞身上马。宝马从来没有被骑过,冷不防有人骑到上面,立刻甩动四蹄,要把背上的人摔下来。赵政抱住马的脖子,任凭宝马如何折腾就是不肯松手。

宝马烈性发作,一声长嘶,把赵政重重地摔下来,赵政躺在地上半天不能动弹。家人急忙赶来救赵政,有人持着大刀要去刺杀宝马。赵政挣扎着爬起来说:"你们别伤害它,它摔下我来没有受惊乱逃,说明它快要被驯服了。再给我几天时间,我一定征服它。"

赵政一如既往关心宝马,不时牵出去遛马,终于有一天,赵政骑上宝马的时候,宝马甩甩耳朵,没有把赵政摔下来,宝马成了他的第一匹坐骑。后来赵政骑着这匹宝马回到秦国,几经努力做了秦王,宝马为赵政立下过不少显赫的战功。

第二节 在赵国最后的日子

一次筵席两种困惑

赵政快要回秦国了,这件事情很快在邯郸城的王公贵族中传扬开。根据当时的习惯,各诸侯国的公子王孙间,经常互相来往,以示友好。赵政一直生活在乡间,大家已经快要把这个人忘记了,现在突然听说赵国还有一位秦国的嫡王孙,自然议论纷纷,引起不大不小的轰动。慑于秦国的威力,赵国的王公贵族们开始讨好赵政,他们请赵政与赵国的公子王孙一起学习、玩耍,还给赵政聘请优秀的老师,并且专门为赵政准备了一座豪华的府邸。

一切转变都在突然之间,这让赵政有些措手不及,好在母亲赵姬见过世面,她鼓励赵政多多接触公子王孙,熟悉身为王孙应该享受到的生活。

韩国公子设宴邀请各国公子王孙,赵政自然也在受邀之列。赵政在李仲的陪同下,赶往韩国公子府邸,韩府门外,车马喧闹,人声鼎沸,一派热闹气氛。

赵政第一次见到这样的场面,他小心谨慎地听从侍从人员的安排,找好自己的位置坐下,李仲始终陪伴他的左右。

这是韩国公子的辞别宴会,他被册立为韩国太子,不日就要回国参加册立大典。司仪宣读完这一消息后，大家纷纷举杯向韩国公子祝贺。

赵政是宴会当中最小的一位客人，很快引起大家的注意，一位赵国官员走过来问："你就是秦王孙？"

赵政赶紧起身还礼："正是。"

赵政起身的时候，很多双眼睛都注视过来，赵政感觉到这些眼光里充满了复杂的意味，他心里想，这到底是因为什么？

这时走过来一位官员，已经略显醉意，他看着赵政说："秦国的王孙怎么姓赵不姓嬴？"他的话一出口，立即引起哄堂大笑，赵政呆在那里，他从来没有想过自己名字的问题，难道这也有什么问题？

赵政看到周围的人们交头接耳议论起来，他挺起胸膛说："因为我出生在赵国，我听说赵国和秦国是同个祖先，我姓赵、姓嬴不都是一样吗？"

人们见他说话不卑不亢，很有气概，都不再议论，继续喝酒说笑。不过赵政心里却多了份疑问，究竟为什么他们对我的姓氏如此敏感？赵政当然不知道，人们不是取笑他的名字而是取笑他的身世，他并非秦国嫡王孙，而是吕不韦亲生儿子的消息早已经传遍邯郸城的大街小巷，甚至各个诸侯国的公子王孙也把这个消息带回到各自的国家，赵政更不知道，因为自己的身世之谜，秦国国内更是针对要不要他回来展开了激烈的争论。

筵席结束，韩国公子请众人欣赏他的古玩宝物。各国诸侯公子在他国做人质，闲来无事，便以收集购买古玩、比拼珍奇异宝为乐。当时老百姓们生活在水深火热之中，极需社会改良，各国也陆续实行了一些变法措施，无奈变法触动了贵族公卿们的利益,遭到他们的强烈反抗,各地变法都以失败告终,贵族们依然过着醉生梦死、不求进步的日子,社会发展受到很大的阻碍。

众人随着韩国公子来到他的储藏室,韩国公子指着一个带有细微裂纹的碗说:"这是周朝时制作的,听说周文王的祖父周太王曾经使用过它。"

众人听了,啧啧称奇,羡慕不已。

韩国公子又拿起一张弓,轻轻一拉说道:"据说这是周武王用过的弓,这张弓木质优良,弹性俱佳,你们听听,弓的音质好不好?"

众人围住韩国公子,纷纷请教弓的性能还有弓的来历。赵政站在最后,不解地说:"难道韩国公子想做一个优良的匠人?"

他的话被另外一个人听到了,他就是陪同韩国公子的韩非,韩非已经三十多岁了,他听到一个小孩子这么说话,奇怪地问:"王孙此话是什么意思?"

赵政回头看看韩非,见他长得仪表堂堂,威仪不凡,不禁产生一丝敬佩。赵政拱手说:"我认为学习骑射、御和剑术要讲求杀敌和实用,而不是去研究马的品种良莠、弓的好坏、车子的精致与否,还有剑的来历,等等。我觉得那些都是马夫和工匠的事。"

韩非听了大吃一惊,他说:"王孙真是天降神人,前途无可限量啊!"

韩非也是韩国的王室公子,他喜欢法令刑名,创立法家学派,著有《孤愤》《五蠹》等书,流传于世。后来韩非投奔秦国,帮助赵政治理国家,一统天下。这是后话,但与韩非这次和赵政的初识,有着直接的关系,他们互相敬佩、互相吸引,才有了后来的君臣之谊。

赵政想起在逃亡路上见到的悲惨景象,再看看眼前这些衣冠楚楚、道貌岸然的贵族王卿,不觉又想起卖瓜老人的话来,各国诸侯贵族贪图享受、爱慕虚荣已经到了不可救药的地步,他们无心也没有能力治理好国家,国家一统,势在必行。

赵政参加完这次筵席后,心里有了很多的感想。他在回去的路上,又记起一件事来,那就是自己的身世,他已经从众人的目光中看出,每次提起自己秦王孙的身份时,众人都会窃窃私语,这里面到底有什么隐私呢?

秦国后宫的争论

赵国突然提出送回秦王孙赵政和她的母亲赵姬,让秦国国内一片哗然。他们母子已经与秦国多年失去联系,秦国几乎已经忘掉还有一位在赵国的王孙,如今要回来了,立即引来后宫一片非议之声。这些年来,关于赵政的身世早就传到了秦国,华阳王后听说后,认为赵政的身世确实有可疑之处,就提出还是不要匆忙接回较好。

这个时候的子楚,身边有楚玉和成蛟母子相伴,倒也快活自在,乍一听说赵政母子还活着,而且赵国正准备大张旗鼓地把他们送回来,子楚竟不知该如何是好。

子楚的心事被楚玉看透,她对子楚说:“既然他们母子还活着,就应该立即接回来。”

子楚立即去请示华阳王后,华阳王后说:“这么多年了,赵国突然提出送回王孙,不知道他们有什么阴谋,还是等等再说吧!”

子楚只好等着,他并不知道华阳王后对赵政的身世有所怀疑,这样的事情恐怕天底下只有他一个人不知道。

吕不韦却沉不住气了,他好不容易盼到赵姬母子能够回归,还能坐失这样的机会吗?可是现在自己被王后怀疑,不好直接出面游说,到底该怎么办好呢?他想起一个人。

吕不韦带着金银珠宝求见楚玉,希望楚玉能为这件事情出一点力。楚玉见到吕不韦说:"先生是太子的谋臣,有什么事情尽管直言,不要带什么礼物。"

吕不韦说:"夫人真是贤德的人啊!现在太子遇到危险,我不得不来求见夫人。"

楚玉说:"危险?请先生直言。"

吕不韦说:"赵国奉还王孙和赵姬,这是表明他们讨好秦国,愿意结交太子,如果太子不实时召回王孙,势必得罪赵国,影响自己的名声啊!"

楚玉早就听说赵政身世的事情,她沉吟着,没有说话。吕不韦看出楚玉为难,进一步说:"夫人也许听说一些关于王孙身世的事,可是那都是无中生有,小人的谣言而已。如今太子如果不实时接回王孙,正好给造谣生事者以口实,他们会更加卖力宣扬这件事情,如此一来,太子的名声威望将会受到极大的影响,后果不可想象啊!"

楚玉性情温良,又深深爱着子楚,她听吕不韦这么一说,也不免为子楚担忧,如果不接回赵政,那就说明赵政确实不是子楚的亲生骨肉,这样一来,不就给子楚一个大大的难堪吗?子楚身为秦国太子,如何在大臣以及诸侯间抬起头来?

吕不韦见楚玉心动,接着说道:"一旦王孙和赵姬被接回秦国,宫里的事情还不是夫人和王后说了算吗?到时候您怎么处置赵姬他们母子都无人过问了。"

楚玉抬眼看着吕不韦:"以先生的意思,先把王孙接回来,再另做打算?"

吕不韦眼含泪花,哭诉道:"我也是为了太子的名声,俗话说'家丑不可外扬'。至于我吕不韦,十几年来追随太子,生死不离,鞍前马后,可谓尽忠尽责。如果太子对这件事情也有怀疑,我情愿一死。"

楚玉看吕不韦如此真诚,说得也合情合理,就说道:"先生不要如此激动,历来多嘴之人都爱搬弄宫廷琐事,先生之言也很有道理,我禀明王后再做打算。"

吕不韦说:"只要夫人同意,王后也一定不会深究。"

楚玉不敢怠慢,就把吕不韦分析的情况一五一十告诉给华阳王后。华阳王后正为此事焦虑呢!她不敢把外面的流言飞语告诉秦王,害怕此事影响子楚在秦王心目中的形象,子楚虽然已经立为太子,可是他的竞争对手依然很多,华阳王后必须谨慎行事,一旦秦王对子楚不满意,废立太子在宫廷当中还不是经常发生的事吗?

华阳王后还有一件心事,当初子楚娶赵姬的时候,是以夫人之礼迎娶的,如果赵姬回秦国,那么她就是太子夫人,她的儿子赵政就是嫡长子。华阳王后心想,自己一面未见的赵姬和赵政就是未来后宫的主人,他们会顺从自己吗?自己辛苦培养的楚玉和备受宠爱的成蛟又该怎么办?

楚玉劝慰华阳王后:"母后,既然赵国已经提出送还王孙,我们一再推迟实在说不过去,还是先接回来再另做打算吧!再说在这后宫当中,什么事情不还是母后说了算吗?"

华阳王后最终同意接回赵政母子,她告诉秦王所有迎接事宜准备妥当,只等着王孙安全回归了。华阳王后传下命令,王孙多年在赵国,生活习惯与秦国宫内不同,所以一切准备都从简办理,等王孙回国再另行安排。

射杀白鱼

赵政陪同母亲辞别外公,一路西行而去。这一次西去与上次逃亡相比可是天壤之别。赵国派出军队护送秦王孙,送行的队伍浩浩荡荡,绵延数里,所到之处,人们听说是秦国王孙回国,个个争相观望,一睹王孙风采,场面热烈而风光。

跟随赵政一起回国的还有赵高母子以及李仲,他们一路上说说笑笑,非常高兴。李仲讲起上次与赵政逃亡的经历,绘声绘色,引得赵高惊叹不已,赵高说:"以后逃亡我也要跟你们在一起。"李仲打了他一巴掌,说:"还逃什么亡? 我们跟着王孙回国,就过上富贵日子了。"

真是天晴好赶路,赵政在众人的前呼后拥之下,很快到了黄河岸边。黄河水激流澎湃,向南奔腾而去。这是黄河由北向南流经的河段,往南不远,黄河就拐弯向东一直奔流到大海了。赵政下车来到河边,他看到河水有些浑浊,不停地咆哮着,像一头狂傲的狮子。无视众人的存在,赵政感叹道:"黄河真像一位顶天立地的大丈夫啊!"

侍卫们见黄河水急,不敢贸然过河,就在河边驻扎下来。一连几日,河水没有任何变化,依然怒号不已。众人有些心急,请来当地的一位老者,向他请教如何过得了黄河。老者说:"当年周武王讨伐商纣,率军过黄河的时候,黄河水也曾怒吼多日。姜太公神机妙算,认为水中有白鱼作怪,部队只好调转方向,退回西歧,过了一年才得以渡过黄河,进军朝歌。"

众人一听,都很泄气地说:"难道我们也要等到明年才能过河?"

赵政却说:"既然白鱼作怪,军中将士无数,为什么不把它射死?"

老者慌忙说:"那是神灵,怎么能随便射杀呢?"

赵政不以为然:"祈求神灵是要它来保护自己的,现在神灵成了阻挡前进的绊脚石,为什么不把它踢开?"

老者说:"公子可千万不要这样说。"

众人也说:"周武王神勇盖世,都不敢对付白鱼,何况我们这些人呢? 还是再等等吧!"

赵政说:"古代的人就比我们厉害吗? 为什么商取代了夏,周又取代了商,现在群雄并起又消灭了周呢? 古代人不能做的事,我们就永远也不敢做吗?"

大家正在议论纷纷,赵高慌慌张张跑了过来,他说:"不好了,不好了,河里游过一条大白鱼。"

白鱼? 众人吃惊地站了起来,老者急忙跪倒,不住地磕头。

赵政说:"走,我们出去看看。"

黄河是一条历史悠久的河流,它从遥远的青海一路狂奔而来,流经许多地方,其中经过黄土高原时,带走了无数泥沙,泥沙不断淤积,河水慢慢变得浑浊起来。黄河在远古时代是清澈的,中国最古老的字书《说文解字》上称黄河为"河",最古老的地理书籍《山海经》上称它为"河水",《尚书》上把黄河称作"九河",意思是它河道曲折,纳入许多支流。但是这些书上都没有说明河水是浑浊的。到了战国末年,泥沙经过多年的淤积沉淀,河水渐渐呈现黄色,变得浑浊起来。

众人来到岸边,朝河中心望去,果然奔腾的河水上,似乎有一条白鱼随浪花翻滚,难道是它在作怪?

赵政拿过身边侍卫的弓箭,准备射杀白鱼。众人阻止道:"王孙,不可以啊!"赵政没有答话,他手拉弓弦,嗖的一声,箭飞射而出,直奔河中心而去。

谁也没有看清楚箭有没有射中白鱼,不过大家胆战心惊地过了两天以

武王伐纣

后,河水渐渐平静下来,河水不再施威。侍卫们急忙寻找船只,收拾行装,安全渡过了黄河。

赵政射白鱼显示了他过人的胆量和不拘泥于古制的气魄,后来他统一六国,创建历史上第一个封建王朝,不也是凭借超人的勇气和勇于创新的精神吗?

秦国的都城咸阳遥遥在望了,等待赵政的又是一种怎样的生活呢?赵政小心翼翼地踏上了自己的国土,他的内心波涛汹涌,这就是自己的国家?这将是一个属于自己的国家吗?时隔六年,父子相逢不相识,赵政恢复国姓,改名嬴政,开始了危机四

伏的后宫生活。嬴政性格好强,在新的环境里遭受了许多挫折,他是如何熬过这段岁月的呢?

第五章　历尽艰险回归国土

第一节 父子重逢

跟着菜车走

车辆驶进了咸阳城,赵政好奇地伸出脑袋,观望打量大街小巷上的行人、房舍。与邯郸相比,两地的人情风貌大有不同,咸阳城没有邯郸的华丽豪气,咸阳的百姓似乎也更加朴实,走来走去的人们穿着简单,行色匆匆。

咸阳城

咸阳建都不足百年,自然没有邯郸悠久的历史风韵。秦孝公时,起用商鞅实行变法,迁都至咸阳,当时商鞅为了推行新政,曾经在都城的南门竖起一根三丈长的木杆,贴出告示:"谁将此木杆扛到北门,就赏给他十金。"告示贴出后,人们都不相信,没有人去扛木杆。商鞅把赏金提高到五十金,重赏之下,必有勇夫,一个胆子大的人扛起木杆,走向北门,他一直走到北门,商鞅也履行诺言,赏给他五十金。从此以后,秦国人知道商鞅是个说话算话的人,都听从他的命令执行新法,商鞅变法得以实行。这就是"徙木立信"的故事。

"立木为信"

商鞅变法同样触犯了秦国贵族的特权,遭到他们的强烈反对。他们唆使太子反对新法,商鞅将太子的两个师傅分别割鼻、黥首。太子继位后,贵族们诬告商鞅谋反,商鞅被车裂而死。可见推行新制有多么艰难。

商鞅虽然死了,但是他推行的新法顺应了时代的发展,深得民心,所以新法依然被继续推行。秦国在商鞅的治理之下,废除旧制度,促进农业发展,提高了战斗力,使秦国成为当时最富强的诸侯国。咸阳也由一座小城发展成一座颇具规模的都城。

商鞅变法，承认土地私有，准许买卖自由，鼓励种田织布，充分地调动了百姓的积极性。他们忙于生产和经营，根本无暇在市井之间游荡玩耍，所以咸阳城的人不像邯郸城那么多，那么悠闲，人少也就不足为奇了。

商鞅变法还变"任人唯亲"的世卿制为"任人唯贤"的官僚制，以削夺贵族的特权，为国家选拔有用人才，所以咸阳城内多有来自各国的贤士谋臣，他们希望在秦国谋得一席之地，施展自己的聪明才智，实现政治理想。

赵政的车辆围着咸阳转了半圈，在一家馆舍前停下了，接待的官吏说："秦王有令，请王孙暂时居住在这里。"

赵姬大惑不解："我们进了咸阳，怎么还不把我们接回家去？"

官吏说："小人也只是听从命令，请王孙委屈一下吧！"

赵姬说："太子呢？为什么不见太子来迎接我们？"

官吏说："太子出巡，明天就会回来。"

赵政母子并不知道秦国王宫内关于他们的争论，他们自以为历经艰难终于可以安全回家了。赵政问："母亲，我们什么时候才能见到父亲？"赵政对于父亲已经没有任何印象，他只知道自己的父亲是秦国太子，其他的什么也不清楚。

赵姬说："我们先住下来吧！你父亲可能明天来接我们。"赵姬的心里有些纳闷，太子不来接我们，怎么吕不韦也不露面？她还不知道吕不韦也正处于是非旋涡之中。

第二天天一亮，赵政早早起了床，他喊醒赵高："我们去王宫找我父亲。"赵高说："不行，他们不肯去。"赵政说："为什么不肯去？我去找父亲难道犯法吗？"

赵高无奈，两个人偷偷溜出馆舍。大街上已经人来人往，非常热闹了。赵高东看看西瞧瞧，他觉得这个地方什么都很新奇，比起他从小生活的赵国竟然如此不同，心中顿生疑惑，他急忙对赵政说："我们谁也不知道王宫在哪里啊！"

"我有办法。"赵政指着前面一辆运送蔬菜的车子说，"你看这辆车子，满载蔬菜瓜果，你猜它会运到什么地方去呢？"

赵高说："可能是起早卖菜的吧！"

赵政说："我们在赵家庄园的时候，见过农人卖菜，他们怕耽误田里的工作，都是匆匆地赶到市集卖菜，然后再匆匆地赶回来。你看前面这辆车，走得那么慢，一点也不心急，一定是王宫贵族家出来买菜的车辆。"

赵高说："那与我们又有什么关系？"

赵政说："我们跟着它不就能找到王宫了吗？"

赵高一听说得有道理，两个人紧随车辆朝前走去。就在这时，一辆装饰华丽、高贵典雅的马车迎面而来，拉菜的车子赶紧停到路边，赵政两人也躲到车子的后面。迎面过来的马车很快过去了，里面好像坐着一位贵族公子。赵政没有多想，随着菜车继续往前走，他并不知道刚才过去的马车里，坐着的正是自己的父亲，秦国太子子楚。

赵高的记忆力

子楚正是去接赵政母子的，昨天他就知道他们来了，可是没有王后的允许，他不敢轻易去接他们。今天早晨给王后请过安后，楚玉又提起接赵政母子的事情，王后思索了一下，说道："难得楚玉如此贤良,不过我有一件事情想与你们商量。"

子楚说:"母后尽管吩咐,儿臣一定努力去做。"

华阳王后笑道:"不要努力,只要你同意就行。"

子楚说:"母后请讲。"

华阳王后说:"你的姬妾也不少,我看楚玉为人大方,端庄秀丽,你就册立她为嫡夫人吧!"

子楚何尝不愿意把楚玉立为嫡夫人,可是当初与赵姬的约定又该怎么处理?

楚玉上前说道:"母后,太子有言在先,已经答应赵姬,现在赵姬还没有进宫,就忙着废立夫人,恐怕外人知道了有损我朝威仪,太子的脸上也不好看。"

子楚也说:"母后,当初儿臣确实答应过赵姬,现在赵国将他们送回来,赵国护送人员还没有返回,我们就匆匆废立夫人,恐惹他国嗤笑啊!"

王后说:"既然你们都这么认为,就先接回来吧!以后的事情慢慢商量,不过太子不要忘了我今天提醒你的事情。"

子楚得到王后的允许,急命人驾起马车,赶往赵政母子留宿的馆舍。子楚来到馆舍的时候,赵姬正忙着找孩子呢!她看见衣冠华丽的子楚,顿时泪眼汪汪。多年分别,今日重逢,子楚也觉得鼻子一酸,流下几滴泪来,子楚说:"辛苦你了,政儿呢?"

赵姬这才止住眼泪:"一大早出去了,到现在还没有回来呢!不会有危险吧?"

子楚说:"就在咸阳城内,有什么危险?"两个人你一言我一语,诉说离别多年来经历的风风雨雨。赵姬已经是快三十岁的人了,眼角、眉梢都流露出岁月的痕迹,她看着子楚,衣着鲜亮,脸色红润,依然俊秀飘逸,比起当年在赵国时更显得英气勃发,心中就有一种莫名的惆怅和欣喜,说不清这是什么样的感受。

两个人等了半天不见赵政回来,有些着急,子楚安排赵姬先回宫,自己派人寻找赵政。

赵政随着菜车,果然来到王宫外,王宫方圆数里,非常庞大,菜车进了一个偏门就不见了。赵政和赵高围着宫墙转来转去,不知道怎么才能进去。正在两人乱转的时候,碰到了一个人,他就是吕不韦,他知道赵政来到秦国,为了避嫌不敢露面。他正准备去王宫打探消息,没有想到在宫门外遇上了赵政。

赵政早已不记得吕不韦是何许人了,吕不韦也无法认出眼前这个孩子就是赵政,可是赵高却有惊人的记忆力,他见过的人,只需一面就永生不会再忘。他看到吕不韦,立即想起了什么,其实他最后一次见吕不韦时还不到三岁。他拉拉赵政的衣角:"那个人我在赵国见过。"

赵政知道赵高记忆力好,特别相信他,听他这么一说,立刻问道:"他是做什么的?"赵高仔细想了想:"他应该是太子的朋友。"赵高的脑海出现一些模糊的影像,好像吕不韦在跟太子子楚说话。赵高的记忆力超乎常人,他竟然能记起两三岁时的一些人和事,难怪赵政做了秦王后,非常看重他,让他做中车府令。赵高能强记秦朝的律令,五刑细目,条条都能背诵,每当秦王批阅奏章,遇有刑律处分时,稍有不确定的,便问赵高,他都能将律令准确地处理好。

赵政上前跟吕不韦搭话,问道:"先生可知道宫门在哪里吗?"

吕不韦听到赵政的口音,急忙问道:"你是赵国人?"

咸阳宫部分复原图

赵政说："先生也是赵国人？"

吕不韦说："我在邯郸做过生意。公子是不是昨天来到咸阳的？你是不是跟你母亲一起来的？"

赵政奇怪地看着吕不韦："先生是什么人？"

吕不韦说："我是太子的谋士吕不韦啊！你是王孙赵政吗？"

吕不韦认出赵政后，不敢把他直接带回宫里，他驾车直奔馆舍送回赵政。赵政回到馆舍，母亲赵姬已经被接走了，只有子楚在那里等他。子楚仔细打量赵政，他的眼睛依然细长，目光却炯炯有神，身材又高又壮，只有八岁多，却好似十二三岁的样子，走起路来虎虎生风，有一种势不可挡的气魄。子楚望着赵政略显粗糙的脸庞说："政儿受苦了。"赵政看着眼前这个文弱的男子，心里想："他就是我的父亲，秦国的太子吗？"听到子楚喊自己政儿，赵政跪倒在地，给父亲磕头。赵政自从出生以来，与父亲相聚的日子实在太少了,父子俩这次见面,真如同是梦中一样。

改名嬴政

长扬宫虽然不算巍峨壮观,可是也是规模宏大,看上去富丽堂皇,赵政和母亲赵姬住进了长扬宫内。赵姬非常高兴,她忙碌地安排侍女们收拾房间,打扫庭院,摆放家具,布置器物。赵政转来转去,看着周围陌生的一切,急忙问母亲:"这就是我们的家吗?"

赵姬说:"是啊!我们再也不用四处躲藏了。"

结束了苦难的童年,赵政搬进王宫,开始了新的生活。母亲赵姬说,等待他们的将是锦衣玉食、富贵荣华、无忧无愁的日子了。赵政迷茫地在宫内走着,他不知道自己在这个庞大的宫殿里将会有什么样的人生、什么样的作为。

子楚命人教导赵政学习宫廷礼仪,教授他怎么行礼,怎么吃饭、喝水,怎么接待宾客,怎么走路,等等。赵政从小生活在民间,自由自在惯了,对这些繁文缛节感到很不适应,可是子楚说了,这些基本礼仪必须学会,不学会这些礼仪怎么能算是王室子孙呢?

赵政跟着老师学了一会儿,有些烦躁,他拿着喝水的玉杯说:"喝水还这么麻烦,我不想学了。"

老师说:"这是王室子孙必须遵守的礼仪,王孙一定要认真学习才行。"

赵政说:"喝水就是喝水,礼仪就是礼仪,它们有什么关系?"服侍赵政的几个宫女听到赵政的话,掩着嘴吃吃笑起来,赵政生气地问:"你们笑什么?"

一个宫女上前回答道："王孙还不知道礼仪就是生活起居、接人待物吗?"

赵政听宫女这么一说,脸倏地红了,他想自己竟然连礼仪的基本内容都不懂,惹得宫女都笑话自己,看来自己真不适合在王宫的生活,他羞惭地埋下头,不再言语。

中午吃饭的时候,赵姬问赵政："你的礼仪学得怎么样了?"

赵政说："枯燥无味,我不想学了。"

赵姬紧张地说："你不学,我们怎么在这长扬宫住下去? 我们来了几日还没有见到王后,如果王后召见,看你是个粗野的孩子,她不会喜欢你的。"

赵姬进宫以后,发现子楚又纳了许多姬妾,个个都年轻漂亮、聪明伶俐,心中不免感到了巨大的压力。同时她也感觉到子楚已经不像当年那样宠爱自己,除了礼节性地过来嘘寒问暖外,很少在自己的宫内停留。为此她知道自己现在必须小心谨慎,不能出现任何差错。她把希望寄托在赵政身上,不管怎么说,当初子楚以夫人之礼迎娶自己,这是天下人都知道的事情,赵政就是子楚的嫡长子,只要子楚不反悔这一点,自己的地位就不会受到太大的威胁。

赵政吃惊地看着母亲,他只知道学习礼仪是王室必修的课程,还不知道会不会礼仪竟然关系到自己的前途命运。赵政说:"我好好学习就是了。"

赵姬说:"我们经历那么多苦难,好不容易回到咸阳,你一定要好好努力,不然我们该怎么办? 如果你不懂礼仪而被赶出宫去,那么我们以后的生活怎么办? 可别辜负了为娘的一片苦心。"

"母亲,我懂了。"赵政是个懂事的孩子,听了母亲这么说,他就用心学起礼仪来,并透过这件事知道后宫之内也是危机四伏、暗藏杀机,稍不留神就会招来灾祸。

有一天,赵政正在跟老师学习礼仪,子楚过来了,他望着认认真真学习礼仪的赵政说:"很有进步啊!过几天王后就要召见你了。有一件事情要交代你一下,我们秦人嬴姓,当初你生在赵国,所以喊你赵政,现在你回到秦国,身为王孙,应该有个正式的名字,就叫嬴政吧!"

"嬴政?太好了,再也没有人因为我的名字取笑我了。我叫嬴政了。"嬴政想起在赵国,总是有人问他为什么姓赵不姓嬴,好像自己不是真的秦国王孙,现在好了,自己有了跟父亲一样姓氏的名字——嬴政,就是真正的秦国王孙。嬴政重复着新名字,他希望自己在秦国会有一个新的开始。

第二节　人在矮檐下

一场冷雨

已是初冬时节,却飘起了零零星星的冷雨,雨虽然不大,却阴冷得厉害。浓云低低地压在天空下,一团团一块块或青或灰,凝滞不动。雨水打在花园里的残枝上,沙沙作响,甬道上、房屋前,雨水汇集成小溪流,四处流淌。宫里面来往忙碌的侍女、随从少了,大家都躲在屋子里避雨取暖,整个长扬宫出现了平日里少有的安静与祥和。

嬴政回来快一个月了,对于他们的到来,长扬宫表现了出奇的冷漠,没有人关心,也没有人谈论,大家好像不知道长扬宫又多了位王孙。一开始父亲命人教授嬴政礼仪,后来嬴政见过一次王后,王后是一个雍容华贵的中年女人,她没怎么跟嬴政说话,嬴政只记得她的宫中满是奇异花香,这让嬴政困惑了很长时间,他不明白没有花的房间为什么花香扑鼻。赵姬从王后的宫中回来后,却显得非常兴奋,她命侍女们采集各种花草,她也要学习王后,制作令人着迷的花香。

之后,父亲也很少露面了,嬴政和母亲仿佛再次被人遗忘了,他们在长扬宫的一角,默默度过一个又一个难熬的日子。除了进进出出服侍的宫女,他们很少见到其他的人。母子俩谨慎小心地说话、行动,生怕不小心招来他人的嘲笑,触犯宫廷礼仪。

　　冬天说来就来了,一夜之间万物凋零,哪里还有花草可以采摘,赵姬和宫女们小心地整理着前几天采集的花草。嬴政在宫中踱步,他已经学会这样慢慢走路,这是王孙必须具备的一种礼仪。嬴政走到墙边,伸手取下墙上的弓,他拉动弓弦,啪的一声响,吓得宫女们纷纷回头观望。

冬日里寂寞冷清的宫殿

　　嬴政挂回弓,披好衣服,向宫门外走去。他要去看望自己的黑马,自从住进长扬宫,嬴政一次也没有骑过他的宝马。

　　嬴政在冷雨中走着,心里也一阵阵发凉,难道自己的一生就这么在宫中消磨掉吗?

　　雨凉路滑,嬴政小心地拐来拐去。他去过一次养马的地方,不知道自己的宝马在这里生活得是否习惯。嬴政经常派赵高去看望黑马,赵高每次回来都说马很好,不用担心。

　　嬴政走到马厩前,黑马看到嬴政高兴地仰头长嘶,鸣声洪亮有力。嬴政抚摸着马的脖子,对它轻声低语:"天气转好了,我一定要出去骑马射箭。"

这时喂马的侍从走过来,他大声呵斥着:"这里都是公子王孙的宝马良驹,你过来干什么?赶紧走开!"

嬴政说:"我就是王孙嬴政,来看看马不行吗?"

"王孙嬴政?我怎么从来没有听说过?"

"你没有听说过我没有关系,这匹马你可知道是谁的?"

侍从好像记起什么,他斜了一眼嬴政:"你就是刚从赵国回来的?"

嬴政看他一副漫不经心的样子,忍下一口气说:"是啊!我过来看看我的马。它这几天吃得多吗?你都是喂它什么草料?"

侍从没把嬴政放在眼里,听他问马的事情,随口应付着:"吃得多,天天吃不少。"

嬴政说:"它的草料呢?冬天来了,准备得怎么样了?"

侍从见嬴政这么细心,有些不耐烦了:"王孙不放心,可以去草料间看看。"

嬴政生气地说:"准备草料是你的工作,做不好是你失职。"

天阴沉沉的,仿佛呼应着嬴政此刻的心情,他一贯不甘屈服,勇于与他人争辩,可是面对如此无礼的侍从,嬴政却不知道如何是好了,他默默地在马厩旁站了一会儿,悄悄离开了。深宫后院难道就是这样的生活吗?

嬴政病倒了,太医看了以后说:"冬天的雨冷,受凉致病。"嬴政躺在床上,闭着眼睛一动也不动,静静地,好像睡熟了一样,宫女端来熬好的汤药,一口也喂不下去。赵姬看着嬴政,焦急万分,吃不下药,病可怎么好?赵姬急忙命人去请子楚,子楚听说嬴政病了也吃了一惊,他匆忙赶过来,看着昏迷不醒的嬴政,着急地问:"这是怎么回事? 嬴政一向身体健壮,怎么说病就病了呢?"

赵姬哭哭啼啼,也说不出原因,只好照太医的话说了一遍。两个人看着嬴政,一筹莫展。这时子楚的侍从匆匆走进来,他跟子楚耳语几句,子楚就对赵姬说:"你好好照顾嬴政,我去去就来。"说着就要往外走。

赵姬急忙拦住子楚:"太子,你这一去不知道什么时候才能回来,政儿的病要是治不好,我可怎么办?"子楚很少到赵姬的宫中来,今天因为嬴政有病才请动他,要是他这么走了,把嬴政生病的事给忘了可怎么办?

子楚有些为难,他说:"父王召见我,不去不行,这样吧,你去王后那里,求求她老人家,看有什么办法。"

赵姬进宫一个多月,天天去给王后请安,王后对他们母子不冷不热,赵姬心里还是有数的,去求她? 管用吗?

子楚前脚踏出宫门,后脚又想起什么,回头说:"对了,嬴政病好了,叫他赶紧去太院学习。"

赵姬望着匆匆离去的子楚,眼泪流了下来,她心一横,只身前往王后的宫中。

华阳王后听说嬴政病了,不以为然地说:"小孩子生病没什么大不了的,过几天就会好的。对了,是不是你们新来乍到对这里的水土不服啊?"

赵姬讪讪地说:"王后说得有道理,可是现在他昏迷不醒,我很担心。"

王后说:"我一定请最好的太医为他调治,你也要沉住气。有一次成蛟病了,三天三夜都没醒过来,把我们都吓坏了,后来我亲自为他祈福,他就苏醒过来了,从那以后身体一直很健康,再也没有病过。"

赵姬知道王后宠爱成蛟,可是令她奇怪的是,自从他们进宫就一直没有见到成蛟母子,难道他们有意躲避吗?她当然没有想到,这是华阳王后的安排,华阳王后嘱咐楚玉有意疏远他们母子,孤立他们,冷落他们,以绝他们立储之心、争王之意。

太师、太傅和太保

三天过后,嬴政奇迹般地醒来了,他睁开眼睛挣扎着坐起来,看到周围人们惊讶的目光,他问道:"你们怎么啦?"赵姬过来一把抱住嬴政,大哭不已,赵高和他的母亲也围过来。赵高说:"公子,你可醒过来了,你都睡了三天了。"睡了三天?嬴政摸摸自己的脑袋,说道:"赵高你又乱说吧?我怎么会睡三天呢?"

乳母说:"公子醒来可就放心了。夫人你别再哭了,俗话说得好,'大难不死必有后福',我看我们公子就是富贵命。"

嬴政被他们说得糊里糊涂,他看看四周,吩咐道:"我饿了,给我准备吃的吧!"

赵姬见嬴政醒来了,还招呼着要吃的,知道他的病已经全好了,急忙安排贴身的侍女去厨房准备嬴政爱吃的饭菜。赵姬跟乳母搀扶着嬴政站起来,说道:"看看能不能走路。"

嬴政站起来,拉着赵高的手说:"天晴了,我们去骑马吧!"

嬴政的话把一屋子的人都逗乐了,大家说:"真是神奇,在床上躺了三天三夜,起来就要去骑马。"

赵姬说:"对了,你父亲吩咐,叫你病好了赶紧学习呢!"

嬴政正式进入秦王宫的太院学习,他以前没有接受过正规的教育,所以必须从基础学起。基础的东西还是诗、书、礼、乐、射、御和剑术。嬴政已经九岁了,他以前也学过一些诗书,不过大部分都忘记了,倒是射箭和骑马,已经非常精通,在诸位公子王孙中出类拔萃。嬴政每天都迷恋射箭和骑马,对于诗、书、礼、乐,经常连看也不看。

这天,太师布置了一个作业,命令他们每个人抄写一遍《诗经》中的一篇文章,并且叫他们说一说其中的含意。嬴政素来不喜欢写字,他见其他的学生很快就写完了,非常着急,于是悄悄喊过赵高,想让赵高替自己抄写。

太师看见嬴政的举动,走过来申斥他说:"身为王孙,竟有如此拙劣的举动,真是愧对自己的身份。"

周围的公子王孙对嬴政指指点点,他们在取笑他。自从嬴政来到太院,就受到他们的嘲弄和冷落。他们故意逗他说话,却又假装听不懂他说什么。每当嬴政说话的时候,都会引来周围人的一阵哄笑。

嬴政听到太师的批评和周围人的嘲笑,羞愧得抬不起头来。他想,骑马射箭你们不敢与我比试,却在这里嘲笑我,哼,不就一篇文章嘛,我一定将这篇文章记熟背牢,认真抄写。

嬴政是个很有决心的人,放学后他也没有回宫,而是坐

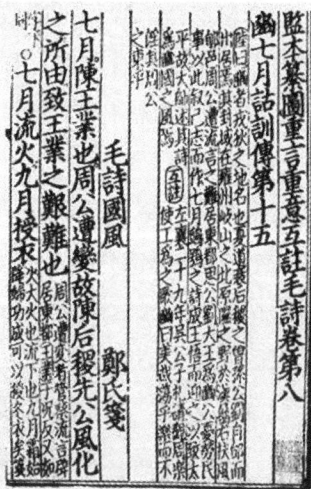

《诗经》书影,宋刻本,北京图书馆藏

在桌子前仔细抄写文章。成蛟走了过来,他们两人在太院认识,才知道原来彼此是兄弟。成蛟为人和善谦逊,他从不嘲笑自己的哥哥,而是经常暗地里帮助他。成蛟非常聪明,所学的文章过目不忘,而且能够举一反三,深刻体会文章的含意,深受太师的喜欢。成蛟说:"兄长,休息一会儿再写吧!"

赢政说:"既然太师说了,我还是做完再休息。"说着,继续认真地书写。成蛟见他写得认真,就问:"兄长,你可理解其中的含意吗?"

赢政说:"一会儿你给我讲讲。"赢政不懂就是不懂,他主动请教自己的弟弟,显示了他虚心求学、努力上进的决心。赢政把写好的文章拿给成蛟看:

> 武王载斾,
> 有虔秉钺。
> 如火烈烈,
> 则莫我敢曷。
> 苞有三蘖,
> 莫遂莫达。
> 九有有截,
> 韦顾既伐,
> 昆吾夏桀。

成蛟字正腔圆地念完这篇文章,说道:"这是歌颂商汤征伐战争情况的一篇文章,文章说,商汤武王挥动战旗,手执战斧,勇猛威武,军队的士气高涨,威风凛凛如烈火燃烧,天底下有谁敢阻挡他的前进！夏桀昏庸无能，任用三个奸臣佞相危害百姓，他们已经失去百姓的拥护，好像没有树根、没有树叶的空空枝干，快要完蛋了。天下渴望统一，建立新的政权，商汤武王一定能够打败豕韦，再讨伐顾国，一并铲除昆吾，消灭夏桀。"

成蛟声情并茂地讲完文章的意义，嬴政听得吓呆了，天底下还有如此气势恢宏的文章，它仿佛一把火焰照亮了自己前进的方向。嬴政说："原来文章中也有雄心壮志啊！"他以前读过的书比较简单，大都描述生活方面的，第一次这么认真地学习关于战争的文章，令嬴政激动不已，从此以后嬴政读书用功多了，他知道不只是射箭、骑马能够打仗平天下，书中也有战争，书中也有国家社稷。

兄弟二人在屋里说话，惊动了一个人，他就是太师，太师在门外听了一会儿，走进来夸赞道："解释得好啊！"

嬴政慌忙说："太师，我抄写了一遍，又听成蛟讲了其中的含意，我觉得这篇文章好极了，我想请老师再给我讲一遍。"

太师奇怪地看着嬴政，刚才还不喜欢读书，怎么突然间对读书着迷了？他说："你为什么喜欢这篇文章？"

夏桀

嬴政说："我觉得商汤武王英勇果敢，一举消灭夏桀，统一全国，很值得我们后人学习。"

太师说："有志气。不过你觉得商汤武王是凭什么打败夏桀，夺取政权的呢？"

　　嬴政说:"凭他的士气和刀斧。"

　　"还有呢?"太师说,"如果给你士气和刀斧,你能打败夏桀吗?"

　　嬴政想了想,没有说话。成蛟说:"我觉得还要有谋略和智慧。我记得书上说,商汤武王通过各种手段逐渐削弱夏桀的势力,扩大自己的影响力,在他征伐夏桀的时候,全国的形势对他非常有利,他去北方打仗时,南边的人有意见,他去南边打仗时,北边的人又盼望他的军队早点回来。"

　　太师满意地点点头说:"就像你们现在学习,并不是只学一种知识,还有太傅和太保来教导你们,掌握的本领越多,自己的能力才越强,长大了才会越有出息。"

　　从此以后,嬴政对待学习更加认真,他不但熟练掌握骑马、剑术,也开始更用心地对待其他方面的学习,这为他以后成为一代帝王打下了坚实的基础。

　　嬴政通过自己的努力,在太院中逐渐树立起自己的形象,并随着学习的不断进步,也得到了大家的尊重。那些嘲笑他的公子王孙们再也不敢轻视他,相反,都被他顽强好胜的性格所吸引,一致认为他志存高远,必成大器。

一把青铜剑

　　咸阳城的西边有一片山林,方圆上百里,山势起伏不平,树木浓郁苍翠,每到夏秋时节,山林间百兽活跃,热闹异常,正是打猎的好时机。这片山林是秦国王室的围猎场所,每一年秦王都会带领浩浩荡荡的狩猎队伍,进驻山林进行大规模的狩猎活动。这也是王室公子王孙们各显身手,显示自己本领的大好机会。

这一年的秋天到了,秦孝文王继位不久,为了显示自己的威信,他下令今年的狩猎活动将扩大规模,延长时日,要举行得比以前更加隆重。早早得知消息的王室贵族子弟和技艺超群的武士兵将们个个摩拳擦掌,精心准备,等待着狩猎活动的到来。

狩猎规模扩大,年纪尚小的嬴政和成蛟也被允许加入今年的狩猎队伍。嬴政第一次参加这样的活动,非常兴奋,他让赵高悉心照顾宝马,自己则全神贯注地练习剑术和射箭。每天嬴政都在练武场地练习很长时间,他一会儿挥舞宝剑上下翻飞,一会儿手搭弓箭连连射击箭靶,引得在旁观望的成蛟不住喝彩叫好。成蛟喜欢读书,对于剑术和射箭却不甚精通,但他喜欢看嬴政练习弯弓射箭,两个人一文一武,相处得非常和谐。

狩猎的日子终于到了,像过节一样,嬴政骑着宝马,腰挂佩剑,手挽长弓,威风凛凛地跟随队伍赶赴西山猎场。

狩猎的队伍车马喧哗,人声嚷嚷,大家你挤我推好不热闹。秦王看到大家如此激动,下令说:"谁能打到西山大鹿,谁将会受到重赏。"

传说在西山密林中,有一只雄鹿长得身形高大,体格健硕,奔跑如飞,在近几年的狩猎活动中,每次人们都能够见到它,进行一番角逐,但一直没有人能追上它、捕获它,所以传言这只大鹿有神灵护佑,无人能够射杀。

队伍来到山脚下,秦王传下命令,就在山脚下驻扎休息,第二天一早正式开始围猎。

第二天天一亮,参加狩猎的人员迅速集合在一起,整装待发。秦王命令太保们为公子王孙讲授狩猎注意事项。太保们大体讲解完狩猎的安全知识和基本常识后,一位太保又讲了一个

雄鹿

故事：

　　春秋时，楚国的一位国王喜欢狩猎，经常举办大规模的狩猎活动。有一次，他骑着高头大马，手执强弓利箭，带领随从在云梦泽进行狩猎。他命令手下的人把山里、湖泽中的飞禽走兽驱赶出来，他等在一边准备射猎。一会儿，从树林中窜出一只野鸡，楚王搭箭正要去射，突然从他左方呼地跃出一只梅花鹿，接着又从右边哒哒哒地驰过一匹大麋鹿。楚王左顾右盼，不知道往哪里射好，正在这时，头顶上又响起一阵风声，他抬头看去，原来飞过一只雪白的大鸟，巨大的翅膀伸展开，就好像天上的一块云彩遮天蔽日。楚王将箭搭在弓上却射不出去，一时间愣在那里。楚王手下有一个神箭手，名叫养由基，他看到楚王不知所措，驱马赶过来说："大王，臣练习射箭有个经验，如果在百步之外挂一片树叶，可以百发百中；如果挂上十片树叶去射，射中率就会很低。臣认为狩猎和射树叶一样，必须集中精力，对准一个目标，才能箭不虚发，射中猎物啊！"楚王听了养由基的话，觉得很有道理，他不再左顾右盼，而是选准一个猎物，实时出击，终于能够有所收获。

赢政听了太保的话，说："我的目标是大鹿，我应该集中精力追杀大鹿，而不能因为其他的原因就动摇自己的决心，这样的话我是永远也射不到大鹿的。"

太保是王孙们的老师，他自然希望自己的学生能够在狩猎中崭露头角，这样一来，既巩固王孙的地位，也顺便显示自己的育人才能，以便自己得到更大的重用。他们知道，一旦自己的学生登上王位，身为国王的老师自然荣耀非凡，备受尊崇。

秦王命令士兵们围住山林，又命令一部分人马深入山林，驱赶飞禽走兽，而自己率领王公子孙等大部分队伍来到林中一个宽阔地带，只等着猎物出来就可以射猎了。

赢政和成蛟在太保的护卫下，一马当先冲在前面。大家等了一会儿，果然，山林间一片喧嚷之声，紧接着，天上飞出雉鸟，地下跑出野兔、山狸，还有一些较大的麋鹿等动物慌乱飞跑，山林间一片沸腾，众位公子王孙、武将卫士早就拉满弓搭好箭，这个时候箭如雨发，纷纷射向四散逃窜的飞禽走兽。

赢政不甘示弱，他冲在队伍的前面，早就连连射出几箭，射中一只慌不择路的野兔，成蛟在旁边为他高声喝彩。

秦王看到众人兴致高昂，也伸手拔箭准备射杀猎物。他看准一只奔驰而过的小鹿，追赶过去。众人见秦王追逐猎物而去，急忙紧紧跟随，队伍一下子分散开，大家都盯着各自的猎物紧追不舍。

秦王的护卫自然不敢离开秦王,他们紧随左右保护他的安全。秦王已经五十多岁了,他骑马赶了一会儿,有些气喘,便停到树边,而那只被追赶的小鹿似乎故意逗弄秦王,见秦王停下,它又蹦蹦跳跳跑出来了,在秦王前方的草地上四下张望。秦王见小鹿站在那里不动,赶紧拿起弓箭,向它瞄准。就在秦王拉动弓弦的刹那间,一只大鹿好像从天而降,闪过秦王的眼前,带着小鹿逃跑了。

随从人员惊呼起来:"大鹿出现了!大鹿出现了!"他们看到一只健壮漂亮的大鹿飞跃而过。

秦王提起马的缰绳,准备策马追赶,没有想到马的脚被石头一绊,打了个趔趄,秦王一心看着前方没有留神,从马上摔了下来。护卫们匆忙上前,七手八脚扶起秦王,秦王挣扎着站起来,众人建议回营地休息,秦王却说:"不妨碍,继续狩猎。"

秦王受了这次惊吓,不愿意贸然前行,他命令手下的人火速追赶大鹿。嬴政听说大鹿出现,早就追逐过去,他顺着大鹿消失的方向一路紧追不舍,越往前越难走,林茂草深,蔽日遮天。他看到林子里树木参差起落,枝叶繁茂,有的高大粗壮直插云霄,有的低矮婆娑,连绵成一片。林间草丛中,不时有兔子、山狸等小型动物穿梭奔跑,确实是狩猎的好场所。

嬴政在林间转了一会儿,一直没有见到大鹿的踪影,正当他有些失望之时,突然眼前一亮,前方不远处的一条小溪旁,一只大鹿正在低头饮水,这就是传说中的大鹿吗?嬴政立刻提高警觉,他轻轻地打马向小溪走去,大鹿好像并没有察觉,饮一会儿水,抬起头来在水边悠闲地走来走去。嬴政躲在一棵树旁,掏出箭,搭在弓上,慢慢拉动弓弦,弓拉满了,嬴政一松手,箭嗖的射出去,直奔水边的大鹿。大鹿没有来得及躲闪,中箭倒下了。

　　嬴政立刻策马冲出去,等他到了水边,却惊奇地发现大鹿不见了! 嬴政环顾四周,自己射出去的箭也没有踪影,难道鹿带着箭逃走了? 可是刚才明明看见鹿倒下去了。

　　嬴政不甘心,在水边来回寻找,这时宝马突然停下来不走了,它低下头朝着水中嘶嘶鸣叫。嬴政顺着马的方向望去,小溪中有一物闪闪发光。嬴政急忙下马来到溪边,他涉水走到发光的地方伸手捞去,原来是一把青铜宝剑! 嬴政拿起宝剑,剑身微微颤动,剑锋闪着耀眼的光芒,水中怎么会有如此宝物? 嬴政疑惑不决,拿起宝剑舞动几圈,剑气四周闪耀,真如长虹贯日。

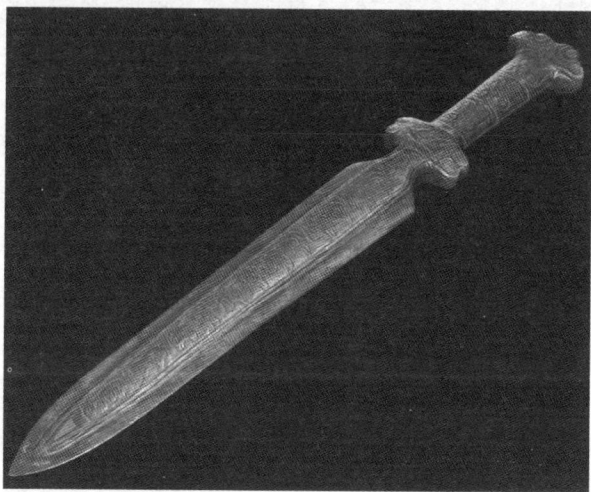

战国古剑

　　嬴政得到宝剑,赶紧上马飞奔出树林,他径直来到秦王面前献上宝剑。秦王接过宝剑,听嬴政诉说了它的来历,觉得非常神奇。他把剑递给嬴政,说:"看来是上天赐给你的宝物,孩子,好好收藏吧！将来也许会助你成就惊天之功业！"

秦王曾听说，当年孝公刚刚将都城迁到咸阳时，有一次进山狩猎，曾经丢了一把宝剑。难道这把宝剑是先祖孝公丢的？如今被嬴政找到，是天缘巧合还是另有玄机？自从嬴政回到秦国，秦王也见过他几次，可是都是在公众场合，对他这个其貌不扬、言辞不多的孙子并没有多大印象。今天狩猎，嬴政小小年纪，竟然如此英勇无畏，独自获得一把稀世罕见的宝剑，确实令他心中惊喜，刮目相看。嬴政将宝剑命名"鹿卢"，终生佩带，十分珍视。

西山狩猎，嬴政获得青铜宝剑，受到秦王嘉奖，在秦国王宫中渐渐崭露头角，他凭借自己的勇敢机智赢得众人对他的尊重。

狩猎归来没有多久，秦国又发生了一件大事情。

子楚继位为王，立储成为众所关注的问题。华阳太后对于嬴政的身世提出了异议；秦王偏爱王妃楚玉和她的儿子成蛟；吕不韦不肯坐以待毙，他积极行动，逼死楚玉，争夺相位，著书立传，留下一字千金的故事。储位之争风波暗涌，杀机四起。少年嬴政来自异邦，与父亲分别日久，几乎无感情可言，在纷繁残酷的斗争中，他凭借勇敢和智慧大胆行事，会赢得父亲的信任和喜爱，崭露头角吗？

第六章 储位之争崭露头角

第一节　华阳太后

子楚当上了秦王

秦王在狩猎中受到惊吓,回来后一直疾病缠身。华阳王后昼夜服侍在秦王身边,不敢离开半步,她看到秦王日渐消沉,病情没有丝毫好转,心里非常着急。她急忙召来太子子楚,与他商量对策。子楚说:"先王去世已经几个月了,父王服丧,没有举行即位大典,现在父王病重,应该立即举行即位典礼,一来稳固王位,二来也可以给父王冲喜。"

华阳王后觉得很有道理,立即请示了秦王,秦王默许,华阳王后就让子楚准备一切即位事宜。

子楚急忙私下召集自己的门客幕僚,商量秦王即位典礼的准备工作。吕不韦说:"宫里面的事情华阳王后说了算,我看我们不用太过担心;外面的事情,太子可有什么担心吗?"

子楚说:"父王重用亲朋,会不会疏远了先王时的功臣?"

吕不韦说:"太子说得有道理,我看大王即位大典这么重要的事情,太子应该多与相国商量。"

此时秦国的相国是谁呢?秦国大政又掌握在谁的手里呢?还是让我们从秦昭襄王时期的宫廷斗争说起吧!

秦昭襄王年轻时,宣太后曾经主政,她任用自己的弟弟穰侯魏冉为相，魏冉自恃功高，又是秦王的舅舅，渐渐把持朝政，不把秦王放在眼里。后来秦昭襄王重用范雎，范雎帮助秦王除掉魏冉，被拜为相国。范雎立为相国后，尽心辅佐秦王，功劳很大。在昭襄王晚年，范雎多与白起等有冲突，秦王对他也有所猜忌。

燕国人蔡泽游说诸侯间，得不到重用，这时得知秦国朝廷间的冲突，觉得有机可乘，就赶往秦国游说。蔡泽一到秦国，就放出风声说，燕国人蔡泽，聪明善辩有智慧，如果见到秦王，秦王必然重用，那么范雎的相位就很危险了。

名将吴起

当时范雎正为秦王对自己不信任这件事忧虑，听到蔡泽放出的风声，立刻接见了他。蔡泽见到范雎后，以商鞅、吴起、文种为例说服范雎，蔡泽说："人们都说'日中则移，月满则亏，物盛则衰'。这是天地间自然的规律，进退自如，与时变化，这才是圣人应该遵循的法则。商鞅、吴起、文种都曾经为自己的国家立下赫赫功绩，到后来谁落得好下场？商鞅被车裂，吴起躲藏在国王的尸体旁，仍然被乱箭射死，文种被赐死，这都是历历在目的事实。《尚书》中说：'成功之下，不可久居。'《易经》上说：'亢龙有悔。'相国一定要深思熟虑啊！"范雎听了蔡泽的话，认为很有道理，就上书秦王推荐蔡泽，自己称病辞去相国的职务。蔡泽由此被拜为秦相。

蔡泽为相后，引起许多人对他的不满，尤其是范雎的门客，扬言要杀掉他。蔡泽初到秦国，没有立稳脚跟，非常害怕被人暗算，于是也假装有病，不敢拿相国应该得到的俸禄，而诚惶诚恐。蔡泽与范雎实际上是秦国朝廷上两股互为牵扯制约的势力，双方都不敢采取过激的行动和措施。

吕不韦在秦国经营多年，对于朝廷的冲突斗争看得一清二楚，他是个善于抓住时机的人，趁这个时候，他大肆招徕门客志士，树立自己在秦国的地位，扩大自己的势力，梦想成为秦国的骨干能臣。吕不韦建议子楚去见蔡泽，实际上是想打探他的虚实，是不是支持太子。

子楚见到蔡泽后，跟他说了秦王即位大典一事，蔡泽听后说："大王在先王四十二年的时候，从众位公子中脱颖而出，被立为太子，转眼已经十多年了。这些年来大王勤恳自勉，为人仁厚，已经确立了无人可以替代的地位，应该及早举行秦王的即位大典啊！"

子楚说："对于诸侯各国还有什么可担忧的吗？"

蔡泽笑道："秦国兵强马壮，北有司马梗平定太原，东有大将王龁、张唐镇守，还有什么可怕的？大王服丧期满就应该继位，太子为什么如此紧张呢？"

子楚知道父王病重，担心秦王即位后，一旦出现变故，自己身为太子应该如何应付，贵族大臣们又会不会服从他的召唤。子楚诚恳地说："相国，实不相瞒，大王病重多日，我不得不有所准备啊！"

蔡泽早就明白太子的意图，太子明为秦王担忧，实则是为自己的前途考虑啊！蔡泽也清楚自己在秦国的地位，他看太子对自己以诚相待，认为这是个难得的机会，他想，如果自己趁机尽心辅助太子，一旦太子即位，自己的地位就会得到巩固和提高，而不是今天这个不尴不尬的样子了。想到此，蔡泽不慌不忙地说："太子仁厚敦诚，立为嗣子已经多年，深为华阳王后喜爱，这不是天下共知的事情吗？太子所忧虑之事，臣当竭力相助。"

子楚回来后，与吕不韦共同分析相国的意思。吕不韦说："看来相国是支持太子的，武将们大多数在边关，没什么可担心的。我在秦国这些年也结交了不少有志之士，请太子给我一部分军队，让我负责咸阳城的安全。"

太子做好一切准备工作，与华阳王后协商后，订于十月己亥日举行即位大典。秦王拖着病重的身体，在众位王公大臣、各方诸侯的祝贺下，举行了隆重的即位典礼。即位后，秦王的疾病突然加重，他望着身边的华阳王后说："看来我得先走了。"华阳王后泣不成声，一个劲地掉眼泪。秦王说："我死后，子楚继位，嘱咐他善待自己的兄弟们。"秦王有二十多个儿子，子楚因为奉华阳王后为母，所以被立为太子。其实秦王对子楚一直没有多大的好感，认为他性格懦弱，难成大器，他本来以为自己身体强壮，能多做几年国王，以后慢慢处理太子事宜，现在看来没什么机会了。

华阳王后说："太子仁孝，大王你就放心吧！"

秦王记起西山狩猎时嬴政独得青铜宝剑一事，挣扎着说："我看嬴政颖悟有胆量，不是一般的孩子，将来一定比他的父亲强。"

华阳王后急忙说："成蛟更是机智聪明，在这后宫当中谁不夸奖他呀？"

秦王没有说什么，自己一生虽然姬妾无数，却偏偏宠爱华阳，立太子已经听从了她的意见，以后的储君之争难道她也要参与？秦王艰难地举起手臂，示意召太子进见。子楚早在门外等候，听到秦王召见急忙进去。秦王又叮嘱他善待兄弟一事。秦王的担心不是没有道理，秦昭襄王继位的时候，诸公子叛乱，与昭襄王展开一场生死之战，后来昭襄王平定叛乱，杀死王室子孙十几人，太后也遭到株连。子楚的兄弟二十多个，王孙更是多得数不清，一旦发生争执，后果不堪设想。

秦王做完安排，痛苦地闭上眼睛与世长辞。他死后，葬在寿陵。据《史记》记载，秦王立一年，薨，谥为孝文王。太子子楚代立，是为庄襄王。庄襄王所母华阳后为华阳太后，生母夏姬尊以为夏太后。

子楚在华阳王后和吕不韦的内辅外助下，顺利地登上王位，成为秦国的国王。华阳王后尊为太后，子楚的亲生母亲夏姬也被尊为夏太后，后宫之内仍然是华阳太后说了算。

回国不到两年，嬴政由王孙变成了公子，按照常礼，他的母亲是夫人，那么他身为嫡长子，应该被封为太子，可是事情却一波三折，出现了意想不到的情况，使嬴政被立为太子之事费了许多周折。到底事情如何发展，嬴政是如何登上太子之位的，请看下文分解。

一盘鱼肉丸

子楚即位不久，华阳太后就跟他商量册立太子一事，华阳太后说："你已经即位做了秦王，应该及早确立太子，这样一来，也好内安外定,君臣团结,一心一意治理国家,我们也就放心了。"
华阳太后说的"我们",是指她和夏太后。夏太后感激华阳太后
帮助子楚继承王位,对华阳太后总是言听计从。

子楚明白华阳太后欲立成蛟为太子,他心里也有这样的想
法。自从回到秦国,子楚与楚玉相知相识,日夜恩爱,他们的儿
子成蛟又聪明好学,长得眉目清秀,举止文雅,越来越像子楚。
而嬴政从小就不在身边,父子俩感情疏远。嬴政行事不拘小节,
性格刚强,决断勇武,心怀大志,与子楚的性格格格不入,所以,
子楚心生弃意,为此犹豫不决。

夏太后也帮忙问道:"立太子是件大事,你心里可有什么想
法? 趁我和太后还年轻,也许还能为你分担点什么。"

子楚见两位太后逼问得紧,就说:"王子中只有嬴政和成蛟
年纪大一点,他们两个都是有智慧的人,我们观察一段时间,与
王公大臣们商量以后再做决定也不迟。"

华阳太后说:"立太子虽然是国事,可是也是家事,自古都是
国王说了算,王公大臣能不听国王的命令吗?"

子楚说:"在赵国的时候,曾经册立赵姬为夫人,她生的儿子
自然也就是嗣子,应该立为太子。可是楚玉贤良,这些年来辅助
我也有不少功劳,成蛟又有才能,实在难以决断啊!"

华阳太后说:"此一时彼一时,你在赵国的时候,身为人质,
册立夫人的事情,并没有征得我和先王的同意,这件事情可以
不算。"

华阳太后也许忘了子楚娶赵姬生嗣子还得到过她的祝
贺呢!

子楚无奈地说:"我再想想。"

子楚惧怕的自然是吕不韦，这些年来他为自己出谋划策，帮助自己一步步坐上秦王的宝座，现在反过头来，不承认当初与他的约定，他会同意吗？

吕不韦掌握咸阳城的兵权后，势力更加强大，他也为立太子一事日夜担忧。自从赵姬回到秦国，为了避嫌，吕不韦还没有见过赵姬，不过他安插在宫内的亲信早就向他汇报，赵姬回来后一直不得宠，嬴政在后宫中也备受冷落。吕不韦知道这些消息后非常着急，却一时也想不出什么好办法。

子楚即位做了秦王后，吕不韦也上奏过几次，建议子楚早立太子，可是子楚左右徘徊，进退两难，一直没有确定太子事宜。

这天吕不韦的亲信又传来消息，说两位太后共同召见子楚，催促他早立太子。吕不韦知道华阳太后对嬴政母子有所怀疑，打算立成蛟为太子。吕不韦感觉到形势对自己很不利，内心越来越焦急。

吕不韦的心事被他的一个门客猜透了，这个人本来是一个厨子，在家乡打伤人之后逃到秦国，正巧吕不韦广收门客，壮大自己的势力，他就投身到吕不韦的门下。厨子见吕不韦日夜焦虑，就说："主公必定为什么事所困扰，能不能跟我说说，也许我能为主公分担点忧愁。"

吕不韦觉得他是一个厨子，不懂什么国家大事，就没有理他。这个厨子却是个有心机的人，他已经从别人那里打听出事情的原委，到了晚上他亲自下厨，为吕不韦做了一道美味可口的鱼肉丸子。

当时人们不知道鱼可以做成丸子食用，吕不韦见到光滑鲜嫩的肉丸，觉得奇怪，品尝一个，感觉非常鲜嫩可口，就问道："这个肉丸怎么有鱼的味道,难道它是鱼肉做的吗?"

厨子说:"正是我拍碎鱼块,取下肉制成的。我听说秦王也喜欢吃鱼,主公如果觉得这个鱼丸好吃,可以请秦王来一起品尝。"

吕不韦说:"有道理,秦王喜欢吃鱼,却因为鱼刺多,总不能畅快食用,后来就不再吃鱼了。现在制成鱼丸,没有了刺,不是正合大王的心意吗?"

子楚听说吕不韦的门人发明了一道美味佳肴,是没有刺的鱼,也觉得很好奇,就欣然前往,准备一探究竟。

厨子把做好的鱼肉丸子端上来之后,子楚品尝了一下,果然爽嫩可口,味道非凡,既具有鱼的香味,又没有鱼刺作梗,吃起来让人备感惬意。

厨子见子楚喜欢吃鱼丸,就说:"大王可知道这个丸子是用什么做的吗?"

子楚说:"听先生说是用鱼肉制成的,不知道你是怎么做到的。"

厨子说:"做法非常简单,把鱼整个拍碎,去掉鱼骨、鱼刺,就剩下鱼肉了。大王知道鱼肉丸子这么香,其实没有想到它仍然是鱼啊!鱼肉丸子和鱼是同一种食物,只是做法不一样,就得到大王不同的待遇,我真为它们感到寒心哪!"

子楚听厨子这么说,沉思良久后说:"你说得有道理,我不应该以自己的好恶来判断事情。"

吕不韦明白厨子的用意后,对他大加赞赏,他借机向子楚进言,秦国接二连三更替新君,必然在诸侯间产生不利的影响,为防止诸侯趁机攻打秦国,秦王应该修好于诸侯,树立自己的威信。他说:"大王曾经说过立赵姬为夫人,她的儿子即嗣子,如果大王出尔反尔,改立王后、太子,必然授诸侯以把柄,恐怕他们会借此机会攻打秦国。大王新立,人心不稳,一旦发生战事非常不利啊!"

子楚本来依靠吕不韦和华阳太后当上秦王,现在他们两个对于立太子一事各怀鬼胎,互不相让,子楚感到非常为难,不知如何才能找到一个两全其美的解决方案。

想不到的事情

华阳太后见吕不韦千方百计唆使秦王立嬴政为太子,就越发怀疑嬴政的身世,对当年的传言更加深信不疑了,她心想,难道让你的儿子继位做秦国的国王?

华阳太后虽然怀疑吕不韦,却没有证据,也不好正面把这件事情告诉秦王,而且一旦告诉秦王,万一他不相信,事情不是更糟吗?华阳太后想来想去,想到一个办法。

华阳太后素来喜欢花香,无论春、夏、秋、冬,她的宫内总是飘着春天里各色鲜花的香气。赵姬刚入宫的时候,曾经收集花草模仿过太后,可是没有成功。太后屋里的花香也成了宫中最大的谜团,大家纷纷猜测,最终仍是不得而知。

华阳太后请来秦王子楚,问道:"你对我宫中的花香也有疑问吗?"

子楚说:"想必太后是天人相助,我也不敢妄加猜测。"

华阳太后笑道:"哪有什么天人,一会儿我带你去个地方,你就明白了。世上的事,很多是你所想象不到的,却真实地摆在那里。"

子楚见太后说话模棱两可,觉得其中必有缘故,就恳切地说："我很愚钝，太后有什么事一定要明示。"

华阳太后并不搭话，带着子楚向宫外走去。宫北门不远处，有一座低矮的山坡，山坡的南面，几个农人正在忙着打理一间间的草棚。子楚说："太后，我们来这里做什么？"

华阳太后说："现在已经是深秋时节，花草都已经凋谢，你相信能看到盛开的鲜花吗？"

子楚回答说："太后真会开玩笑，这样的季节哪里能有鲜花盛开？"

华阳太后微微笑道："我不是说过吗，世上很多事情是你想不到的。"

两个人说着，走进前方的草棚。子楚一进去，顿时感觉里面温暖如春，他惊奇地四处张望，疑惑地问道："一间普通草棚，怎么会如此暖和？"

这时过来一个农人，深施一礼说道："大王，这里虽然是草棚，实际上里面有土墙包围，这个地方地下有温泉，年年不息，所以很暖和。"

华阳太后指着里面说："你进去看看，里面有什么？"

子楚在农人的带领下，挑开门帘往里观望，原来是一盆盆芬芳多姿的鲜花！子楚惊讶地叫道："太后真是有神人相助啊！"

华阳太后说："我年轻的时候在楚国，喜欢养花，来到秦国的时候，带来许多花草，可是这个地方冬天寒冷干旱，不利于花草生长，我的一个园艺师父给我想了这个办法，没有想到非常成功。我得宠于先王，受到姬妾们的妒忌，所以这个秘密我一直不敢对外人说。"

子楚这才明白华阳太后宫中的花香之谜，他说："太后，您现在不用害怕有人妒忌您了,您可以放心大胆地派人在这里养花了。"

华阳太后说:"你真是宅心仁厚,我今天叫你来看花,还想让你明白一件事,先王那么宠爱我,可是我也没把这个秘密告诉他,你说世上的事是不是很难猜测? 世上的人是不是该多一分提防?"

子楚不敢接话,讷讷地站在一边。华阳太后继续说:"成蛟生在后宫是我们看着长大的,对他你还有什么疑惑吗? 嬴政从小离散,多年居住国外,你对他又有多少了解呢? 当初你离开他的时候,他只有两岁,时隔多年,连他的身份都引起了很多人的怀疑。"

子楚听了这话,不由得大为吃惊,虽然自己不是很喜欢嬴政,却从来没有怀疑过他的身份,难道这其中也能有假? 想到此,子楚心里惊恐不已。

华阳太后见子楚心动,继续说:"所以我这么固执地请求你立成蛟,不立嬴政,是经过慎重考虑的,希望你能三思而行,不要让先人失望,让世人耻笑。"

子楚随华阳太后看花回来,心情更加焦躁。储位之争如此激烈,一方是权倾内宫的太后,一方是势压百官的密友,如何处置,自己也完全没有了主见。而就在这时,秦国后宫发生了一件意想不到的事情。

第二节　秦王遇刺

三换位置

秦国自秦孝公以来，一直到秦昭襄王，秦国的对外政策是纵横捭阖，扩疆增地，大规模扩张国家领土。特别是昭襄王在位时，秦国疆土扩展得最为厉害，不断地向东方和南方的诸侯国发动战争，攻城略地，夺取了大面积的邻邦国土。当时秦国的军队非常强大，将士作战也英勇无比，可谓攻无不克，战无不胜。秦国采取的扩张和发展策略令其他诸侯国胆战心惊，闻风丧胆。

秦孝文王继位只有一年就去世了，子楚继位为王，他为人和善，敦厚诚实，又在国外做了多年人质，曾经亲眼看见战争给各国人们带来的深重灾难。为此，他曾天真地想，应该以谋求天下和平为己任，人人诅咒的战争，我现在不打了，天下不就太平，百姓不就安乐了吗？这是他继承王位后不再言战的原因。

子楚继承王位后，首先遵循先王的遗诏，善待自己的二十多个兄弟，对于王室宗族也多施恩德。子楚还下令减轻百姓赋税，希望能够促进生产的发展。子楚认为自己实行的这些措施，必定能够对内安抚国人，对外修好诸侯。他没有想到的是，春秋战国以来，诸侯国之间多次发生摩擦，早已经结下不可化解的冲突。另一方面，春秋时期，铁农具和农耕得到推广，到战国时已经极大促进生产的发展,农作物产量大大提高。春秋史书上有记载:宗庙之牲,为畎亩之勤。社会生产力显著进步,推动了社会的大变革。而诸侯分封割据,严重阻碍社会政治、意识形态的进步发展,国家一统成为大势所趋,也是社会进步的必然要求。子楚没有看清历史发展的趋势,而简单地以为停止战争就能解决一切冲突,犯了致命的错误。

在短短的几年时间内,秦国两次更替新君,给了诸侯各国喘息的机会。秦昭襄王五十二年的时候,秦王派将军樛攻打西周。春秋战国以来,诸侯逐渐强大,周朝名存实亡。将军樛率领军队围住西周君的住处,西周君知道自己无法与秦军相抗,就走出城池接受归降,西周君把自己仅有的三十六座城邑全部献给秦国,共计百姓有三万人。象征周王朝最高权力的九鼎也归秦国所有。九鼎是周朝建朝初年,国富民强的时候,命令各诸侯国进献青铜锻造而成的。楚庄王为五霸之一,曾经为夺取九鼎发兵攻打过周朝,却没能得到。

西周君献城邑、九鼎归降后,他的一些臣民往东逃亡,又拥立了一位东周君。

东周君见秦昭襄王和孝文王相继去世,子楚继位权力没有得到巩固,想趁此机会,谋害秦王并讨伐秦国。他买通了几名刺客,指使他们暗地潜伏到了咸阳,伺机行刺秦王子楚。

子楚即位后,一直为立太子一事内心烦忧。一天,他带领侍从出宫散心,在宫门口正好碰到嬴政与成蛟骑马归来。二人看见子楚,赶紧下马给父王请安,子楚说:"你们骑马的技术有没有提高啊?"

成蛟说:"兄长骑马技术很高,我不如他。"

骊山

子楚见成蛟谦逊，说："你年龄还小，长大了就骑得好了。"看了看两个儿子子楚说："你们两个再陪我骑会儿马吧！"

父子三人打马出宫，飞驰而去，身后的侍卫随从也呼啸跟随而去，一时间，宫门外的大道上尘土飞扬，好像有千军万马驶过。子楚很少骑马外出，这次带着两个儿子出宫游玩，当然引人关注，咸阳城的人们立刻拥上街头观看。

一会儿的工夫，马队驰出咸阳城，距离西山不远了。子楚说："我们去西山打猎可好？"成蛟急忙说："父王出宫只带着少数的随从，出来时间长了会有危险。"

子楚说："嬴政你说呢？"

嬴政说："成蛟说得有道理，不过不管出现什么危险，儿臣都会尽力保护父王的。"

子楚见他们两个人如此说，很高兴，他停住马说道："既然你们不想去，那也就算了。"其实子楚不爱打猎，只是心中烦躁，想去散心。父子三人一边谈笑一边转回马头，子楚说："难得带你们出来，我们就去骊山游玩一会儿。"

嬴政说："父王，我们出来的时候，你我的马走在前方，引起了百姓的关注，现在我们回去，我觉得我们应该夹到队伍中间，以防不测。"

子楚没有想到嬴政不但英武，还思虑谨慎，赞许道："说得有道理。"

他们游完骊山，天色已经晚了。嬴政说："天色已经黑了，我们要走到队伍的最前面。"

子楚奇怪地问："天黑路暗，以防不测，我们更应该走到队伍的中间，这样才安全呀！"

嬴政说："天色黑暗，在都城之内如果有人行刺，必定不敢明仗灯火，只能偷袭，偷袭的话他们看不清我们的位置，肯定猜测我们在队伍的中间，因此会攻击中间，我们避开中间就会万无一失。"

子楚听了不由得暗自惊奇，他连连点头说："好主意。"心想，嬴政只有十来岁的年纪，竟然有如此谋略，将来继任秦王，必定会有很大的作为。他借散心之机，想仔细考验考验两个儿子，看看他们谁更适合当太子。子楚的一片爱子之情不可谓不深，他软弱的性格决定他夹在吕不韦和华阳太后之间左右为难，而两个出色的儿子更让他难下决心，立太子成了他的心头之患，使他随时随地都在思虑这件大事，看待儿子时总是不由自主地用一副审视的眼光。王宫生活虽然富贵荣华却缺少人情味，父子情、兄弟情……都带着残酷甚至血腥之气。

嬴政隐隐感觉到了太子之争正在紧锣密鼓地展开，他从小怀有大志,以驰骋沙场、统一天下为荣耀,从来没有想到过安逸享乐的日子。自从回到秦国,母亲赵姬对他要求非常严格,一再叮咛他要努力,要讨好父王以求早早立为太子,过上安稳舒适的日子。他听到这些似懂非懂的话,一面应承母亲,一面却有自己的想法:我要做国王,我要统一天下,不是贪图享乐和争权夺势。所以年少的嬴政时时表现出强烈的政治欲望,涉猎文武,颇有志向。他的这些出色行为不但引起父亲子楚的注意,也引起朝中大臣们的关注,可以说,他最终胜出,被立为太子,虽有外人的帮助,但更多的是靠个人的实力。

这次出游,嬴政提出三换位置以确保安全之法,是他个人潜能和才智的集中体现,他具有危机意识,还能实时采取措施,这是一般十来岁的孩子无法做到的。子楚一方面为嬴政高兴,一方面也更加为难,到底立谁为太子? 这座天平在他心里摇晃不定,令他心神难安。

现在,子楚心里的天平略微倾斜向了嬴政,他接受嬴政的建议,带领两个儿子打马冲到队伍的最前方,快速赶回长扬宫。

遇刺受惊

子楚一行几十人飞奔在咸阳大道上,此时,东周君与诸侯派来的刺客正埋伏在路上。刺客进入咸阳已经有些日子了,他们一共有三个人,混迹在咸阳城的馆舍民间,耐心寻找机会。今天中午他们在街上游逛,忽然看见一队人马飞驰而过,旁边的百姓指指点点,议论纷纷:"快看,大王跟公子骑马出去游玩了!""两位公子真年轻英俊啊!"

刺客听说是秦王跟公子出游,立刻提高警觉,他们骑上马,

嬴政登基后也遭到了刺客的袭击,荆轲刺秦王的故事流传了千百年

一路尾随,紧跟秦王的队伍。他们见秦王的侍卫众多,又是白天,不敢轻易下手。后来秦王带领队伍去骊山游玩,刺客们互相商量,认为子楚父子回来的时候,天色一定黑了下来,先探寻好行进的路线,在回来的路上可以行事。

刺客们在回来的路上仔细观察,发现离咸阳城不远的路北边,有一处土坡。刺客们早早做好了准备,隐蔽在土坡的后面。秦王的队伍果然从这里经过,刺客们看见他们并没有提着灯笼打着火把,而是速度很快地朝这边奔驰而来,就商量说:"我们只有三个人,不能硬拼,看他们跑得很快,又没有灯火,秦王肯定躲在队伍的中间。我们等前面的人马过去,直接从中间开始攻击,一定能截住秦王,到那时候我们就可以杀死秦王,完成使命了。"

几个人商量好后,队伍已经到了眼前,前方几匹马飞速过去,刺客们从土坡背后一跃而起,冲杀下去。走在中间的侍卫们遭到刺客袭击,大声呵斥着拔刀抽剑与刺客战成一团。子楚跟嬴政、成蛟听到后面的厮杀声,吓出一身冷汗。子楚急忙喊:"快速回宫。"嬴政说:"父王跟成蛟先走,我保护你们。"说着抽出他的青铜宝剑。

子楚说:"快快回宫,有侍卫护驾呢!"带着嬴政和成蛟狂奔回宫。

子楚遇刺虽然没有受伤,却受到极大的惊吓,他躺在床上几日都没有起来。他回想起遇刺的情景,晚上就心惊胆战,如果不是嬴政提前建议做好准备,自己在队伍的中间,不是已经遇害了吗?不由得对嬴政产生了几丝赞佩之情。

随即,子楚命令吕不韦调查行刺事件,查查是谁胆大包天要杀自己。

子楚躺在床上,楚玉服侍在他的身边。楚玉了解了当天的经过后,也是非常害怕,她说:"大王以后可要谨慎啊!"

子楚说:"我也是心情郁闷才贸然出宫的。"

楚玉知道子楚为立太子一事很不开心,就劝说道:"自古立太子都是君国大事,大王保重身体要紧,等以后有机会再立不迟。"

子楚拉着楚玉的手说:"你温良贤惠,与我最知心,我实在是不舍得让你受委屈。"

楚玉深情地看了一眼子楚:"大王的心意我哪会不知道呢!我情愿我们是平民百姓,与大王相守一生。太后与吕不韦相争这么激烈,我们能怎么做呢?就是成蛟主动提出不做太子,恐怕太后也不答应啊!"

子楚叹口气说:"只能以后再说了。先让吕不韦查清行刺事件。"

吕不韦得知秦王遇刺也是大吃一惊,他立即召集门人宾客,共同商量搜捕审讯刺客的办法。三个刺客当场死了一个，有一个身负重伤后被活捉，还有一个跑掉了。吕不韦命人包围咸阳城，仔细搜索调查，然后他亲自提审被捉的刺客。

吕不韦见到刺客时，刺客已经奄奄一息，几乎不能说话。吕不韦说："我知道你是受命来行刺的，你也不用告诉我受何人指使，你只须告诉我，刺杀秦王你会得到多少赏赐？"

刺客看一眼吕不韦，愤愤地说："壮士为知己者死，我难道是为了金钱吗？秦国消灭西周，抢夺九鼎，是不是应该受到惩罚？"

吕不韦拿起刺客的宝剑，看见上面刻了个"周"字，笑道："壮士也不必为难，我们都是为主人办事，你好好养伤吧！"

吕不韦拿着宝剑去见子楚，他说："我听这个刺客说话的语气，再看看他的宝剑，我认为他是东周派来的。"

子楚说："既然是东周派来的，我们该怎么办呢？"

吕不韦说："应该收复东周，把他的国民全部迁入咸阳，这样一来，他们是秦国的百姓，就可以杜绝后患了。"

子楚说："那就依你的意见来办吧！"

吕不韦回去后，他手下的人汇报说把逃匿的刺客捉住了。吕不韦问："从哪里捉来的？"手下的人说："咸阳城郊的一个偏僻民房，听说以前相国也在那个地方住过。"

相国？蔡泽？吕不韦的眼前一亮，自己在秦国已经一人之下，万人之上，秦王什么事都听自己的决断，可是自己还没有个正式的官职爵位，以秦王的先生暂时居住此处，始终不是个长久之计。范雎和蔡泽都居高位，智谋过人，善弄权术，都是自己谋求高官的拦路虎，虽然两虎相斗，却还在朝中有很大的势力，如果不除掉他们，对自己的前程终究是个大的隐患。吕不韦正想找机会除掉他们,而机会自已就来了。

蔡泽出使燕国

子楚在赵国做人质时,曾经与燕国公子喜结为兄弟,两个人关系非常好,燕国公子接济过子楚也救过子楚,这份感情子楚一直记在心里不敢忘却。喜回到燕国后没有几年就继位为王了,现在子楚也做了秦王,喜几次派人前来祝贺,与秦国修好。子楚一直想与燕国互换人质,以示友好,可是还没有确定合适的人选。

嬴政在赵国的最后一段岁月里,喜的公子丹也在赵国做人质,两个孩子年龄差不多大,又有父亲的关系,非常要好,成了好友,经常在一起玩耍。子楚想到此,打算派嬴政出使燕国,可是又想到太子未立,所以迟迟没有做出决定。

吕不韦对子楚的想法非常清楚,他很害怕一旦嬴政出使燕国,自己多年来费尽心机所求的一切恐怕就要落空了。他着急地寻求策略,这天,他在调查秦王遇刺一案的时候,意外得到一条线索,心中豁然开朗,认为有办法阻止嬴政出使燕国,而且能够一举两得,顺便除掉朝中阻挡自己升官的拦路虎。他越想越得意,不顾天色已晚,匆匆去见子楚。

这时,月亮挂在了树梢,人们大多已经安息,偶尔传来几声狗吠,在这样的夜色中行走,吕不韦已经习惯了。正是这样的夜晚,他为子楚献策结交华阳王后;正是这样的夜晚,他设计救子楚逃离了赵国。现在子楚贵为秦王,而他只不过是个谋臣,他也该为自己谋划考虑了,实现他当初"您能荣华富贵我也跟着沾光"、"富贵通天"的梦想。

　　吕不韦满怀兴奋来到秦宫，见到子楚后说："大王，逃跑的刺客抓住了，听说跟相国蔡泽有点牵连。"

　　"什么？"子楚紧张地坐起来，"怎么会与蔡泽有关系？"子楚最怕先王时的功臣不服自己，这也是为王者最大的忌讳，功臣一旦形成势力，不服从国王管理，那么国家政权就无法稳固。子楚心想，难道他们与诸侯联合来害我？

　　吕不韦见子楚担心，故作紧张地说："蔡泽为人机智狡诈，在秦国多年，虽然被拜为相国，却没有实际权力，他一定不甘心，这件事情如果真与他有关系，大王准备怎么处理？"

　　子楚黯然地说道："如果真有关系，按律应当把他处死。"

　　吕不韦急忙说："大王刚刚继位就杀旧臣，这对大王没有利。以我的意思，蔡泽在秦国多年，没有功劳却也没有什么过错，不如把他派往诸侯国，让他游说其间，也许能给秦国带来什么利益和好处。"

　　子楚觉得此计甚妙，立即说："叫他去燕国吧！我本来想跟燕国交好，一时没有合适的人选，现在派相国去也不会失礼于燕王。"

　　这正是吕不韦的意思，既除去蔡泽，又保护了嬴政，不用出国做人质。他随即赞同子楚的决议，并且奉承说："大王英明！"子楚传诏，命蔡泽出使燕国，以促进两国友好。就这样，吕不韦借机赶走了相国蔡泽，接着，他开始一步步蚕食老相国范雎的势力，没有多久，他在朝中的势力无人可比，权倾一时。他见时机成熟，即着手策划请秦王拜自己为相。

　　这天，秦王子楚上朝，有大臣上前启奏，吕不韦机智能干，对内安邦定国，对外结交诸侯，实在是相国之才。这个建议正合子楚的意思,这些年来,自己一直得到吕不韦的鼎力相助,却没有一官半职回报他;而另一方面,他也确实有非凡才能,治理国家应该得心应手。于是就借这个机会任命吕不韦做了秦国的相国,一举两得,名利双收。吕不韦同时还被封为文信侯,食邑为河南洛阳十万户。除了贵族王卿,吕不韦一跃成为秦国最尊贵的人,终于实现自己富贵通天的梦想。从一开始认识子楚,到后来帮助他做上秦王,吕不韦的这笔生意经取得了一本万万利的好效益。吕不韦由商场走上了政治舞台,他会有什么作为,会给秦国带来什么改变?他的另一个目标——辅助嬴政为太子、为王的梦想能否实现呢?

第三节　吕不韦称相

一字千金

吕不韦当上了秦国的相国,权倾朝野,无人与之匹敌,整个秦国可以说是吕不韦一人说了算。吕不韦早年就曾广收宾客门人,等到做了相国,他的食客已经达到三千人。从春秋到战国,游说之士为实现自己的理想,奔波于各诸侯国之间,推销自己的治国策略,希求实践自己的政治抱负,借此博得美好的名声,谋取相对的地位和利益。这些人大都寄居在有名望的贵卿大臣家里,希望有机会施展才华、一展雄心,为此,这些人被称为"食客"。其中比较有名的就是苏秦和张仪,他们游说诸侯联合抗秦,取得了巨大的成功。前面说的范雎、蔡泽都是依靠游说当上秦国相国的。

吕不韦担任相国时,在诸侯国中,魏有公子信陵君无忌,楚有春申君黄歇,赵有公子平原君赵胜,齐有公子孟尝君田文,四人非常有名,人称"四公子"。他们喜欢礼贤下士,广交宾客,门人食客大都多达几千人。四公子在门人食客的辅助下,内安国家,外修诸侯,很有势力,所在国家也很重视他们,很多国事政事都请教他们,请他们帮助决断。四公子的故事广为流传,引起各国贵族权倾竞相模仿。

　　魏国的信陵君无忌是魏王的弟弟,他为人仁德,谦虚下士,从来不以自己的富贵瞧不起人,因此很多谋士都归附他。有一次,信陵君无忌与魏王下棋,突然北方边境传来消息说:"赵国军队从北方攻打过来,快要进入我国边境了。"魏王赶紧放下棋子,想立刻召集大臣们商量退敌策略。无忌制止说:"这是赵王狩猎,不是来攻打我国,大王放心好了。"无忌拿着棋子若无其事,继续要跟魏王下棋,魏王虽然在跟无忌下棋,心里却非常担忧,一副心不在焉的样子。

"战国四公子"之首
——信陵君魏无忌

　　过了一会儿,北方边境又传来消息说:"刚才是赵王狩猎,不是入侵我国。"魏王非常吃惊,他问无忌:"你怎么预先就能知道呢?"无忌说:"我有食客专门打探赵王日常的生活起居,赵王一有什么动静,就会随时向我汇报。"

　　春申君黄歇曾经在秦国陪同楚太子做人质,楚王病重,打算叫太子回国,可是秦国不肯放太子回去,于是黄歇对秦王说:"太子回国如果能做楚王,必然与秦国交好,如果太子不回去,只不过是咸阳城的一个平民老百姓,对秦国没有什么益处。"秦王说:"那就叫太子的老师先回去看看吧!"黄歇见秦国不放太子,就与太子密谋说:"太子如不实时回国,我担心楚王去世时,太子不在身边,楚王会立别的公子为王。现在不能再等了,我们应该想办法赶紧偷偷赶回去。"

太子听从他的建议,轻车简装匆匆赶回楚国。黄歇装病不见人,他思忖着太子快回到楚国了,才主动去见秦王,告诉秦王楚太子已经回国了,秦国也只好放他回去了。

后来楚太子继位,黄歇被拜为楚相,他的食客也达到几千人。楚国大小事都听从他的意见。

平原君赵胜是赵国的公子,为人贤能,喜好结交宾客,他的食客也有几千人,其中毛遂、虞卿都很有名。毛遂在平原君家里待了三年,没有立过什么功劳。有一次他听说平原君要出使楚国,便自我推荐愿意跟随前往,平原君一开始不愿意带他去,说:"你在我这里待了三年,我从来没见过你出什么主意,其他的人也没有谁说你能干。我听说把锥子放到口袋里,它很快就会露出头来。而你这么久也没见出头之日,可见你的才能一般,我看你还是不要跟我去了。"毛遂说:"我以前没有作为,正是因为你没有把我这支锥子放在口袋里,如果今天被放在口袋里,一定会脱颖而出。"

于是,平原君就带他去了,结果与楚王谈判的时候,跟随平原君去的其他人轮番上阵都没有说服楚王,毛遂手握宝剑跨步上前,擒住楚王说:"利害关系都跟你讲清楚了,你却半天也不同意,究竟是为什么?"

楚王怒斥毛遂,毛遂毫不畏惧,他说:"大王你被我所擒,十步之内无人能够救你,我再把其中的道理跟你讲一遍,你再做决定。"

楚王没有办法,只好与赵国签订和约共同抵抗秦国。平原君由此重视毛遂,把他尊为座上宾。

孟尝君田文,是齐国相国的公子,他生在五月五日,父亲认为这个日子不吉利,竟然想把他扔掉。田文的母亲偷偷把他养大,他父亲知道后,非常生气,责备他的母亲。田文说:"人生受命于天,父亲您担心什么? 如果说日子不吉利就不能活下去,那是没有道理的。"

过了很久,田文又去请教他的父亲。田文问:"儿子的儿子是什么?"父亲回答:"是孙子。""那么孙子的孙子呢?""是玄孙。""玄孙的玄孙呢?""那我不知道了。"

田文说:"父亲做齐国的相国已经三年了,齐国没有任何变化,可是父亲的家财却越来越多,门下没有一个食客。我听人家说将门出将,相门出相,可是我们家过着富裕奢侈的生活,却不接济任何门人宾客。父亲你积攒下这么多的金银珠宝到底是想留给谁啊? 留给你不认识的玄孙的玄孙吗? 为自己而忘了国家的事,我认为不妥。"

父亲觉得田文说得很有道理,就让他管理家务,广纳天下宾客,很快,天下的谋士说客就闻风而来,家里的食客一下子多了起来,熙熙攘攘。田文也在诸侯间名声大振。

吕不韦知道"四公子"久负盛名,他也效仿收养食客,与他们一竞高下。他想,秦国最为强盛,却没有一位名声显赫的人物,我现在贵为秦相,却不如他们名声远播,真是让人羞愧。于是他决定加大力度招徕食客,不管是做什么的,只要有一技之长,只要来到自己的门下,都会给予丰厚的待遇。时间一久,吕不韦的名声也传扬出去了,他的食客聚集了三千人,家人增加到了一万多人。

一天,吕不韦的家里又来了一位食客,他见到吕不韦,说:"相国认为自己显贵吗?"吕不韦心想,难道我现在还不显贵吗?

他说："大王恩惠，我才能得以显贵。"食客又说："相国认为自己的名声远大吗？"吕不韦说："虽然我竭尽全力，还是达不到自己想要的名声。"食客说："古往今来，显贵的人又何止一个两个，名声显赫一时的有许多人，相国认为他们能够长久吗？"吕不韦说："请问先生有何高见？"食客说："老庄、孔孟、荀子，他们并没有享受到荣华

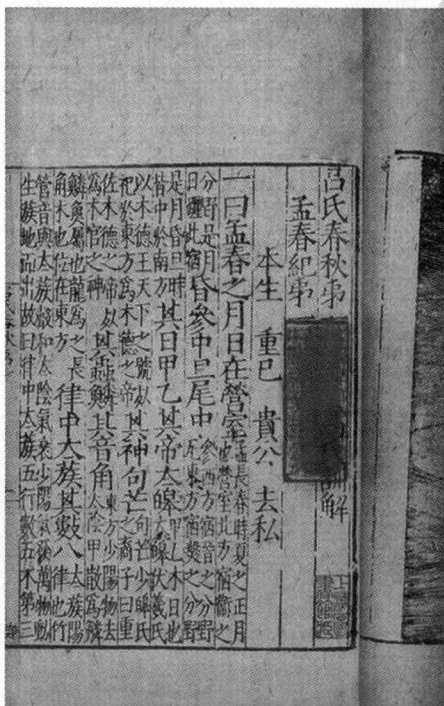

千金难易一字的《吕氏春秋》

富贵，可是他们却得以留名世间，人们把他们的学说论著争相拜读，相国认为他们长久吗？"战国时期，社会发生急剧变化，许多思想家对此提出不同的看法，纷纷著书立说，宣传自己的主张，形成了"百家争鸣"的局面。食客说的正是这种背景下，产生的几位代表性人物。

吕不韦听后，急忙问道："先生说得很有道理，那么我该怎么做呢？"门客说："相国有门客数千，来自全国各地，见闻、学识各有不同，对于天下大事都有深刻的见解，相国为何不让他们把所

见所闻所思记录下来,写成文章,广为散发,这样一来相国的名声不就流传万世了吗?"

吕不韦点头称好,立即传下命令,让诸位食客著书立说、编纂写作。食客众多可以集思广益,没过多久,就写成了二十多万字的文章,其中包括八览、六论、十二纪,详细记载天地之间古今之事。书成之后,命名为《吕氏春秋》。

书写好了,如何让天下人都知道呢?吕不韦想了个办法:让手下的人将书挂在咸阳城的城门上,并一同挂上一千金,他传出话去,如果有人能够将书中的字,添加一个,减少一个,或者改动一个,就送给他一千金。诸侯间游士宾客纷纷议论这件事情,吕不韦的名声传遍九州,他又一次为自己和秦国赢得了舆论上的胜利。

兄弟情深

吕不韦全面扩大自己影响力的同时,时刻没有忘记关注秦王立太子一事。现在的吕不韦已经牢牢地控制了秦国,他没有什么可担忧的,正在精心计划下一步的行动。

嬴政献计保护父王躲避了一次暗杀,这件事传开后,朝野上下都对嬴政夸奖不已,人们更加看好他,朝廷内外一片呼吁立嬴政为太子的声音。子楚遇刺后受到惊吓,身体一直不好,整日躺在楚玉的宫内修养。华阳太后时常来看望子楚,见他身体虚弱,也不再提立太子一事。子楚倒觉得躺在床上省去不少麻烦,国家大事都交给了吕不韦,自己落了个清闲。

嬴政和成蛟一天天长大,立太子已经成了迫在眉睫的事情。子楚身体一天不如一天,他也想赶紧立下太子,了却一件心事。

华阳太后见吕不韦的势力越来越大，权倾一时，越来越不好对付，心想只有逼迫子楚，才能让他做出有利于自己的决定。

虽然立太子这件事情争斗如此激烈，却丝毫没有影响到嬴政和成蛟两兄弟的感情，他们终日一起读书练剑、骑马射击，进步非常快。子楚对他们的进步看在眼里，一边为他们高兴，一边更加踌躇不决。楚玉说："大王，他们都已经十多岁了，年龄也不小，你可以亲自问问他们对立太子一事的看法。"

子楚觉得这个办法不错，他听说历史上曾经有兄弟相继做国王的先例，在他的心目中，两个儿子如果都能做秦王是再完美不过的事了。子楚优柔寡断，在大事面前竟然产生这样的糊涂想法。

子楚命人喊来嬴政和成蛟，询问他们对立太子的看法。

嬴政说："这是国家大事，父王应该跟大臣们商量定夺。"嬴政自然没有放弃做太子、当国王一统天下的理想，可是，父王健在，自己还是一个孩子，母亲早就千叮咛万嘱咐，宫廷中行事一定要稳妥，不可大意，否则会招来杀身之祸。他在宫中五年，已经看清了后宫的是非恩怨不是常人所想象的，所以不敢言明自己的志向，只是委婉地回答父王的提问，把自己真实的想法深深地隐藏在内心世界中。

成蛟极其佩服嬴政的英武气概和机敏慎重，认为他才是合适的太子人选，所以诚心诚意地回复父王："自古以来都是立嫡长子，立兄长为太子没有什么可争议的，父王为什么不早做决定？"

太师听说子楚喊去嬴政和成蛟讨论立太子一事，急忙追赶过来，请求拜见秦王。子楚说："你来得正好，你是他们的师父，你谈谈对这件事的看法。"

太师说:"臣没有资格谈论这件事,不过臣听说过吴王寿梦的故事。"接着他侃侃而谈:

吴王寿梦有四个儿子,长子名叫诸樊,次子名余祭,三子名余昧,最小的儿子叫季札。季札最为贤德,深受吴王喜爱,寿梦一直想立他继承王位,季札始终不肯接受,只得立了长子诸樊继位。诸樊继位年,除丧以后要正式即位时,坚持要让位季札。吴国人也都拥护季札,希望他做国王,季札没有办法,后来逃到深山隐居,亲自耕种,自立而食,诸樊和吴人见季札意志坚决,只好不再坚持,不强迫他做国王了。

专诸刺杀吴王僚

诸樊在位十三年,临死时遗命传弟不传子,于是皇位就传给了二弟余祭。余祭在位十七年也去世了,他效仿诸樊,又把王位传给了三弟余昧。他们兄弟的意思是,这样传下去总会传到季札的身上,到那时季札还能再做推辞?兄弟们本来是一片孝心,尽心尽力完成父王的遗愿,也说明他们兄弟团结友爱,感情深厚。却没有想到王位传来传去,惹出了大麻烦。

余昧在位四年去世,果真传位给了季札。季札说:"我心意已决,我不想做国王,你们一再相让,我只有逃到国外去了。"季札逃走后,吴人不得已立了余昧的儿子僚。

诸樊的儿子公子光对于僚继承王位,大为不满,他认为,要是传弟的话应该传给季札,既然季札不肯受国,按照顺序也应该传给我了,怎么能传给僚呢?结果他用伍子胥之计,趁吴王僚两个同母兄弟烛庸、盖余率大军伐楚,遭到楚军包围而国内空虚之际,派刺客专诸以鱼肠剑刺杀了吴王僚,夺位成为吴王阖闾。

烛庸和盖余听说王僚被杀,投降了楚国,吴国国力因之大受损害。伍子胥投吴,目的是在借兵伐楚,以报父兄无辜遭到楚平王诛杀之仇。因此在他受到阖闾重用以后,一再唆使吴国攻楚,接着又是兴兵攻越,遭到秦越联军的夹击,阖闾在这次战役中伤重身亡,吴国元气大伤。虽然阖闾的儿子吴王夫差,三年后报了越国杀父之仇,但接连的国内争位之战和国外讨伐之战,兵连祸结,国力浪费殆尽,最后吴国亡在越国之手。

季札知道国内发生政变后,大哭着说道:"吾敢谁怨?哀死事生,以待天命,非我生乱,立者从之。"他能怨恨谁呢?怨恨自己没有继承王位?还是怨恨侄子们之间的残酷虐杀?还是怨恨父王当年不该打算传位给自己?一切都已经发生了,怨恨也没有用了,王位之争是非常残酷的,后来的人应该接受教训啊!

听了太师的故事后,子楚沉默了,兄弟相让继位的想法是不可行的,只会造成国破家亡。可是他偏袒楚玉的心一时半刻怎么能改变呢?

子楚的行动吕不韦又探听到了,他心想,子楚之所以犹豫不决,一是由于子楚偏爱楚玉母子,二是由于华阳太后的缘故,现在怎么样才能让他们两个都死了心呢?吕不韦在门客的帮助下,想出了一个狠毒的计划。

楚玉自杀

当年为了迎回嬴政母子,吕不韦曾经求过一个人,她就是子楚的爱姬楚玉。吕不韦知道楚玉为人贤良,从不因为自己受宠就骄奢跋扈,仍然谦恭礼让,安分守己。身为一个深宫姬妾,楚玉优良的品德深受子楚和华阳太后喜欢,他们都认为楚玉具备一国之母的风范,所以竭力想把王位传给她的儿子成蛟。

楚玉对于储位之争并没有太大的兴趣,如果没有嬴政的身世之谜,她早就劝说子楚立嬴政为太子了。华阳太后对她说:"难道你愿意看到一个外人继承子楚的王位吗?"楚玉无言以对,但她也不能把嬴政的身世之谜告诉子楚啊!

又是秋风吹起,长扬宫的花草树木开始凋谢。楚玉的宫门外有一片不大的水池,里面种满了莲花,夏天的时候莲花开放,暗香盈盈,一片片宽大的叶子铺满水面,一朵朵盛开的莲花高贵典雅,仿佛画中一样,让人流连忘返。而此时,秋深霜降,莲花凋零落败,偶尔有一两朵还垂落着,冷风一吹,飘飘摇摇,眼看要掉下来了,大片的叶子早已经干枯,仿佛不胜秋水的凉意,尽量萎缩着身躯。

楚玉在宫门外走来走去,她望着眼前的景象,心中有些悲凉,莲花开了又落了,想必它们无意与谁争奇斗艳,只不过在这一隅静静地开放,自然地生长,却也始终躲不过秋天的到来,冷风的摧残。

吕不韦又要求见楚玉,这种时候,楚玉自然清楚吕不韦是为了立太子的事情,可是他要见自己究竟有什么话说呢?他劝说自己退出？还是求自己劝说子楚立嬴政呢？楚玉不知道吕不韦葫芦里卖的是什么药，在她看来，吕不韦见不见自己没有多大意义。

吕不韦只身一人来见楚玉，他说："我知道夫人高洁，不敢带什么礼物来见夫人，怕有辱夫人的名声。"

楚玉说："相国求见一定有什么大事吧！"

吕不韦说："是啊！大王继位已经两三年了，公子们都已经长大了，大臣们盼望大王早立太子，也好稳定国体啊！"

楚玉说："这件事情大王自有分寸，哪能容我多言啊！"

吕不韦说："我哪会不知道，只是大臣们议论纷纷，我不得已才来拜见夫人啊！"

"议论纷纷？"楚玉问道，"他们都有什么议论？"

吕不韦故意低下头，不敢言语。楚玉说："相国有恩于大王，什么事你只管说，不要忧虑。"

吕不韦欲言又止："这件事情关系到夫人，我不敢直言。"

楚玉诧异不已，自己身居后宫，恪守妇道，从来不参与朝政，怎么会引起大臣们的议论呢？究竟问题出在哪里？

楚玉急忙示意吕不韦说下去。

吕不韦诚惶诚恐地说："我本来不打算告诉夫人，可是考虑到夫人仁孝，注重名声，如果夫人蒙在鼓里，岂不是毁了您的清誉？"

楚玉紧张地催促道："相国快快请讲，我就是死也要死得明白啊！"

吕不韦说："太子的名分本来没有异议，赵姬是大王迎娶的正夫人，她的儿子嬴政自然就是太子，现在却因为夫人专宠于大王,大王才不能确定立谁为太子,左右为难,思虑成疾这是其一;夫人深受大王宠爱,却不能劝说大王明辨事理,早立储君稳定国体,这是其二;秦国后宫太子之争这件事已经在诸侯间传开,天下人都以此取笑大王宠幸姬妾荒废国事,正如夏桀商纣,这是其三。夫人您看,这件事是不是越闹越大,简直不可收拾了?"

楚玉听到这番话,真如五雷轰顶,她万万没有想到自己与大王相亲相爱,竟会招致这么多的非议,导致如此结果。楚玉战战兢兢说道:"相国所说的都是真的吗?"

吕不韦说:"这么大的事情我哪敢有半句谎言!现在大王身体不好,我都不敢和他讲。夫人应该早早决断,不要让这些话传到大王的耳朵里。"

楚玉说:"依相国的意思我该怎么做?"

吕不韦假意说:"夫人可以请大王立刻立成蛟为太子,您为王后,这样一来,您和太子就名正言顺了。"

楚玉说:"相国你怎么说这样糊涂的话?如此一来,大王废长立幼,宠幸姬妾荒废国事的罪名不就成了真的吗?大王还如何立足在诸侯间?我又有何颜面陪伴在大王的身边?"

吕不韦见楚玉中计,假惺惺地叹口气:"可是只要有夫人,大王就左右为难,不知道立谁是好啊。这件事情拖下去,我看早晚都是大王的一场灾难。"

善良的楚玉听信了吕不韦的谎言,她恍然明白一个道理,只要自己不在了,那么子楚就一定毫不犹豫立嬴政为太子,为了子楚,看来只有自己先走一步了。楚玉痛下决心,决定成全子楚的英名。在一个深秋阴冷的午后,她到水池边散步,"不小心"失足掉到池中,再也没有上来。一个善良贤惠、温柔娴静的楚玉,就这样离开了人世,离开了身为一国之君的丈夫、青春年少的儿子。

　　多事之秋,父亲即位三年英年早逝,十三岁的嬴政登基称王,成为雄霸天下的秦国新君。吕不韦与赵姬重叙旧好,一人把持朝纲,一人控制后宫,嬴政名为国王,实际上受制于他人。年少的嬴政孤单无助,尊奉吕不韦为"仲父",开始了初为人君的苦涩生涯。他在隐忍中沉沦还是爆发呢?他似乎忘却了自己的国王身份,混迹少年之中,读书习武,打猎玩乐,这是真实的嬴政吗?

第七章 少年继位受制于人

第一节　十三岁的国王

子楚最后的日子

韩、赵、魏三国本来是一个国家,在春秋时被称作晋国,晋文公曾经是春秋五霸之一,国家非常强大。晋国在秦国的东方,秦国当时是西方偏僻地域的一个小国,国力弱小,害怕强敌入侵,就采取与晋国联姻修好的办法来保障自己的安全。两个国家的公子王孙分别迎娶另一个国家的王室女子,以确保两国关系友好。后人将婚姻称作"秦晋之好",就是借用这个典故。

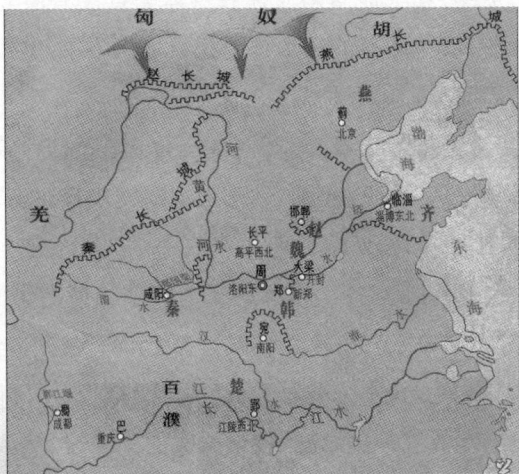

战国形势图

战国初年,晋国的政权由三家卿大夫掌握,他们瓜分了晋国的土地和人口,晋国变成韩、赵、魏三国。这就是历史上有名的"三家分晋"。三家分晋后,国势减弱,不能够阻挡秦军东进,秦国抓住时机,不断往东扩大自己的地盘。子楚继位做秦王时,秦国已经成为最强大的国家,对于其他各诸侯国具有绝对的优势。

子楚继位最初的日子,曾经放松了对赵、韩、魏三个诸侯国的进攻。吕不韦做了相国后,重新改变国家对外的策略,他认为秦国一向采取扩张政策,如今国家已经非常强大,无人敢与之抗衡,应该抓住时机对各国进行攻伐,如若不然,等到各个诸侯国汲取教训,国力恢复,再联合一致对秦,秦国就会难以抵挡了。所以应该趁各国疲惫不堪、国力衰微,对秦军事力量感到恐惧之时,一鼓作气,向统一天下的战略目标迈进。

吕不韦用计迫使楚玉自杀后,后宫当中人人自危,华阳太后见无力回天,决心不再过问立太子的事情。子楚得知楚玉落水身亡,伤心欲绝,加上他遇刺受惊后身体一直没有康复,雪上加霜,病情加重,就把所有的政事都委托给了吕不韦。吕不韦掌管朝纲,成了当时最显赫、最有权力的人。

吕不韦立刻推行自己的对外策略,奏请子楚任命蒙骜、王龁等为将,率领军队,攻打赵、韩、魏三国。蒙骜攻打赵国、魏国,夺取了很多城池。王龁攻上党,初置太原郡。

魏国受到秦军的攻击之后,魏王请回了信陵君无忌。前面说过,无忌是"四公子"之一,广置宾客,善于识人,在诸侯各国具有很大的影响力。长平之战时,秦赵两国交战,秦军围困了赵国都邯郸,赵国求救于魏国,魏国畏惧强大的秦国,虽然派出救兵,却暗令他们驻军边境,不得随意前行,名为救赵,实际上持观望态度。无忌利用魏王宠幸的夫人如姬盗取兵符,他带着兵符赶赴魏军救援部队,杀掉魏军大将晋鄙,夺取兵权,率领部队解了邯郸之围,从而交好赵国,在诸侯间更具威信。

无忌知道自己盗兵符、杀晋鄙、不听魏王的命令帮助赵国得罪了魏王,所以退却秦军后,他让魏军回魏国,自己却躲在赵国不敢回去。无忌在邯郸一住就是十年,十年来,虽然诸侯间战事不断,但是诸侯以魏公子贤能、多客,不敢加兵谋魏十余年。

吕不韦任相国后,广收宾客,著书立说,自认为天下无人可比,不把"四公子"放在眼里,发动了对魏国的战争。

魏王几次派人请无忌,无忌仍然惧怕魏王会怨恨自己,对手下的人说:"有敢劝说我回去的,必死无疑。"无忌的宾客中有两个赵国人,一个人称毛公,是赌徒,一个人称薛公,是卖豆浆的。无忌到赵国后,不顾他们身份卑贱而主动结交他们,毛公、薛公被感动,于是追随无忌。他们听说无忌拒绝魏王邀请这件事后,急忙去见无忌,他们说:"公子在赵国得到重视,在诸侯间享有威信,这都是因为有魏国做后盾。现在秦国攻打魏国,公子不回去尽力,一旦秦军攻破魏国,占据都城大梁,灭了魏国的宗庙,公子还有什么颜面来面对天下人? 哪里还有你的容身之地?"

无忌没等他们两人说完,脸色都变了,立即驾车带人赶回了魏国。

无忌回国后,魏王授予他大将印,让他统帅全国部队,全力抵抗秦国军队。无忌命令宾客门人出使各诸侯国,发起联盟抗秦演说,各诸侯国本来就信服无忌,见他拜受大将军,无不派兵遣将支援魏国。无忌率领五国大军与蒙骜展开激战。

蒙骜身经百战,见到五国大军来势汹汹,考虑到自己兵少马弱，又深入敌国内部，一旦被围困将难以脱险。他主动将军队往后撤，退到黄河以外，与五国大军在河外决战。双方力量悬殊，蒙骜大败，逃回国内，五国军队乘胜追击，追到函谷关，秦军不敢出击。

经过这一战，无忌威震诸侯，诸侯之间多与他讨论兵法，无忌将这些兵法整理命名，作兵法一部，俗称《魏公子兵法》。

秦国已经多年没有吃过这么大的败仗了，蒙骜回来后主动请求处罚。秦王子楚已经病入膏肓，到了生命的最后时刻，他听到战败的消息，哀叹不已，说道："先王时期的名将，战无不胜，攻无不克，怎么到了我手里，竟然遭到如此惨败？"子楚传令下去，免去蒙骜的职务，让他在家韬光养晦一段时间。

一个王妃已经去世了

子楚知道自己的病不可能好转，急忙召集王公大臣商量立太子事宜。自从楚玉死后，众人都不再提立太子的事情，好像把这件事淡忘了。吕不韦建议出兵战败以后，也深居家中，很少再主动参与朝政。子楚失去楚玉，仿佛丢掉了灵魂一般，终日里恍恍惚惚不知所以，唯一让他心安的是嬴政和成蛟各个方面都进步很大，越来越有出息，而且他们两个人始终关系密切，感情很好。

楚玉去世，成蛟受的打击非同一般，他从小生活一帆风顺，父慈母爱，众人对他呵护备至，突然间母亲辞世，与自己永别了，这让他怎么接受呢？成蛟痛哭了几天几夜，母亲安葬以后，他躲进宫中再也不愿意出来了。

嬴政知道成蛟难过，天天过去安慰他，一个多月过去了，成蛟仍然藏在宫里什么也不做。嬴政问赵高:"你有什么办法让成蛟振作起来吗?"

赵高自从回到秦国一直侍奉在嬴政身边,他比嬴政大一个月,由于身材矮小,看上去比嬴政要小好几岁。赵高个子小,脑瓜却很聪明,遇到事情总有很多主意,他想了想说:"我记得成蛟公子最喜欢读书,给他送本新书他一定高兴。"

嬴政说:"成蛟平时喜欢读书,但他现在哪里还有心情读呢?"

赵高转来转去,忽然心生一计,他说:"成蛟的母亲在水池中淹死,都是因为水池作怪,我们现在把水池填平,不是帮助成蛟报仇了吗? 成蛟一定会很高兴。"

日后变为奸臣的赵高,"指鹿为马"将嬴政打下来的江山彻底葬送

嬴政一心想帮助自己的弟弟,听到赵高这个计划,拍手说:"太好了。"两个人说做就做,嬴政命令宫内太监们七手八脚将水

池填平了。一个雅致的水池转眼间被夷为平地,这个曾经绿水幽幽、清香漂浮、让人留恋赞叹的水池就这样陪同它的主人消失了。

这一举动看上去多少有些残忍,却慰藉了两个出生帝王家、遭遇不寻常的少年的心灵。杀机重重的宫廷生活哪里容得下欢乐和善良!两个少年王子无法排遣心中不快,采取这种极端手段来自我宽慰,这让我们再一次看到后宫斗争的残酷以及嬴政少年时代所面临的艰难险阻。

水池被填平,成蛟得知后,对嬴政说:"多谢兄长的关心,只是母亲再也无法回来了。"嬴政说:"弟弟,人死不能复活。我知道你思母心切,可是,还有很多国家大事等待我们去做呢!你一定不要因为此事消沉,只有好好学习,奋发有为,才能对得起死去的母亲,不辜负母亲的厚望。"成蛟听闻此言,精神为之一振,从此不再沮丧,走出来与嬴政一起重新开始了读书练剑的日子。嬴政一生以国家为重,他从小没有得到父亲的疼爱,年龄稍长,又因为母亲淫乱,与母亲感情淡化,唯一与他感情深厚的就是这个异母的弟弟,两个人相互鼓励,一起度过了少年时代不多的幸福时光。

子楚知道嬴政填平水池后,秘密召见了太师,他见到太师后,首先询问嬴政和成蛟的学习情况,王室贵族特别重视子女的教育,老师也很受重视。子楚说:"希望太师严格要求两个孩子,一旦我出现不测,太师一定要鼎力辅佐。"

太师说:"大王只管放心,两位公子都是凤毛麟角的人才,肯定会有一番作为。"

子楚说:"太师对嬴政填平水池这件事怎么看?"

太师略一沉吟，说道："王妃因为水池而死，公子们憎恨水池，所以把它填平，大王认为事情是这样的吗？"

子楚默然，久久没有答话，对于楚玉的死，他何尝没有怀疑，只是人已去，追究下去又有什么意义呢？何况在这深宫之中，查来查去，恐怕到头来查出的也是至亲之人！

太师见子楚不说话，想了一下说道："大王曾经因为立太子一事犹豫，历来后宫储位之争都很残酷，现在一个王妃已经走了，大王应该早做决断，以免再有不幸的事情发生。"

"难道太师认为王妃的死与立太子有关？"

"我不是那个意思，"太师急忙说，"只是储位一日不立，人心一日不得安宁，朝廷后宫都是一样人心惶惶，长此以往必定引来不测，大王要早做准备。"

子楚长叹一声说道："我明白了，楚玉要死得其所啊！"

子楚知道自己的日子不多，召集王公大臣，宣布立太子一事，他说："嬴政英武决断，智慧超人，继位秦王一定能够继承先王之志，使秦国称霸天下。"

嬴政继位秦王

五月来到了，鸟语花香，遍地芬芳。咸阳城里茶铺酒肆买卖兴旺，人声喧闹，大街上挑担卖货的大声叫喊，引来路人驻足挑选，讨价还价，好不热闹。偶尔也有一两辆牛车、马车驶过，不知是运送货物还是出行探亲访友。咸阳城里，车水马龙，一派盛世繁华景象。

五月是一个繁忙的季节，春种夏长秋收冬藏，大多数的农事都集中在这个时候，农民们手握新发明的铁锄、铁齿耙、铁铲忙碌在田间地头,有了这些铁农具,耕种、收获方便快捷多了,农民的收成提高,工作得自然带劲,加上政策兴农,农民种田的积极性格外高涨,农田里热火朝天,耕田播种,你来我往。

秦国从秦孝公商鞅变法时起,废井田,开阡陌,建立户口制度,采取重农策略,鼓励男耕女织,农业生产已经相当先进。商鞅虽然被顽固势力车裂,但是他的变法主张顺应社会生产力发展需要,得到了老百姓的拥护和支持。自秦孝公后,历代秦王都采用变法新政,农业呈现一派欣欣向荣、蓬勃发展的良好局面。

"废井田,开阡陌。"

就在秦国上下一片忙碌的时候,秦王子楚躺在长扬宫内,他的周围跪着嬴政和成蛟,跪着他的众多姬妾,还跪着一群王公大臣。子楚艰难地睁开眼睛,他看看四周的人,示意吕不韦进前,吕不韦赶紧走到子楚身边,俯身在他的嘴边。子楚说:"太子年幼,我去世之后,你要好好辅佐他。"吕不韦连忙点头答应。子楚又对跪在最前面的嬴政说:"相国衷心为国,能干有名,你要尊重他。"

这时华阳太后和夏太后也进来了,她们走到子楚面前,默默哭泣。子楚说:"我不能侍奉太后,报答你们的养育之恩,是我的罪过,你们不要再难过了,嬴政年幼,你们还要好好管教他。"

子楚又看了一眼成蛟:"成蛟刚刚丧母,现在我又要走了,谁来可怜你这个苦命的孩子?嬴政,一定要好好照顾你的弟弟,不要让为父九泉之下,不能瞑目。"

嬴政眼含热泪,点头答应。

子楚做完最后的交代,闭上眼睛永远离开了人间,他也许是为了快一点追上楚玉,走的时候显出难有的坦然和从容。子楚自幼不受父亲重视,生在后宫却过着受人冷落的生活,等到年龄稍长,长年在国外做人质,生活得不到保障,历经艰难,遇到吕不韦后,得到他的资助,认华阳为母,才渐渐摆脱困境,苦尽甘来,回国做了太子。他一生谨慎从事,从来不敢招摇骄奢,自从在后宫中结识楚玉,情投意合,才算过了一段舒心日子。子楚继位后,因为立太子一事左右于太后和吕不韦之间,久久难以决断,后来自己险些遇刺而受惊,加上楚玉自杀,出兵伐魏又吃了败仗,内忧外患双重夹击,使年仅三十五岁、继位只有三年的他不堪重负,匆匆离世,把王位传给了只有十三岁的嬴政,留下人生无尽的遗憾。

子楚去世后,年幼的嬴政做了秦王,尊赵姬为太后。

没有想到嬴政这么快就登上了王位,吕不韦的心里既得意又有些恐慌,他处理完子楚的丧事后,开始全心全意辅佐嬴政巩固政权。

嬴政做了秦王,太后为他专门准备一座宫殿作为寝宫,嬴政让成蛟跟自己一起住,兄弟二人同吃同住同学习,完全没有君臣之分,两个人在一起非常开心。

丧事办完,嬴政和成蛟又开始学习了,太师说:"现在你们一个是君,一个是臣,地位已经不一样了。"他对着嬴政说:"大王,你们学习的内容也要不一样了。"

嬴政说:"成蛟比我读书用功,他陪我一起读有什么不可以?"

太师说:"你是君主,要学习如何做一个好国王,成蛟是公子,他要学习的是如何做一个好臣子。"

成蛟说:"我明白了,我会尽心尽力辅佐大王的。"

嬴政做了秦王,他的一切都改变了,吃、穿、住、行与以前大不一样,周围的人见了他都毕恭毕敬,不敢有丝毫怠慢。嬴政从小心怀大志,现在做了秦王,他知道终于可以实现自己的远大抱负了。他想,我要统一全国,让全国百姓再也不受战争之苦。

十三岁的嬴政能不能实现自己的理想?实现理想又要走过怎么样曲折的道路,付出什么样的代价呢? 这是他必将面临的人生抉择。

第二节 吕不韦辅政

赵姬掌管了后宫

赵姬回到秦国四五年来,忍声吞气,居住后宫不敢有任何不满的表示,她曾经千方百计讨好华阳太后,却得不到她一点怜爱,失宠于子楚后难以排遣心中郁闷,常常夜不能眠。为了赢政也是为了自己,赵姬强颜欢笑,希望能够获得他人的好感。她从赵国带来的琴,几年来一直没有弹过,因为子楚不喜欢听琴。她自幼喜欢舞蹈,来秦后却从来没有跳过一次,因为太后觉得跳舞就是搔首弄姿,身为夫人,怎么能做那样有失王室身份的事呢?

赵姬虽然不盼望子楚去世,可是在他去世后却也得到了难以言喻的轻松,特别是赢政继位秦王,赵姬被尊为太后,几年来在秦国后宫受到的冷遇也就值得了,赵姬一下子感觉扬眉吐气,她要好好看看这长扬宫,好好享受一下被人尊崇的感觉。

赵姬心情畅快,在宫中花园里漫步,她以前也在这里走过,可是总感觉现在的花更艳丽了,树更高大了,就连天空也是少有的晴朗,一丝云彩都没有。赵姬记起多年前的一个日子,那还是在赵国自己的家中,那个时候自己还不满二十岁,是个待字闺中的少女,自己在花园里翩翩起舞,就是那一天,吕不韦来相亲,自己对他一见钟情。赵姬想着想着,脸上泛起红晕,自从回到秦国,这么多年来,只见过吕不韦几次,还都是在公众场合,两个人连一句话都没有说过。他现在做上了相国,实现了自己年轻时的梦想,也没有枉费当初自己的一番心机啊!世事难料,秦国如今成了吕不韦的天下。

初夏时节,暖风沁人心脾,撩人情思,赵姬走着走着,隐隐约约听到谈话声,她悄悄过去一看,原来是华阳太后宫里的两个宫女。赵姬认识她们,自己以前天天给华阳太后请安,可是这两个人对自己理都不理,赵姬上前喝问道:"你们鬼鬼祟祟在这里做什么?"

两个宫女急忙施礼,紧张地说:"太后,我们没做什么。"

赵姬一听怒从心头起,呵斥道:"还敢说没做什么?明明是偷宫里的宝物,是不是想拿出去卖钱?"

宫女吓得跪到地上,为自己辩解:"太后,我们确实没有偷东西,我们是奉华阳太后的命令出去办事的。"

吕不韦担任相国时发行的钱币

赵姬知道华阳太后曾经阻拦过嬴政继位,心怀仇恨,早就想对她进行报复,却一直找不到机会,今天逮住她的两个宫女,自然要好好惩罚,显示自己的威风。

宫女确实是奉华阳太后的命令出宫办事。孝文王和子楚在短短的三年时间内相继离世,给了华阳太后很大的打击,她再也没有心情管理后宫事，更不想再要宫内花香飘荡、氤氲迷人了，她命令宫女出宫，给养花的人一大批金银，告诉他们不要在这里待下去，可以远走高飞另谋生路了。华阳太后宫内花香一事是个秘密，宫女们不敢告诉赵姬，赵姬趁机把她们抓起来了，说她们监守自盗，偷取宫中宝物。

华阳太后知道后，命人叫来了赵姬，对她说："是我安排她们去办事的，你放了她们。我正想找你呢！我年龄大了，以后后宫的事就由你来负责吧！"

赵姬没有想到这么容易就夺得了管理后宫的权力，高兴地说："谢谢太后托我的重任，你们年纪大了，以后就搬到深宫后院颐养天年吧！"

就这样，华阳太后和夏太后在深宫里过上了深居简出的日子，秦国后宫诸事完全由赵姬当家做主。赵姬掌管后宫后，立刻对原先受宠幸有地位的姬妾进行了打击报复，有的被打进冷宫，有的被驱逐出宫，赵姬将自己的心腹亲信全部安插在宫里的重要位置上。

经过一番整顿，后宫完全处于赵姬的掌控之下。在整顿过程中，赵姬充分显露出她的管理才能，使后宫面貌发生了翻天覆地的变化，秩序井然，看上去安定祥和。这样一来，吕不韦和赵姬就分别掌握了秦国的国事和后宫大权。一天，嬴政在朝廷上听大臣们汇报议论国家大事，吕不韦上奏道："大王年幼，先王临终的时候嘱咐我辅佐大王，我才德浅薄，害怕出现差错，太后贤德又有智慧，我请求大王允许太后听政，共同辅佐大王。"

吕不韦心里打的是他自己的如意算盘，他想，我请赵姬与我共同辅政，她一定很感激我，尽心与我合作，这样的话，就会避免再次出现像华阳太后和我作对那样的情况,同时加上原来的一段感情,有她的支持,我就会如虎添翼,好好地施展自己的抱负了。

赢政想了想说:"既然相国这么说,就这么决定吧!"赢政只有十三岁,虽然胸怀大志,可是面对朝廷上上下下这些有着丰富从政经验的文臣武将,一时间也不知道该如何去做。他想,吕不韦是先王时的功臣,连先王都对他礼让三分,他现在如此谦虚,提出与太后共同辅政,我为什么不答应他呢?太后是自己的母亲,一定会比他人更尽心辅助自己。

就这样,赵姬以太后的身份听政国家大事,再次与吕不韦在一起。

"仲父"吕不韦

吕不韦了解赵姬的性格、爱好,在她听政后,命人从赵国采集来上好的木材,让良工巧匠打造了一把稀世罕见的琴。赵姬见到琴后爱不释手,每日在后宫内弹琴取乐。吕不韦又从各国挑选美丽的女子,送进后宫让太后调教。他说:"这些女子都能歌善舞,希望经过太后调教,能讨得大王欢心。"他已经准备为赢政挑选后妃了。

太后听政,相国吕不韦自然经常出入后宫与太后商量国家大事,久而久之,两个人旧情复燃,又走在一起了。后宫之内全是赵姬的亲信,他们严守秘密,瞒住了赢政和成蛟。

不巧的是,这件事情让赵高的母亲观察出了端倪,赵高的母亲是赢政的乳母,跟随赢政来秦国后,也一直生活在后宫内。她为人低调,并没有因为自己做过赢政的乳母就居功自傲,仍然在宫内做些洗洗刷刷的下等工作。她见赵高跟着嬴政又是读书，又是骑马射箭，也过上了贵族子弟的生活，十分满足。嬴政继位做了秦王，赵高服侍左右，也威风起来。

乳母见赵高陪同嬴政出入高级场合，有心为他置办几件漂亮的衣服。一天，她采购了一匹质地较好的布料，兴冲冲去找宫里负责裁剪的师傅，当她路过赵姬的宫门时，想起很久没给太后请安了，就信步走进宫里。她还有个心愿，就是感谢太后对他们母子的关照。赵高的母亲进去以后，发现宫女、太监们都不在，她想，大白天这些人都哪里去了？万一太后有事呼唤，没人答应，不就误了大事吗？一想自己跟随太后多年，曾经经历过那么多的磨难，他们不在也就不用计较那么多，自己就进去看看吧！再说，也许太后出去赏花也不一定呢！想到这里，就一脚踏进了太后的寝宫。

令她万万没有想到的是，自己擅自闯入太后宫内，招来了杀身之祸。原来相国吕不韦正在太后宫中，两个人亲亲热热，如漆似胶，恩爱缠绵，突然有人闯入，吓了一跳。赵姬早就做了安排，宫女、太监们在宫门外面守候，是什么人这么大胆径直就闯进来了？

赵高的母亲看到这种情景，知道大祸临头，慌忙退出，跑回自己家中，心惊胆战地等待死亡的来临。

果然，没过几天太后就传下命令，乳母倚仗自己曾经喂养过大王，行为乖张，不思检点，私自盗取宫中上好的布匹，触犯了法令。为了严肃法纪，以儆效尤，要对她进行严厉的处罚，杖三十，关入宫中女牢，终生不得自由。

乳母被打了几十杖后，又被关押起来，赵高和嬴政对这件事

赵姬淫乱后宫

情都不相信,他们跑到太后面前为乳母鸣冤,太后说:"乳母跟随我们多年,没有功劳也有苦劳,我会随便冤枉她吗?"

乳母被关押没几天,由于不堪忍受折磨,就去世了,临死前,谁也没有见到。赵高痛哭几日,发誓要找出母亲死亡的原因。

赵姬除去乳母后,还是有些不高兴,她找来吕不韦,说:"你有恩于秦国,没有你子楚哪能当上秦王,现在嬴政年幼,所有事情由你决断,早晚有一天嬴政会长大,到时候他会不会继续重用你呢?"

吕不韦沉默了一会儿,说:"他不知道其中的隐情,等他长大也许会把我这个相国一脚踢开。"

赵姬叹息道:"不让他知道实情,也该让他知道你为他做的一切足以胜过一个父亲所为。"

过了几天，有大臣上奏嬴政，说吕相国辅佐先王立下赫赫功绩，现在辅助新主，全心全意，实在是周公在世也不及。周公是周王的叔父，请大王也给相国一个恰当的封号。

嬴政纳闷地想，吕不韦已经是相国，还要什么封号？

朝廷的变化太师早已看在眼里，他对嬴政说："吕不韦身为相国依然感觉不够尊贵，那么比相国更尊贵的是什么人呢？是王室贵族啊！吕不韦想从血统上获得永久的地位。"

嬴政很不高兴，他说："他本来就不是王室中人，怎么获得王室封号？"太师说："周公辅佐周王，一是先王所托，二也是由于他是周王的叔叔。吕不韦自比周公，大王为什么不封他做'仲父'呢？"

嬴政气愤地说："他也欺人太甚了吧！我要是不封他，他敢怎么样？"

太师说："大王可听说过卧薪尝胆的故事吗？我先给大王讲一讲。春秋时期，吴王阖闾打败了越国，越国的国王名叫允常，他在战斗中负伤，不久去世了，他临死的时候，叮嘱儿子一定要为他报仇雪恨。他的儿子勾践继位做了越王，日夜操练兵马，时刻准备报仇。吴王知道这个消息后，又与越国开战，当时的吴国国家强盛，兵强马壮，而越国只是江南一隅的小国家，地薄人稀，虽然勾践胸怀壮志，却没有足够的兵力粮草与力量悬殊的吴国抗衡。这一战越国又输了，而且勾践也被活捉。

"勾践被捉后，想起了一个办法，他假装非常诚恳地投降吴国，甘愿做吴王的一个奴仆，每日提茶倒水尽心服侍吴王，经常对吴王说越国以后再也不敢反抗吴国，吴王相信了勾践的话，把他放回越国。

　　"勾践回国后,为了使越国强大起来,他亲自参与劳动鼓励生产,生活上非常简朴,晚上睡在柴草上,他还尊重、选拔有才能的人,爱护百姓。为了磨砺自己报仇雪恨、强大越国的意志,他每次吃饭都先尝一下苦胆,并大声对自己说:'勾践,你难道忘了越国的耻辱和仇恨了吗?'

勾践卧薪尝胆

　　"勾践用十年的时间鼓励百姓生育人口,聚积财富,再用十年的时间教育和训练部队,振兴了越国。同时他用文种、范蠡的计策为吴王送去很多美女和金银财宝,销蚀吴王的斗志,二十年后,勾践一举歼灭了吴国,接着他北上中原,攻城略地,成为春秋五霸之一。"

　　嬴政聚精会神地听完太师讲的故事，说道："太师的意思我明白了，暂时屈居人下不算耻辱，能够卧薪尝胆夺取最后的胜利才是成功。"

　　太师微笑着说："大王聪明智慧，无人可以相比。将来大王亲政，一定可以让天下所有人都臣服。"

　　嬴政采纳了太师的建议，传旨尊吕不韦为"仲父"。此时的吕不韦的权力更大，地位更高，秦国上下无人可与之相比，他心里得意，上奏嬴政道："大王如此重用我，我也该为朝廷效力，现在是我们出兵平定六国的时候了。"

第三节　我该做些什么

少年俊杰

吕不韦认为自己的地位很稳固了,于是派兵遣将指挥军队攻打各诸侯国。大将蒙骜、张唐、王齕等纷纷率军在外作战。蒙骜平定了晋阳叛乱,又攻打韩国,夺取十三个城市,捷报频传。

有一天早朝,议事完毕,大臣们都走了,只剩下嬴政独自徘徊在议事的大殿内,他不知道这些胜利的消息为什么不能让自己激动,更不清楚这些文武大臣究竟有没有把自己当回事。

想起刚才议事的时候,吕不韦宣读完捷报,大臣就开始议论纷纷,有的说蒙将军神勇无敌,有的说吕相国用人有方,还有的说都是太后英明决断。但没有一个人注意到坐在上面的嬴政,这让他心里很不是滋味。他默默地看着众人议论完毕,就听吕不韦启奏说,没有事可以退朝了。然后众大臣纷纷离去,他一个人不免在空空的殿堂里发起呆来。

正在他陷入沉思的时候,赵高跑了进来,兴冲冲地喊道:"大王,好消息,燕国太子丹来我国拜见你了。"

燕太子丹是嬴政在赵国时的朋友,他的父亲喜也是子楚的好友,两家关系深厚。子楚活着的时候,蔡泽出使燕国,几年来他在燕国做得不错,燕王喜听说嬴政继位,派太子丹到秦国做人质,实际上想加强与秦国的情谊。

太子丹来到秦国后,与嬴政、成蛟一起骑马射箭,嬴政发现丹的功夫进步很快,几年不见他的力气大了,而且射击剑术都有很大的提升,嬴政问:"你跟谁学习取得这么大的进步?"

太子丹说:"我在国内的时候,有一个武士功夫很好,他天天陪我一起练习。"

嬴政说:"你应该把他带到秦国来,我们一起学习。"

赵高说:"不用叫他来,我们国内也有个技艺高超的武士。"

嬴政说:"是吗? 他是谁? 你怎么不早告诉我?"

赵高有些为难地说:"太后不喜欢大王舞刀弄枪,怕您受伤,我也不敢说。"

嬴政声音严厉地责问赵高:"你是听太后的还是听我的? 你想背叛我吗?"

赵高赶紧说:"我哪里敢啊! 是蒙骜将军的儿子蒙武,听说他很懂兵法,剑术也很好。"

嬴政命人召蒙武进宫,陪自己研习兵法,练习剑术。大臣见嬴政不大过问政事,而是喜欢跟年龄相仿的孩子玩耍娱乐,舞枪弄棒,纷纷摇头叹息,渐渐地都不把他放在眼里了,专心听命于吕不韦和太后的旨令。

嬴政不在乎众人怎么看自己,只是更加广泛地搜罗人才,招贤纳士,很快,他的身边就聚集起一大批少年英杰。他命成蛟负责大家的读书学习,命丹监督大家骑马练剑,命赵高秘密打探朝廷内外的情况。嬴政与他们同吃同住,成了无话不谈的好朋友,大家齐心协力,都有了很大的进步。他们藏在深宫,却胸怀天下。

嬴政时刻想着越王勾践卧薪尝胆的故事,他想,早晚有一天我会真正统治这个国家,把这个国家建设成天下无敌的强国。

十二岁的甘罗

嬴政结交少年才俊的消息很快传开,秦国上下都知道了这件事情,不但很多贵族官宦之家利用这样的机会让自家子弟进宫陪伴秦王,就连一些有志向的贫贱少年也主动请示,希望能够得到嬴政重视而成为朋友。

嬴政周围的少年人越来越多,他们习文练武,胸怀壮志,迅速成长起来。一天下午,一名少年来到宫门外,他要求见嬴政。宫廷侍卫说:"你有哪方面的才能? 大王结交有才能的人。"少年笑道:"我的才能就摆在你的眼前,你难道没有看见吗?"侍卫打量一下他矮小的身材,清秀的脸庞,不以为然地说:"我没有看出你有什么才能,也许你能背诵《诗经》,懂得怎么样行礼叩拜。"少年听侍卫言语里含有讽刺之意,说道:"背诵《诗经》、知晓礼乐,这也算才能吗? 我只身来拜见秦王,说明我有勇气;我有信心为秦国出谋划策,说明我有智慧,难道勇气和智慧不是最大的才能吗?"侍卫见他小小年纪,说话条理清晰又不卑不亢,很有胆识,急忙说:"大王喜欢结交你这样的人才,快请进去吧!"

这位少年名字叫甘罗,他只有十二岁。要说起他的身世,也有一段故事。他的祖父名叫甘茂,下蔡人,居于闾阎之间,后来跟随蔡史举先生学习百家之说,游说到了秦国,当时秦国的蜀地造反,于是派甘茂去平定叛乱。甘茂到了蜀地,打了一个大胜仗,回来后被封为左丞相,官位非常高。后来甘茂经常出征作战,功劳越来越大,招致王室贵族们的妒忌,他们开始向秦王进谗言，诬蔑甘茂功高盖主，有篡逆之心。甘茂胆怯，就从秦国逃跑了，后来死在魏国，终究没有返回秦国。甘茂逃跑以后，他的家人受到牵连，在秦国始终过着平民的生活。

甘罗从小生活贫苦，却喜欢读书，追求进步，他听说嬴政结交少年英豪的消息，非常高兴，认为自己的机会来到了，便只身来到王宫求见嬴政。嬴政听说又来了位有志少年，赶紧出来接见他，两个人见面后，畅谈良久，嬴政觉得他很有智谋，是一位可造之才，高兴地把他留了下来。

一天，嬴政朝罢，回到后宫不是很开心，甘罗看见后问道："大王有什么烦心事吗？"嬴政说："蔡泽归国，燕国太子丹也来我国为质，按照规则我国该派人去燕国了，相国吕不韦推荐张唐前往，他却推托不敢去，相国非常生气，朝议也不欢而散。"甘罗说："我有办法说服张唐。"嬴政听后大喜："那么你快去拜见相国，请他推荐你去见张唐。"

甘罗见到吕不韦，说了自己的想法，吕不韦正在气头上，看一个小毛头也来掺和国家大事，斥责道："一边去！我亲自请他他都不去，何况你一个小孩子，他会听你的？真是笑话！"甘罗不慌不忙地说："小孩子怎么啦？相国可知道项橐吗？他七岁的时候，孔子周游列国在路上遇到了他，项橐给孔子提了几个问题，结果孔子都不能回答，后来孔子诚心诚意称他为老师，这不说明以年龄大小来判断人的才能是不对的吗？我现在已经十二岁了，为国分忧难道不对吗？相国不让我去试一下，反而斥责我，您做得对吗？"吕不韦被质问得哑口无言，只好同意甘罗去见张唐。

甘罗到了张唐的家中，看见张唐后就说："您的功劳真是非常大呀!"张唐听了很受用,无不骄傲地说:"是啊!我辅佐几位秦王,出兵打仗屡建战功,功劳是很大呀!"甘罗接着问:"那么您和武安君白起比,您觉得谁的功劳大呢?"张唐一时语塞,白起南挫强楚,北威燕、赵,战无不胜,攻无不克,长平一战取得了巨大的胜利,他一生当中为秦国夺取的城邑不胜枚举,自己哪里能跟他比啊!张唐说道:"武安君功绩卓著,我哪里敢跟他相提并论啊!"甘罗笑着说:"那您说说吕相国与先王时的相国范雎相比,谁更独霸朝纲呢?"自从吕不韦称相以来,国家大小事,哪一件不是决断于他?朝廷上下不论贵族国戚还是元老功臣,谁不听从于他?秦国整个是吕家天下!张唐说:"自然是吕相国。"甘罗说:"您明明知道吕相国专断国事,为什么不听他的命令呢?当初范雎打算攻打赵国,白起不愿意去,不是被流放到杜邮郁郁而终吗?如今您自知不如白起却还要和吕相国作对,不也是明明找死吗?我不知道您会死在哪里啊!"张唐听了甘罗的话,恍然大悟,他赶紧说:"多谢你指教,我立刻就去燕国。"

被拜为上卿的甘罗

甘罗说服张唐后,又对嬴政说:"我有计策不费一兵一卒收取赵国河间。"嬴政听了他的计策后,拍手称好,立刻命令吕不韦派给甘罗五辆车马。甘罗带领五辆车马日夜兼程奔赴赵国,赵王听说秦国的使者来了,出城迎接。甘罗见到赵王,说道:"大王您可知道自己的危险吗?"赵王急忙问道:"什么危险?请您告诉我。"甘罗说:"燕国太子丹在秦国为质,您可知道?"赵王说:"当然知道。"甘罗说:"秦国要派张唐去燕国为质,您也听说了吗?"张唐屡次攻打赵国,惹怒了赵国人,赵国曾经放出风声:抓住张唐者赏地一百里。赵王说:"也听说了。"甘罗说:"秦国与燕国互换人质,表明两个国家互不侵犯,打算联盟攻打夹在两国中间的赵国呀!您难道没有察觉到危险吗?"赵王想了想,恭敬地问道:"以您之见,赵国该怎么办呢?"甘罗说:"您想杜绝危险,就要杜绝秦燕两国的联盟,现在您割让一块地送给秦国,让秦国把太子丹送回去,这样一来秦燕没有往来,您不也就安全了吗?"

赵王果然听从甘罗的计策,把河间五城割让给了秦国。甘罗出使赵国取得了胜利,秦国上下一片赞誉之声,嬴政也非常高兴,他对吕不韦说:"甘罗小小年纪,为秦国立下这么大的功劳,应该赏赐他。"吕不韦说:"张唐原为上卿,现在就封甘罗做上卿吧!"

十二岁的甘罗被拜为上卿,成为年龄最小的秦国大臣之一。

这是甘罗的胜利,也是嬴政的一次小小的胜利。自己身边的人走上政治前台,很令他高兴,甘罗的成功预示着自己的努力没有白费,有朝一日培养的这些人才都会发挥才智,为自己掌握实权、统一天下作出贡献。

嬴政一心投入到建功立业的理想当中,他拒绝选立王妃,因此与母亲之间的冲突逐渐加深。他少年壮志,凡事表现出积极有为,不同凡响,令许多贵族王孙黯然失色,三太子比富、智解玉连环、发明新钱币……这些故事引人深思,让人们看到一个全新的嬴政,一个有为的嬴政,一个渐成大器的嬴政。

第八章 奋发有为 自强不息

第一节 选娶王妃立标准

与太后的争执

赢政继位四年,他已经是十六岁的翩翩少年了,这个时候朝廷上下讨论最多的就是秦王娶妃这件事情,不但后宫关心,大臣们也各抒己见,发表自己的看法。太后更是不断督促赢政,劝说他早一点确定王妃人选,举行迎娶大礼。吕不韦在几年前就向宫中选送了不少美女,这时更加关注这件事情。他不断向太后打听:赢政对送进去的佳丽有没有特别喜欢的?

而赢政更迷恋于和众多少年在一起学习,对选妃一事,漠不关心。他们一起读书,一起练剑,一起探讨兵法,一起讨论国家大事。赢政丝毫没有国王的架子,跟他们吃一样的饭菜,穿一样的服装,经常留他们在自己的宫中一起居住。

每当深夜来临,人们都睡了,几位少年还坐在灯下,秉烛夜谈。成蛟书读得最多,天文地理、古今之事,他都精通,这个时候,赢政会让成蛟给他讲许多帝王成功的故事,这些故事激励着赢政不断努力,奋发图强。蒙武是武将世家,他的父亲蒙骜领兵打仗很有经验,蒙武常常把听来的战斗故事讲给赢政听,赢政由此更真切地了解了许多战争知识。甘罗做了上卿,参与政事,赢政经常与他私下讨论朝政,更准确地把握朝中大臣们的动向。

经过这一段时间的沉淀和累积,嬴政已经不是以前只知尚武的少年,他正朝着如何成长为一位才能出众、驾驭四方的帝王霸主前进。

嬴政的所作所为引起赵姬的不满,她并不知道这是嬴政的韬晦之计,她看到嬴政不问政事,天天沉迷于和一群少年打闹嬉耍,不求进步,没有一点帝王的样子,她的心里非常着急,有时候甚至想,难道这个孩子不是王室后裔,没有当国王的能力?

赵姬看到嬴政越来越大,仍然无所事事的样子,于是想出一个办法。这天,她命人请来正在外面骑马射箭的嬴政,看他一身是汗,穿着随意,手挽弓箭,满不在乎的样子,赵姬生气地说:"你是国王,怎么一点也不注意?"

嬴政说:"不知道太后要我注意什么。"

赵姬说:"你穿着打扮也要正规点,这个样子不是让人笑话吗?还有什么尊严?"

嬴政没有说什么,低垂着头听太后说话。

"还有,我请你来是有事要跟你商量。"赵姬说,"你整日跟一帮少年混在一起打打杀杀,也不考虑自己的身份?你年龄也不小了,也该考虑自己的婚姻大事了。"

赵姬想通过婚姻拴住嬴政的心,让他远离那些少年,懂得自己是一国之君,承担起自己应该承担的责任。

嬴政说:"太后,娶王妃是件大事,我不想草率决定。"

赵姬说:"当然是件大事,所以我早就做了准备,现在后宫之中有很多来自各国王室的美丽女子,你少去打闹嬉耍,多关心关心她们。要是你有中意的,就正式迎娶。"

哪会想到,嬴政对婚事有自己的看法,他看太后意见坚决,想了想说道:"各国选送的女子,大多是些只懂歌舞娱乐的女子,有什么可看的?"

赵姬一听,生气地说:"歌舞娱乐有什么不好? 你说你想要什么样的? 我看她们长得漂亮而且举止娴雅,都是些难得的人间仙女,你必须去看望她们!"

母子俩争辩激烈,谁也不服谁,嬴政见太后还想对自己说教,就站起来,理也没理,气呼呼地走出宫去。

赵姬本来想叫嬴政在意一下后宫佳丽,没有想到这一次争论以后,嬴政对各国进献的美女更加心生反感。

究竟嬴政的婚事该如何解决,成了赵姬最大的心事,也成了秦国上下最关注的事情。

王妃的标准

赵姬被嬴政顶撞之后,不甘心就这么撒手不管他的婚事,她跟吕不韦商量,让大臣们以国事为由要挟嬴政尽快纳妃。

果然有大臣上奏嬴政,说大王年龄大了,应该尽快选娶王妃,也好安定国家,让百姓们放心。

嬴政知道娶王妃是势在必行的事情,可是他又不愿意这么早就草率确定王妃,他认为王妃身份重要,关系国家安危、政权稳定,自己究竟该娶一个什么样的女子,应该慎之又慎,不能草率而行。

这天晚上,嬴政坐在宫里闷闷不乐,服侍的宫女们悄悄给他准备晚上用的灯烛。成蛟他们出去打猎了,到现在还没有回来。嬴政坐在床头,望着洒在窗子上斑斑点点的月光,它们那么迷离,那么优雅,仿佛有什么心事不愿吐露又非吐不可。嬴政猛然记起嫦娥奔月的故事,他很小的时候就听乳母讲过。在他幼小的心里,那是一个悲喜交加的故事,悲的是后羿失去了嫦娥,喜的是嫦娥能够永远留在天上,光耀人间。可是我该选一个什么样的王妃呢?嫦娥?女英?嬴政当然也听说过褒姒和妲己乱国,想来想去,嬴政的心里更加杂乱,远的不用说,就说嬴政的高祖母芈八子,就曾经把持过朝政整整三十六年!她的儿子秦昭襄王都五十多岁了,才任用范雎从她的手中夺回政权。

宫门口一阵喧哗,成蛟他们回来了,看他们兴高采烈的样子,今天的收获一定不小。果然,一个侍卫手拎一只毛色光滑、体态肥厚的雉鸡跟在后面,成蛟指着雉鸡说:"大王,听说这是西山的鸡王,你看我今天的手气不错吧!"

嬴政看看雉鸡,说:"成蛟也会打猎了,有进步。"众人听了,都哈哈笑了起来。成蛟说:"我把它献给大王了。"

宫女们赶紧准备饭菜,一伙少年坐下来吃喝说笑,嬴政见他们吃得高兴,就说:"今天吃完了,成蛟在这里住下,我有事跟你商量。"

嬴政顾虑王妃一事,成蛟早就有所察觉,他见嬴政挽留自己,料到可能与此事有关,吃完饭后,众人纷纷散去,只有成蛟留在宫里与嬴政促膝长谈。

成蛟说:"选取王妃是件大事,王兄要三思。"

嬴政闷闷不乐地说:"我现在不想选娶王妃,就是因为没有考虑好。"

成蛟说:"可是现在朝廷上下还有太后都逼迫得很紧,王兄准备怎么办?"

嬴政说:"如果我坚持不选娶,会怎么样呢?"

成蛟说:"王兄这样做既不合情也不合理,他们当然不会同意。要是有一个恰当的理由就好了。"

"恰当的理由?"

"对啊!王兄坚持不娶是因为什么?如果他们觉得有道理,自然不会再逼迫你。"

嬴政说:"什么理由?我不想现在就娶王妃。再者我觉得他们选送的女子还没有合我意的。"

"他们听王兄这样说,肯定会给你选送来更多的女子供你选择,不是更麻烦吗?"

两个人不再言语,陷入了沉默,一时想不出什么好的办法。成蛟站起来,来回走动了几步,突然拍手说道:"王兄,我有办法了。"

"快讲,什么办法?"

成蛟说:"我今天猎到的那只鸡王,是不是非常高贵?听看守山林的人说,一般的鸡王身边都有很多雌鸡,可是这只鸡王非常奇怪,它的身边很少雌鸡。他觉得奇怪,就仔细观察,结果发现,这只鸡王对雌鸡的要求很高,一个个都漂亮勇敢,非常厉害。"

嬴政听得云里雾里,他说:"这与我有什么关系?"

成蛟说:"既然他们逼迫王兄,王兄何不将计就计,订出一个王妃的标准来呢?如果有哪个女子达到王兄的标准,您再娶也不迟,有了标准他们还怎么强迫你?"

"王妃的标准?"嬴政说,"对,我提出一个标准,他们选送的女子达不到就不好逼迫我了。可是具体应该有个什么标准呢?"

成蛟胸有成竹地说:"王兄放心,有一个现成的标准。这个女子就是商王武丁的王后妇好。"接着成蛟跟嬴政讲了妇好的事迹。

武丁的父亲小乙是商王盘庚的四弟,武丁本来没有权利继承王位,武丁小的时候,小乙将自己的儿子武丁送到民间去生活。武丁没有向任何人吐露自己的王族血统,而是像一个普通人那样学习各种劳作和知识,像一个普通人那样经历各种生活的疾苦,进而为他未来继位中兴王朝奠定了基础。也正是这段经历,使他得到了奴隶出身的傅说为宰相。

武丁是个个性非常强,也非常富有情感和壮志的君主。他选娶王后的条件非常高,妇好嫁给武丁之前,是商王国下属小国的王室公主,有着非同一般的出身和见识,她嫁给武丁后,成了他的第一位王后。

妇好十分聪明,也有着超乎寻常的勇气和智慧。商王朝武功最盛的君王武丁是她的丈夫,而在武丁的赫赫战功中,有着妇好相当一部分的功劳。妇好臂力过人,她所用的一件兵器重达九公斤,足见她的身体强壮。而该兵器为大斧,更可见她的骁勇。

妇好和武丁,是一对真正志同道合的好夫妻。刚刚成婚的时候,武丁对妇好领兵作战的能力还不是非常了解。某年夏天,北方边境发生外敌入侵,派去征讨的将领久久不能解决问题,妇好便主动请缨,要求率兵前往助战。武丁对妻子的要求非常犹豫,考虑很久之后,还是通过占卜才决定让王后出征。没想到,妇好一到前线,调度指挥有方,而且身先士卒,很快就击败敌人,取得了胜利。

武丁从此对妻子刮目相看,封妇好为商王朝的统帅,让她指挥作战。从此以后，妇好率领军队征讨作战，前后击败了北土方、南夷国、南巴方，以及鬼方等二十多个小国，为商王朝开疆拓土立下了不朽战功。其中，在对羌方一役中，武丁将商王朝一半以上的兵力都交给了她：一万三千余人。这场战役大获全胜，也是武丁时期出兵规模最大的一次。

妇好墓

　　除了率军作战，妇好还掌握着商王朝的祭祀占卜之典，经常主持这类典礼。她是名副其实的神职人员——最高祭司。

　　嬴政听完成蛟的故事，高兴地说："如果真有这样的女子，我一定也封她为王后。"看来他不但把这个标准当作自己拒绝太后和大臣们的理由，也把妇好当成了心目中的王妃形象。

　　嬴政心里有了底，他把这个标准跟赵姬和催促他娶王妃的大臣们一说，大家面面相觑，不再说什么。他们选送的女子哪里有妇好那样的智慧和勇气？她们从小接受的教育就是跳舞、唱歌，如何保持美好的面容，如何获取男人对自己的宠爱。冲锋陷阵、治理国家，有几个女人能懂得呢？

　　嬴政说："我希望寻找一位才智过人、文武双全的女子和我一起治理国家,如果有这样的女子,我立刻娶她为王妃。"

赵姬生气地说:"你的标准也太高了,如果没有这样的女子,你就不娶王妃了?"

嬴政说:"太后总是指责我贪玩,不理政事,我要是能找到这样的女子,不是也可以很好地辅佐我吗?"

赵姬觉得嬴政说得也有道理,心想,既然他选王妃的标准这么高,说明他还是有决心有所作为的,这样对他自己也是个鼓励。就说:"你有这样的雄心,我也很高兴,你不选娶王妃也罢,就先选几个姬妾服侍你吧!"

嬴政用成蛟的计策,为自己选娶王妃订立了一个特别高的标准,一方面显示了他的智慧和勇气,一方面也表明他奋发向上积极进取的决心。

第二节 勤奋好学

读《孤愤》与《五蠹》

嬴政一方面结交少年俊杰,一方面加紧学习文治武略,提高个人能力。他回到秦国入太院后就体会到了读书的用处,从那时起,他一直勤奋读书,凡是能看到的文章,他都要仔细阅读。对于他这种勤恳的态度,太师非常满意。太师是齐国人,来到秦国多年,先后教授过几位公子王孙。在他看来,这位少年国王嬴政无疑是最出色的。

竹简

这天，太师手捧一捆竹简兴奋地走进嬴政的书房，他恭敬地说："大王，臣又得到一本好书。"说着，递上手中的竹简书本。

当时还没有发明纸张，所有的文字都刻在竹简或木简上，不但写起来麻烦，阅读这些书籍也是很累人的事情，往往看一本书就要翻动许多块竹木简。

嬴政正在研读《尚书》，自从拒绝太后为自己迎娶王妃以后，他一心扑在学习治国理论上，为自己能够尽快亲政做准备。

他听到太师奏报，急忙伸手接过竹简，笑着说："有劳太师了。"说着，打开竹简慢慢细读。

嬴政轻声读道："智术之士，必远见而明察，不明察，不能烛私；能法之士，必强毅而劲直，不劲直，不能矫奸。人臣循令而从事，案法而治官，非谓重人也。重人也者，无令而擅为，亏法以利私，耗国以便家，力能得其君，此所为重人也。智术之士明察，听用，且烛重人之阴情……"这正是一篇讲述法制与重臣关系的文章，意思是说，通晓统治策略的人必然见识高远并明察秋毫；不能明察秋毫，就不能发现隐私。能够推行法治的人，必须坚决果断并刚强正直；不刚强正直，就不能矫正邪恶。臣子遵循法令办理公事，按照法律履行职责，不叫"重臣"。所谓重臣，就是无视法令而独断专行，破坏法律来为私家牟利，损害国家来便利自家，势力能够控制君主，这才叫作重臣。懂得统治策略的人明察秋毫，他们的主张若被采纳，自身若被任用，将会洞察重臣的阴谋诡计；能够推行法治的人刚强正直，他们的主张若被采纳，自身若被任用，将会矫正重臣的邪恶行为。因此，懂得策略和善用法治的人若被任用，那么位尊权重之臣必定为法律准绳所不容。这样说来，懂法依法的人与当权的重臣，是不可并存的仇敌。

文章一针见血地指出了国家重臣以权谋私、无视法律的行为,也指出只有通晓策略和法治才是治理国家的根本出路,正切合当时的社会利弊。多年来,诸侯各国功臣贵卿把持朝政,造成国家分裂,百姓遭殃,像晋等国家就是被"重臣"瓜分的。

嬴政聚精会神、一丝不苟地读完这篇文章,不禁热血沸腾、兴奋难当,高声惊呼:"哎呀,这么好的文章,真是世之罕见!"文章正中嬴政的心思和他面临的困境,不是吗?现在嬴政虽然是秦王,可是国家大权掌握在吕不韦的手里,他就是文章中的"重臣",是危害秦国安危、危及嬴政安全的人。嬴政仿佛在茫茫黑夜找到了一丝光明,照亮了他前进的方向。

嬴政手抚文章,百读不厌,每读一次心中就增加一分力量和光明。他突然想起什么,大声说道:"我如果能见到文章的作者,与他成为好友,就是死也无憾啊!"

太师看在眼里,心中高兴,他走上前奏道:"大王,文章是韩国的韩非子写的。"

"韩非子?"嬴政心里一阵奇怪,他原以为文章的作者是死去的人。春秋战国末年,各种流派争相成立,纷纷著书立说,宣传自己的主张,就连吕不韦也作了《吕氏春秋》,扩大自己的影响。这些事情嬴政看在眼里,心中当然产生很多想法。他听说此文的作者是韩非子,面露惊喜之色,说道:"听说韩非子是当今有名的学问家,今日读他的文章,果然名不虚传!"

嬴政并不知道,当年他在赵国的一次宴会上看到韩太子卖弄古玩珍奇时,曾经不屑地认为韩太子只是良匠之才,这件事曾引起韩非子的钦敬。当时他年龄还小,没有与韩非子过深地交往。现在他已是秦王,继位已有四年,已经成为英伟非常的少年

韩非子

郎了。他志气超迈,心存天下,虽然受制于吕不韦和太后,却时刻准备着,为将来能够亲政、实现理想而努力。为此,他培养自己的亲信人才,拒绝太后为自己选择王妃,而且时时苦读勤练,希望自己能够成为一个能干的君王。

赢政读过《孤愤》后,仰慕韩非子的才气,又接连读了他的《五蠹》等书,彻底为他的依法治国理论折服,心中暗下决心,有朝一日一定要韩非子辅佐自己,一同治理天下。

后来,赢政掌控国家政权,大胆用人平定六国之时,韩非子受命出使秦国,两人得以相见,互生钦佩之意,韩非子再献离间之计,深受赢政重用。

“秦半两”的由来

有一天,赢政散步来到宫门外,一个负责清扫宫门外街道的仆役蹲在路边捡东西。赢政快走到他面前了,他却没有发现,仍然专心致志埋头做自己的事。赢政觉得奇怪,就悄悄走到他身后观察,原来这个人正蹲在那里数钱呢!一枚一枚圆形秦币被他摆放整齐,然后他拿一把尖刀,不住地钻刻钱币中心。赢政奇怪地看着他的举动,心想:难道他在故意破坏钱币?

仆役将一枚钱币钻上一个小孔,然后拿出一根麻线,很熟练地把钱币穿到麻线上。接着他又开始刻第二枚,第三枚……他一直刻完手里的十几枚钱币,全部穿到麻绳上,打个结,才高兴地站起来。仆役站起来,看到嬴政站在身后,吓得扑通跪倒,一个劲地磕头。

嬴政说:"你不用害怕,告诉我,你为什么这样做?"

仆役擦擦额头的汗,结结巴巴地说:"我……我……我刚领了工钱,铜钱没地方放,就把它挂在腰上。"

"挂在腰上?"看着嬴政一脸疑惑,仆役赶紧把一串钱币在腰上比量比量,意思就是挂在这里。

一番交谈后,嬴政明白了,这个仆役是个孤儿,没有亲人,独自一人住在咸阳城边破旧的宅子里,他很少回去,所以家里从来不敢存放值钱的物品,每次发了工钱,他也总是带在身边。时间久了,他发现身上带着钱币不方便,有时候还容易遗失,他便琢磨出这么个主意:将钱币打孔,然后用绳子穿起来。没有想到,效果不错,从他把钱穿起来挂在腰间,他的钱很少遗失了。

嬴政受到启发,他想,如果铸造钱币的时候,就留下孔,那么不就不用麻烦重新打孔了吗?也就方便人们携带了。他很爱思索,把这件事情记在了心里。

当时,诸侯国各自为政,纷纷攘攘,各个国家铸造使用不同的货币。据说,当时的货币五花八门,种类非常多,大致有四大货币体系。

刀币,这种货币在齐国和燕国流行,状似平常使用的刀子。

布币,通行韩、赵、魏三国,由锄草的农具演变而来,形状像铲,所以也叫铲币。

楚国却通行一种奇特的货币——蚁鼻钱,它是由贝壳形的

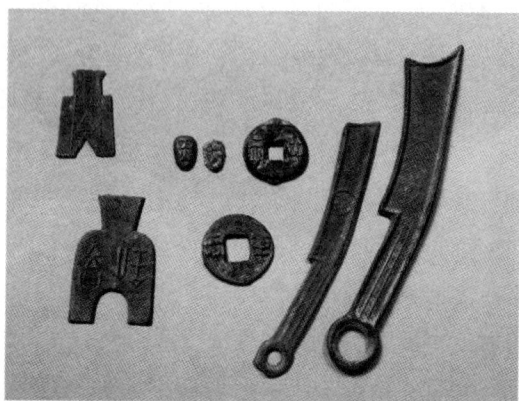

战国钱币

铜币演变来的。蚁鼻钱正面突起,铸有文字,笔画像只蚂蚁,两个小口像鼻孔,所以称为蚁鼻钱。

周、秦用圆形的钱币。

从以上分析可见,当时的货币非常混乱,各种形式、各种质量的货币都存在,严重影响了贸易的正常进行,货币无法正常流通,给普通老百姓带来许多不便,也造成货物不能快速有效地流通,阻碍经济发展。

嬴政深居后宫,自然不了解货币的形式,也不会研究货币的铸造与用途,但他却记住了这件事,多年后,他兼并六国,一统天下,亟须制订统一的货币时,记起了此事,提议铸造圆形方孔钱币,得到大臣们一致赞同。有的大臣还说:"钱币外观是圆的,中间是方的,暗合天圆地方之意。"其实他们都不知道,这是嬴政少年时一次偶然间得到的启示,结果,从此世界上最早由政府法定的货币开始流通使用。这种方孔圆钱从此成为中国货币的主要形式,沿用了两千多年,世人通称为"秦半两"。到了后世,人们

"秦半两"

还幽默地称呼钱为"孔方兄"。

第三节　三国太子质秦

三太子比富

　　嬴政继位初年,燕国太子丹来到秦国,他们成了一起学习、练武的好友。这时,赵国王孙出留质秦国,也经常与他们来往。嬴政继位三年的时候,赵孝成王去世,太子偃继位,史称悼襄王,他的儿子出嗣为太子。此时,有两位异国太子在秦为质了。这年秋天,魏国派太子增来到秦国,于是,秦国内三国太子同时为质。

　　三国太子都很年少,他们来到秦国,见到年少的嬴政,很快与他熟悉起来。嬴政有意结交诸侯太子,了解天下大事,经常请他们一起游乐宴饮,畅谈国内、国外事。

　　转眼间,冬天来到了,下了一场特别大的雪,深达三尺,真是:

　　　　彤云蔽天风怒号,飞来雪片如鹅毛。

　　　　忽然群峰失青色,等闲平地生银涛。

　　　　千树寒巢僵鸟雀,红炉不暖重裘薄。

　　　　……

天气寒冷,嬴政派人去各国太子府问讯,送去棉衣、木炭,帮助他们度过严冬。雪后天晴,三国太子纷纷来到秦宫,拜谢嬴政,施礼问安。

嬴政命人置设酒宴,款待几位太子。太子们陆续赶到了,他们身着狐裘衣,头戴鹿皮冠,脚穿豹履,腰间系着丝绸长带,手捧暖炉,如临大敌般将自己裹了个密不透风,可是他们仍然缩手缩脚,不住地呵气喊冷。秦宫内,炭火正旺,嬴政身穿普通棉衣坐在炉边看书,见几位太子进来,急忙迎进去。

众人落座,太子们这才放下暖手炉。赵国太子看看嬴政,说:"大王,您穿得这么单薄,不怕冷吗?"

嬴政注意到他们穿着厚重华贵,不由得笑笑说:"我坐在炉边,穿着棉衣,要是再怕冷,那么一般百姓可怎么熬过寒冬?"

太子们听了,点头赞许。

众人不再谈论天气,而是举杯共饮,互相致谢,渐渐地,话语多起来。随着气氛活跃,炭火加旺,室内温度渐升,太子们身穿裘衣有点热了,赵国太子出率先脱下狐裘宝衣,一边交给身后侍从,一边自我吹嘘说:"我这件狐裘,名叫'复陶裘',华贵无比,是当年楚王献给我国的宝物,天底下只有这么一件。"

赵出从赵国带来了许多金银珠宝,他嗣为太子后,赵国更是倾其所有,为他提供源源不断的物质保障,指望他结交诸侯,为赵国社稷出力。赵出却将这些珠宝据为己有,招纳姬妾,过起了安乐的小日子,把国家大事抛诸脑后。

太子增不以为意地说:"什么'复陶裘'? 我这件狐裘才珍贵呢! 晋文公称霸时,周王亲手赏赐的,不比你的更珍贵?"

太子增已经二十多岁了,秦国出兵攻下了韩国十三座城镇后,魏国心存畏惧,害怕秦国攻打自己,派增来到秦国为质,修好两国关系。增临行时,想到秦国国势强盛,自己前去为质,恐怕凶多吉少,所以不愿前往。魏王为了鼓励他,送给他许多财物,答应他一旦有变,即刻出兵相救,他才磨磨蹭蹭来到了秦国。增来到秦国后,见秦王年少,谦逊好学,没有帝王的架子,还经常邀请他吃饭玩乐,放下心来,购置产业家仆,踏踏实实做人质。

燕国太子丹瞧瞧他们二人,满怀不屑地说:"你们都是秉承祖宗基业得到的,你们知道我这件狐裘哪里来的吗?"

众人把目光转向他,问道:"哪里来的?"

太子丹骄傲地说:"我国打败了匈奴,他们进献的。"

三国太子互不服气,互相夸示服饰珍贵,嬴政见此,微皱眉头,什么也没有说。赵国太子又说:"你们只知道衣服珍贵,可曾见过'翠羽被'吗?翠鸟绒羽织成的被子,盖在身上,轻若羽毛,温暖如春。"他边说边比画,无限神往、陶醉的样子。

魏国太子增和燕国太子丹不甘示弱,一个举起皮冠,指着上面镶嵌的珠玉吹嘘说:"这上面的珍珠是东海龙王的镇海之宝,夜里放射荧光,冬暖夏凉,世上罕见。"一个抬起腿脚,指着装饰宝珠的靴子说道:"靴子上的宝珠是西域贡品,中原大地上独一无二。"

接着,三国太子又开始夸耀各自的宝马车辆、住所陈设,称奇斗异,不在话下。一时间,酒宴成了三国太子比富的场地,宫廷侍女、太监们屏气细听,啧啧感叹,他们哪会想到世间还有这些珍玩,三国太子如此奢侈浮华。面对三国太子比富,嬴政开始有些奇怪,奇怪他们贵为太子,富有天下,怎么会对这些珠宝有兴趣呢?渐渐地,对他们迷恋夸富露出不屑神情,摇摇头暗想,看来人各有志，真不知道他们继位后会采取什么措施治理国家。

嬴政正在低头思索，太子丹突然喊他："大王，你也拿出你的宝贝让我们开开眼界。"太子丹为人豪爽，喜好结交侠士游客，可是人很好强，不管什么事都要争个高低。

嬴政听他问话，回过神来，想想说道："我的财富就是秦国，你们天天都能见到，还用我拿出来吗？"

三国太子听闻，吃了一惊，随后明白其中含意。太子丹首先拱手说道："大王心怀国家，我们深感不如，惭愧，惭愧。"

赵太子出和魏太子增也低下头去，暗自思忖嬴政虽然年幼，却是奇异之人，将来必定成为诸侯中首屈一指的国君。

智解玉连环

三国太子比富，他们看到了嬴政的志向和与众不同，对他一面深感佩服，一面又心生忌妒。试想，未来的天下就是他们的，他们是四个国家的君主，谁肯轻易落于他人之下？

他们回去后，把这件事情告诉各自的门客、师傅，希望能想出好办法挽回面子。毕竟太子比富有失身份，也显露出他们的浅薄。

赵出的门客献计说："太子虽然身在秦国，却过着富裕豪华的生活，珍奇珠宝比秦王还多，他肯定有所嫉恨，太子不如献出部分珠宝，送给秦王，这样一来，秦王高兴，大家彼此相知，也就不算失去面子了。"

太子增的门客献计说："秦王年少，还没有纳娶王妃，太子可以献给他美女，讨好他，如此，秦王必定看重太子，两下相好，何乐不为？"

太子丹的门客随丹来秦久了，了解嬴政的性格，他们说："秦王虽然年少，却不是一般人物，从来不把珠宝财物放在眼里。你看他，身材魁伟，面目不凡，贵为国王，平易近人，从不奢侈浪费，非常罕见！如今，他待诸国太子如兄弟，他日国家纷争又会怎么样呢？太子你在秦国久了，与秦王交好，不如趁机请示回国确保平安。"

三国太子各怀心事，意欲挽回面子，摆脱尴尬处境。

赵出首先派人去见赵高。赵高是赵国人，赵出在秦国这几年，得到他很多照顾，当然赵高也捞到不少好处。赵出把自己的想法告诉了赵高，赵高慌忙摇头制止："千万不可奉送珠宝，大王自幼不爱这些东西，我们在赵国的时候，好衣服他都送给我穿，你送他珠宝，等于侮辱他！"

赵出吓出了一身冷汗，心想，多亏没有贸然行事，要不然可麻烦了。

太子增派人找到了吕不韦的门客，询问他秦王娶王妃一事，打算献给秦王几个美女。吕不韦的门客听了，对他讲了嬴政与太后为选娶王妃的争执，以及嬴政为选王妃立的标准。太子增一听，傻眼了，天下之大，上哪寻找那样能干美貌的女子？吕不韦的门客说，其实这是秦王的计策，他不想受制于后宫，所以不愿早娶王妃。

太子增对嬴政更加刮目相看，心想，他年纪轻轻，谋虑那么长远，能不让人惊讶吗？

太子丹的计划打算怎么实现呢？

他决定亲自找嬴政一试，打算凭两人的交情，得到同意回国的许可。没有秦国允许，太子丹是出不了重重关口防守，回不了燕国的。

太子丹计议已决。这天早晨，晨光微亮，丹就起床了，他洗漱完毕，穿戴整齐，早早地去秦王宫，他知道嬴政有早起练剑的习惯，打算趁机进言回国的事情。

太子丹步出馆邸，刚要牵马，一个人慌慌张张跑过来，他是丹的太傅鞠武。鞠武跑到丹跟前，阻止他说："太子不要着急，此事只能智取，不能强求。我听说赵国太子和魏国太子的计策都失败了，我们也不能这么冒失地去请行。"

太子丹说："箭在弓上，不得不发。我与秦王虽然私下相好，可我们毕竟代表两个国家，而且是两个国家的君主，一旦发生变故，我就危险了。"

鞠武说："太子，我明白这些道理，现在我国王没有召唤你，你私自提出回归国土，是对两国关系不负责任，我估计秦王也不会答应你。我有一样东西，太子你看它能不能帮你安全脱离险境？"

"什么东西？"丹见鞠武神神秘秘，紧张地问道。

鞠武从袖中掏出一把玉环，一个个连接在一起，展示给太子丹观看。太子丹看罢，问道："这是什么？它能说服秦王？"

鞠武诡秘一笑，转动手中玉环，说道："这是人们发明的一个小游戏，九个玉环套在一起，只要解开其中一环，其他各环自行脱落，非常有意思。"说着，亲手演绎一番，为太子丹示范。

太子丹看到鞠武像有神奇魔力般轻松解开九道连环，心中惊奇，伸手拿过玉连环，摆弄着也想把它们解开，可是九个玉环，各环相扣，解开一环，其他各环怎么也打不开！太子丹揣摩多时，也毫无效果，他随手还给鞠武，急切地说："你快说，这个东西到底有什么用?"

鞠武凑到太子丹面前,如此这般向他秘密交代一番。太子丹连连点头,不住地说:"这样最好,这样妥当。"

太子丹袖藏玉连环来到秦宫,果然,嬴政正在练剑呢!他见到太子丹,连忙把他喊过去,提议与他对练剑术。太子丹心中有事,不敢疏忽,他掏出玉连环说:"大王,我有一样宝物,不敢独自享用,特地来与你分享。"

嬴政瞥见一堆玉环缠绕一处,不以为然地说:"你知道我不爱财宝,拿它来做什么?"

太子丹笑着说:"大王错了,这不是财宝,而是一个非常有意思的玩具。"然后,他按照鞠武事先安排的,陈述这个玉连环的由来,说它是一个燕国人发明的,这个人很有学问,他传出话来,谁能解开此环,就满足这个人一个愿望,如果解不开此环,就要满足他本人一个愿望。此环自从发明以来,还没有人破解过。

嬴政听了太子丹的叙述,疑惑地看看玉连环,灵机一动,有了主意。他转身来到花园水池边,从里面捡起一块大石头,一手把玉连环放到地上,一手高举石头,用力砸去。玉连环粉身碎骨,成了一堆碎玉。

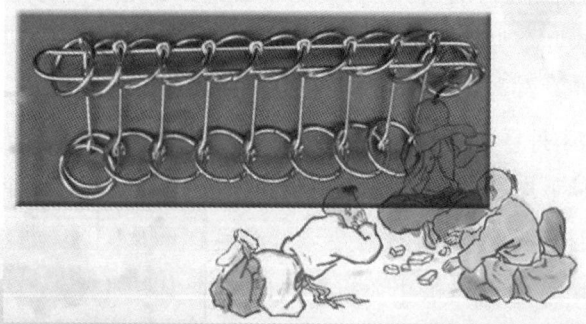

古代益智游戏工具——九连环

太子丹正想以此与嬴政取乐游戏,借机不露声色地提出回国的愿望,他还没来得及想好具体怎么说,就见嬴政手起石落,将一串玉连环砸碎了。嬴政高兴地拍拍手,望着一堆碎玉,笑着说:"这下终于解开了吧!你去告诉那个人,说我有赏赐,请他上殿领赏。"

太子丹如在梦中,眼见玉连环顷刻间没有了,惊讶得瞪大了眼睛,张大了嘴巴,不知道如何答复嬴政。

嬴政智破玉连环,显示了他不以常规、不以常理解决问题的能力和勇气,太子丹由此不敢再提回国之事。

诸位太子听闻嬴政智破玉连环,无不拍手赞叹,再次确知他非寻常人可比,是将来诸侯间最强大的国主,也许还要更加厉害,能够完成秦国历代国王的宏愿,君临天下,威震四海。

嬴政在选娶王妃这件事情上没有屈服,在日常生活中又显示了非凡超强的一面,接下来他开始逐渐接触国事,树立自己的威信。

韩国人惧怕强大的秦国,派郑国去秦国修渠,到底该不该修渠呢?秦国内部展开了激烈争论。嬴政力排众议,坚决支持郑国修建管道,发展农业生产,与贵族官僚产生了激烈的冲突。这时,秦国发生史无前例的特大蝗灾,嬴政采取各种措施积极救灾,并且任用成蛟主持祭祀大典。他赢得许多人的称赞,却与丞相吕不韦隔阂渐深。北方匈奴再次扰境,内忧外患,一起向少年嬴政压了过来……

第九章　初历政事安国强民

第一节 修建郑国渠

韩国人的阴谋

关中平原上有两条大河,泾河和渭水,在远古时代,泾河与渭水经常泛滥,给关中平原带来大量的淤泥,使关中成为非常适合农业生产的富庶之地。这里还是一个有四面天险扼守的安全之地,黄河从这里向东流去,把秦国与东方的诸侯各国隔开,它的南、北和西方分别有秦岭、岐山和陇山形成的天然屏障,易守难攻,自古就有"四塞以为国"之说。

泾渭湿地

春秋战国以来，诸侯之间战争不断，秦国由于独特的地理位置，得以保存自己的实力，后来秦国不断发展壮大，开始东进。面对强大秦国的不断进攻，各个诸侯国都在想办法试图阻止秦国东进，王公贵族们害怕秦国统一天下，会损害到自身的利益。

秦国的近邻韩国，是从晋国分离出来的一个国家，多次与秦国交战都没有取得过胜利，眼看着秦国一步步向自己逼近，韩国的贵族大臣们非常惶恐。

韩国的相国公孙婴在门客的帮助下，想出了一个主意，他兴高采烈地去求见韩王。

韩王见到相国公孙婴后问道："相国有什么好的计策吗？"

公孙婴说："大王，我想出一个办法，可以削弱秦国的实力。"

韩王说："如果真能削弱它的国力，我们面临的危险也就小多了。"

公孙婴说："秦国内连年干旱，关中平原上好的土地得不到利用，粮食产量骤然减少，秦国现在只能用蜀地的粮食供应军队，蜀地道路艰险，很难运送货物，秦国急着开发他们的关中平原。"

韩王说："我们趁机可以做什么呢？"

相国说："如果我们派人劝说秦国兴修关中地区的水利，他们一定会同意。我们可以挑选国内优秀的水利专家去秦国帮忙，一来修好秦国，二来通过兴修水利可以消耗他们的国力，使他们无暇东进，保障我们的安全。"

韩王称赞说："相国的计策真是妙啊！就照你说的去做。"因此，韩国决定鼓动秦国兴修水利，以期达到拖垮强秦，减弱本国面临的危机的目的。

韩国发布告示，征集水利方面的人才。这时一位叫郑国的人看到告示，前去应征，相国见到他说："你可知道此次去秦国的任务吗？"郑国说："我研究水利，自然希望我的才能得到重用，我去秦国为了修渠。"相国见他耿直，怕他无法完成自己设想的计划，不让他去秦国。郑国说："如果相国派去的人对水利不通，怎么能够得到秦国的信任呢？"相国知道郑国在水利方面造诣很深，为防秦国识破自己的伎俩，最后还是决定让郑国前往秦国。

郑国一行来到秦国，陈述了他们愿意帮助秦国兴修水利，发展农业的计划后，引起秦国内激烈的争论。一派认为国内连年干旱，兴修水利迫在眉睫，这是非常有利的事情。一派认为兴修水利，耗费巨大，如果引起国力空虚，遭到诸侯各国的联合攻击怎么办？相国吕不韦也左右为难，不知道如何决定这件事情，他是个商人，只要有利可图的事情都想做，现在韩国派人来主动帮助修渠，这是难得的好事，如果不修，岂不是让到手的鸭子飞了？可是兴修水利哪里是一句话的事，短则几年，长了恐怕要十几年，这样长时间的工程要耗费多少人力和物力？

嬴政听说韩国派人来修渠，也匆匆出来接见韩国的水利人员。他从史书上知道大禹治水，觉得大禹是了不起的人物。他见到郑国以后，问道："先生准备怎么样修建管道？"郑国一生痴迷于修渠建道，他在韩国得不到这样的机会，这次听说秦国修渠，非常激动，他觉得终于有机会实现自己的理想了，却没有想到韩国的相国还有如此的阴谋。他见秦王是一个十几岁的孩子，对于修渠的事情却非常关心，很受感动。他就说："大王，我一生研究水利，对于秦国关中地区的地理特点早就有所了解，我觉得关中地理位置特殊，要想利用好水利资源，必须做到'取之于水,用之于水,还之于水',才能成功。"

赢政跟郑国讨论半天,赞叹说:"先生真是难得的人才,有先生相助,秦国的农业就有希望了。"

力排众议

郑国来到秦国已经有些日子了,可是秦国对于要不要修渠还没有做出决定。反对势力认为修渠劳民伤财,损害国力,他们大多是贵族官僚,过着锦衣玉食的富贵生活,自然体会不到干旱对农业的危害,而且一旦修渠,必然会抽调他们庄园和家中的奴仆去服役,直接影响他们的利益;支持势力认为修渠是有利的事业,一定能够促进农业稳定发展,使秦国走上真正的富强之路,他们大多是新兴的地主阶级,拥有先进的耕种农具和大片土地,亟需丰富的水利资源。

朝廷里每日都为要不要修渠展开讨论,这天赢政听他们讨论半天后提出一个问题,他问:"谁能告诉我,我们国家有多少军队?"

大臣一听赢政连这个问题都不知道,有些不以为然,蒙骜上前道:"大王,有六十万。"赢政说:"这么多人靠什么养活?"

张唐回答:"国家征集粮食,收取赋税养活大军。"

赢政说:"这么多粮食从哪里弄来的? 我刚才听你们说关中干旱,连年收成不好,老百姓都吃不饱,哪里还有这么多富余的粮食养活大军? 如果没有富庶的土地产出更多的粮食,我们的大军靠什么打仗?"

吕不韦上前奏道:"大王,我国征服西蜀后,利用都江堰灌溉成都平原,那里年年丰收,粮食产量很高,是我国的一个大粮仓。"

嬴政假装恍然大悟："原来是这样,水利灌溉保障了粮食的产量。既然如此,你们为什么又不同意郑国在关中兴修水渠呢?关中水利资源丰富不也一样保障粮食丰收吗?"

吕不韦说："我们害怕兴修水渠会消耗国力,得不偿失啊!"

嬴政笑道："消耗国力? 你们都是年纪不小的人了,都有养育孩子的经验,一旦哪个孩子吃饭比较多,你们就会很高兴地夸奖他,为什么呢? 吃得多长得快啊! 你们抱怨过他吃得多就是消耗多,进而不给他饭吃吗? 商汤以七十里起家,文王以三千户夺取政权,秦国偏居一隅多年,经过历代先王不懈努力,才终于有了今天的大好局面,据我看来,如果他们有谁担心消耗而不求发展进步,都不会取得最后的胜利。"

大臣们第一次听嬴政侃侃而谈,有理有据,很有气势,都吃了一惊,他们相互观望,不敢再言语。

嬴政说："我还没有亲政,如果相国同意,就由我来负责修建水渠这件事情吧!"吕不韦听嬴政这么说,心想,这样也好,一来嬴政可以得到训练,二来嬴政专心修渠就会减少与自己的冲突。他急忙说:"大王贤德,为天下百姓谋

郑国渠

求福利，实在让我们佩服。"

赢政说服大臣，命令郑国亲自负责兴修关中一带水利，在郑国的努力下，经过十年时间修建了一条长三百余里的水渠，人称"郑国渠"。郑国设计的这一水利工程充分利用关中平原西北高、东南低的地形特点，使渠水由高向低实现自流灌溉。为保持灌溉用的水源，郑国渠采用独特的"横绝"技术，通过拦堵沿途的清屿河、蚀屿河等河流，让河水流入郑国渠。郑国渠修成后，灌溉面积达四万顷，大大促进了关中地区农业的发展，当时小麦的产量达到每亩 256 斤，成为全国最大的粮食生产基地。此渠修成后，"关中为沃野，无凶年"。郑国渠一直到汉唐时期，都发挥着重要的作用。

汉朝民谣称：

田于何所？池阳谷口，郑国在前，白渠起后，举锸为云，决渠为雨，泾水一石，其泥数斗，且溉且粪，长我禾黍，衣食京师，亿万之口。

在修建水利的过程中，赢政和郑国对彼此都有了很深刻的了解，以致后来韩国的阴谋被揭穿，保守势力主张杀郑国，而赢政却说："第一，这件事情与郑国没有关系。第二，郑国十年如一日奋斗在修建水渠的最前线，为秦国修建了最好的水渠，功不可没。第三，韩国竟然想出如此下策来对付我们，被我们将计就计利用，足以看出他们多么不明智。韩国不可虑，还用担忧一个郑国吗？让他继续为我们修渠好了。"

赢政明为负责修建水渠，实际上他利用这样的机会，广泛接触大臣和各色人等,他想尽快培养自己的亲信人员,为自己亲政做好准备、打好基础。只有十几岁的嬴政正在逐步摆脱辅政大臣们对自己的控制,逐步走进权力的中心,他的努力会不会成功呢? 还有什么样意想不到的事情在等着他呢?

第二节　天灾人祸

解救蝗灾

嬴政继位第四年,秦国爆发了大规模的蝗虫灾害。蝗虫的灾害是毁灭性的,在古书当中,曾有这样的记载:"凶饥有三,曰水、曰旱、曰蝗,地有高卑,雨泽有偏被,水旱为灾,尚多有幸免之处,唯旱极而蝗,数千里间,草木竭尽。"对以农业生产为主的社会来说,天灾有三种,水灾、旱灾和蝗灾。水灾和旱灾由于地理位置或者兴修水利等人为措施还可以得到一点缓解,而蝗灾,一旦来临,没有什么方法可以预防和制止。

蝗虫灾害自古以来就有,最早的文字记载见于商朝的甲骨文字,上面记述每过一段时间就会爆发蝗灾,给生产带来无法预料的毁坏和打击,人们在蝗灾面前往往束手无策,眼睁睁看着蝗虫毁灭大片的良田谷物。

嬴政继位四年的十月,铺天盖地的蝗虫自东方呼啸而来,所到之处无论五谷还是杂草、树木无一幸免,都被啃噬得干干净净,有的植物被蝗虫吃掉根部,就再也无法重新发芽,彻底地死亡了。大片的农田被蝗虫毁坏得草叶全无,满目疮痍,惨不忍睹,这个时候,老百姓面对一年辛苦的劳作就这样被破坏,痛苦之情无以言喻。

蝗虫灾害的消息很快传到朝廷，嬴政听说后，非常苦恼。"农为天下本"，秦国多年的治国策略就是以农为本，农业发展，百姓丰衣足食，国家才可以强盛，老百姓生活不保，衣、食、住、行没有着落，国家谈何强大？又如何取得发展与进步？

嬴政苦恼之余，召见大臣们商量对策，这个时候嬴政还没有亲政，国家大事要由辅佐大臣说了算。嬴政问："国家突然遭受这么大的灾难，我们应该采取什么措施？"相国说："依照前朝历制，应该安抚百姓，打开国库粮仓赈济灾民。"嬴政立即提议拨出两千石粮食赈济受灾百姓。

两千石粮食不是个小数目，可是对成千上万的灾民来说，却是杯水车薪，很快赈灾粮食用完了，眼看冬天将至，百姓们生活没有着落，这可如何是好？

大臣们有的说："蝗虫灾害是天灾人祸，是上天对我们的惩罚，我们要举行大规模的祭祀活动，祈求上天免除灾难。"

嬴政闻此叹道："这也要消耗不少的财力啊！"古代祭神是一项重要的活动，规模宏大，气势壮观威严，参与的人员非常多，需要的财物也多得数不清。

有的主张下令没有受灾的地方捐款捐物，救济灾民。

嬴政说："这个办法可行。"

于是，嬴政让辅政大臣下令，一方面祭祀神灵，乞求上天护佑；一方面发动群众积极行动，救助受灾百姓。为了更快、更好地鼓励人们缴纳粮食，嬴政做了一个大胆决定。他说，让人捐款捐物，积极性必定不高，现在情况危急，时日久了灾民得不到充分的救助，会造成瘟疫流行，百姓死亡，如今可以采取鼓励政策，传下旨令，有缴纳粮食超过一千石的，就准许他升官一级。结果,此令一下,纳粮求官的人络绎不绝,很多富裕人家都想当官,趁机缴粮做官,解救了灾民危难。

嬴政见纳粮顺利,又提出一个建议,他说:"我们遭到这么大的灾难,除了采取上面的措施外,我想大家从现在起都要例行节俭,不要再铺张浪费了。还有就是鼓励百姓在灾难面前不要低迷消沉,早早准备,等到明年年景好转,要勤耕细作,争取多种粮、种好粮。如果谁的收入好,缴纳的粮食多,就给谁重赏。"

大臣们见嬴政如此关心农事,又制定这么多切实可行的措施,都连连点头。灾民们得到国家的救济安抚,渐渐稳定下来,又听说朝廷传令鼓励大家做好明年的生产准备,都有了信心,一场绵延千里的大灾难逐渐得到控制,没有引起更大的恐慌。

厉行节俭风尚

推行节俭相对来说就难了,王公大臣们荣华富贵惯了,吃的是山珍海味,穿的是绫罗绸缎,出则车马奔腾,入则奴仆侍女环绕,这样的日子他们过得非常舒服,让他们怎么节俭?还有,当时的贵族们喜欢娱乐,活动项目也很多,比如斗鸡、养狗,就是非常流行的娱乐活动,哪个贵族家里不养着这些动物供他们消遣?

相传齐国国王喜欢斗鸡,有个叫纪渻子的人擅长驯养斗鸡,因此得到齐王的赏识,命令他负责训练斗鸡。纪渻子果然非常能干,训练了四十天后,他告诉齐王:"斗鸡已经训练成功了。"齐王看到斗鸡后,见它一动也不动,不放心地说:"这样就算成功了吗?"纪渻子说:"现在斗鸡心态平和,听到别的斗鸡叫也不慌不忙,丝毫没有着急的表现,看上去好像木雕的一样,但各种本领都具有了。那些没经过训练的鸡，一见到它就会吓得掉头逃跑，不敢和它斗了。"齐王方才明白其中的道理，满意地重赏了纪渻子。可见当时各国王公大臣都过着奢侈萎靡的生活，恰如那只一动也不动的斗鸡，习惯了舒适的日子，哪里肯受一点委屈？

嬴政虽然要求大臣们节俭生活，可是谁也没有当回事，依然过着从前那种锦衣玉食的日子。嬴政知道后，决定从自己做起，给大臣做个榜样，他不再穿华贵的服装，而是换上简单的粗制衣服；他下令饮食中减少肉食；出行的时候，车马也要减少。

一次，嬴政路过骊山，站在山顶歇息的时候，恰巧相国吕不韦的车队从山脚下经过，他看到吕不韦的车马随从豪华奢侈，车子上装饰着玲珑玉佩，马背上驮着金色马鞍，就连随从人员也是前呼后拥，一副趾高气扬的架势，不禁叹道："国家遭受天灾，百姓们生活得不到保障，这样浪费太过分了。"吕不韦在嬴政身边安插了亲信，嬴政的话很快传到了他的耳朵里，他知道后，心想，看来嬴政盯上了我，如果依然我行我素，必然招致大家的非议，与嬴政产生冲突，这样的话，得不偿失，不如立刻改正错误，效法嬴政，勤俭节约。于是，他的车马不再使用华丽的装饰，随从也减少了，还严格要求手下谨慎行事。

相国带头听从国王的命令，厉行节俭，立刻在朝臣中产生了影响，他们也警觉起来，开始在吃、穿、住、行上降低标准，不敢以浮华享乐为荣耀，全国上下形成了勤俭节约的风气。

面对此次节俭风波，嬴政想了许多，他清楚地看到朝臣们唯吕不韦马首是瞻，就连自己的一言一行，都在吕不韦的掌控之中。他明显地感觉到他们之间的冲突越来越深，这场冲突究竟

古人出行壁画

会如何展开,又如何结束呢?少年嬴政,已经在心里暗暗地做着充分的准备,他不会一直被动受制,他积聚着力量,等待着时机。

在自然灾害面前,嬴政采取了正确的措施,使生产得到尽快恢复,显示了他身为君主爱戴百姓、体恤民情的一面。嬴政越来越出色的表现引起相国吕不韦的极大担心,特别是嬴政在这次祭神活动中,竟然重用成蛟,并且册封成蛟为长安君。成蛟一直跟随在嬴政身边,出谋划策很受嬴政喜欢。吕不韦想,虽然我跟嬴政关系特殊,可是他并不知道,话再说回来,他现在是秦国国王,即便知道我们的关系,他能承认吗?会不会招致他对我更大的仇恨?秦王室子孙在朝中有他们的势力,先王曾经厚待他们的兄弟,其中昌平君、昌文君都掌握一定的权力,成蛟又封为长安君,长此以往,嬴政年龄大了,他英雄盖世,智勇双全,不会久居人下,我独揽朝纲,会不会有什么危险?吕不韦的担心很有道理,他以商人的身份逐渐走到权力的顶峰,靠的是什么?贵族王卿们早就对他独揽朝纲、勾结太后不满;他广收门客,名倾天下,也遭到很多人妒忌。现在秦王年幼，国事都听他摆布，一旦秦王亲政，掌握了实权，那些痛恨他的人肯定会对他进行报复。吕不韦越想越害怕，他决定先采取行动，消灭一部分对自己不利的人。

就在吕不韦还没有考虑好如何行动的时候，北方匈奴又开始南下扰境了。

第三节　北拒匈奴

匈奴扰境

匈奴,是我国北部一个古老的少数民族。匈奴人以游牧、狩猎为生,牲畜以马、牛、羊为最多,其次则为骆驼、驴、骡等。他们"逐水草迁徙,毋城郭常处、耕田之业。然亦各有分地"。男子从小就学习骑马射箭。"儿能骑羊,引弓射鸟鼠;少长,则射狐兔;用为食。"因此,一到成年,"尽为甲骑"。

匈奴人过着游牧生活,居无定所,择水草茂盛的地方居住,一旦水草枯竭,就会迁徙到别的地方。匈奴人强悍,喜好骑射并以此为荣,他们平时以放牧、狩猎为生。战争也是他们生活的一部分,并且把战争视为一项荣誉的事业,经常通过战争掳掠奴隶和邻族、邻国的财物。

匈奴人作战,很有特点,"利则进,不利则退,不羞遁走"。他们根据战事情况,对他们有利的时候,他们就进攻,如果条件不利,他们就会快速逃遁。就像现在的"游击战术"。匈奴人自幼骑马射箭,驰骋于广袤的草原,所以他们善于骑射,擅长野战,经常突击,来去飘忽不定,让人难以捉摸,战斗力非常强大。他们来去似利箭速发,如野马狂奔,速度非常迅速,令人防不胜防。

战国时期,匈奴已经进入奴隶社会,并且有了固定的国家政权机构。国王称为单于，其下设左、右贤王，左、右谷蠡王，左、右大将，左、右大都尉，左、右大当户，左、右骨都侯，除左、右贤王外，其余大臣都是世袭。

从夏、周开始，匈奴人经常侵扰中国北方边境，只要有机会，他们便兴兵南下，烧杀劫掠人口、财物，然后扬长而去。

秦、赵、燕三国与匈奴接壤，时常受到匈奴南侵的骚扰。为此各国想了许多办法，防止匈奴人继续南下。

赵国武灵王的时候，赵国日渐衰弱，匈奴趁机南下，对赵国北部进行抢掠攻杀。匈奴人将成群的牛羊赶走，把

匈奴王金冠

一堆堆丰收的粮食抢光，他们放火烧毁房屋住宅，劫掠当地人给他们做奴隶。当地百姓深受其苦，纷纷南逃，赵国北部地区在匈奴的蹂躏之下，生产遭到破坏，大片土地荒芜，本来的良田沃土成了无人居住之地。匈奴见赵国人好欺负，就进一步向南进攻，希望得到更多的财宝、牛羊和人口。

赵武灵王得知北方战况紧急，屡屡派兵遣将来抵抗匈奴的进攻，可是收效并不大，强悍的匈奴人自幼熟悉骑马射箭，他们进攻、转移、撤退的速度都非常快，常常令赵国军队防不胜防，很

难与他们周旋。

一天,赵武灵王与大臣肥义登山游玩,他们登上了黄河岸边的黄华山。赵武灵王爬到山顶,转回身来,面对浩浩东流的黄河,再看看四周景色如画的平川、城郭,不由得深深叹了口气:"河山如此壮美,却不时受到外人的侵略,一个国家,怎么样才能不被侵犯呢?"肥义是先王时的旧臣,他听武灵王这么说,一时也不知道如何作答。

君臣二人在山顶站了一会儿,赵武灵王突然说:"我要向胡人学习,穿胡服,练习骑马射箭。"当时匈奴被称为胡人,他们穿的服装比较简单,短袖短襟,没有任何装饰物品,特别适合骑马射箭,活动快速而灵活。赵国人久居中原,崇尚文雅庄重,穿着长袍子,衣服又长又大,活动起来很不灵活。赵国使用战车,在北方山地和丘陵地区并不适用,而匈奴人骑马射箭的作

胡人的服饰

战技术却显示了特有的长处。赵国军队和匈奴人打仗,为此常常吃亏。肥义听说武灵王的想法后,也很赞同,于是决定推行这一措施。

回到国都,赵武灵王就下了一道命令,命令赵国人改穿胡服。这个命令一下达,全国一片哗然,反对者不计其数。原来赵国人瞧不起匈奴,认为他们凶残、愚昧、落后,现在国王却让他们向匈奴学习,大家自然反对。他们都不明白赵武灵王此举的用意,就连

他的叔叔也表示强烈反对,躲在家里不去上朝理事。赵武灵王多次亲自登门解释,权衡利弊,他的叔叔才勉强同意这一决定。

接着,赵武灵王在国人中挑选一批精壮青年,每日练习骑马射箭。

不久,赵国兵强马壮,阻止了匈奴继续南下。战国末年,赵国又派大将李牧镇守北疆,抵制匈奴侵略。

秦、燕两国也和赵国一样,多次采取措施,改进兵制,勇敢抵抗匈奴南侵。秦昭襄王的时候,匈奴经常骚扰北方边境,当时太后芈八子主持朝政,她曾经委身于匈奴义渠王,采取与匈奴联姻、议和等多种手法缓解边疆冲突,保存秦国国力。

派兵抗击匈奴

匈奴南下,秦国北部边境传来急报,请求朝廷派兵增援。秦国北部的陕西、北地、上郡等地与匈奴接壤,朝廷派重兵把守关隘,无奈,匈奴作战方法奇特,行踪不定,难以防范。

嬴政继位初年,蒙骜率兵收取晋阳,从此,又在晋阳设置郡府,作为抗击匈奴的军事重镇。多处防守,仍难以有效对抗匈奴南侵。

面对匈奴兵马南下,秦国群臣聚集朝堂,商量退敌之策。

富有经验的武将们纷纷摇头叹息,认为匈奴入侵,没有良策退敌。蒙骜首先站出来说:"匈奴兵马强壮,游离分散,不好对付。"

王翦也说:"是啊!北部边境全是大漠草原,开阔无阻,胡人驰骋千里,我军很难与他们接触,根本没有机会一决高下。"

嬴政见众人面露难色,心里也很着急,他只好转头问吕不韦："仲父有什么好主意吗?"

吕不韦早年经商,曾经出入西北方胡人地界,贩马卖货,还赚过不少利润,他比较了解匈奴的生活习性,也素闻他们作战风格迥异,是北方国家面临的一大难题。几年来,他忙于巩固国内势力,不停地对诸侯各国用兵,却忽略了北方防务,紧急关头,不免也有些慌乱,听到嬴政问讯,思忖着说道:"为今之计,只有先派兵增援,再慢慢谋划其他对策。"

派谁出兵呢?蒙武和王贲挺身而出,他们分别是蒙骜和王翦的儿子,也是嬴政结识的少年俊杰。他们主动请缨,要求率兵北进,抵抗匈奴兵马。朝廷众臣见两员小将请命,无不为他们担忧,劝阻他们前行。蒙骜和王翦更是急切地禀告嬴政,说他们年幼无知,不能担负重任。

秦国名将王翦

嬴政见蒙武和王贲请命,非常高兴,他对蒙骜和王翦说:"两位老将军多虑了，他们是你们的儿子，也是我的朋友，几年来，我们朝夕相处，习文练武，我知道他们精通兵法，武艺高强，正可以借机磨炼一下，有什么不妥呢？"

吕不韦也说："两位将军爱子情深，可是也要让少年人多加磨炼，将来才能成为国家的栋梁之材。"

蒙骜和王翦无奈，赶紧为儿子们做准备，叮嘱他们作战时应该注意的事项，但求能够一战成功，胜利班师。蒙武和王贲年轻气盛，血气方刚，早就想有机会施展才华，报效朝廷了。今天，他们趁诸位大将畏惧匈奴，迟疑之际，以"初生牛犊不畏虎"的勇气请令成功，心里十分激动。几天后，朝廷下令让他们带领五万兵马，赶赴晋阳，协助作战。

蒙武和王贲首次出征，他们精心准备，披挂整齐，骑着高头骏马，手持宝刀利剑，雄赳赳英姿勃发，气昂昂斗志逼人。嬴政亲自为两人饯行，他在灞上设宴，送两位小将赴沙场驱逐匈奴。

晴空万里，微风轻吹，天空中不时掠过几只飞燕。灞上驿馆四周，树木刚刚发出鲜嫩的绿芽，显露勃勃生机；驿馆门口的一对石兽，怒目相视，威武壮观；驿馆内，侍从们早就准备了一桌酒宴，纯冽的酒香盈满室内，美味的佳肴摆满桌案。嬴政正在为蒙武、王贲送行，他亲自为两人斟满酒，举起酒杯说："二位此行，关系重大，一定要努力杀敌！"

两人接过酒杯，一饮而尽，齐声说："我们受大王垂爱，定当誓死效力，不辱使命。一定赶走匈奴，安定边境！"

接着，成蛟等人也分别上前祝酒，祝他们马到成功，克敌制胜。

驿馆内，十几位少年边喝边谈，群情激昂。嬴政再次举杯说："赵国有大将李牧，镇守边关多年，确保边境不受滋扰，希望你们也能像他学习，成为我国边境上一员虎将，保护我大秦边境无恙。"

李牧是赵国大将军，也是战国时期有名的将领之一，他曾经镇守过北方边境。

赵惠文王、孝成王时期，匈奴各部落军事力量逐步强大起来，并不断骚扰赵国北部边境。赵王便派李牧带兵担当北部戍边之责。李牧常年驻守北部代郡、雁门郡边境地区防御匈奴，他根据实际情况采取有力措施，加强军队的战斗力，有效地防备了匈奴的侵扰，赢得士兵们的爱戴。他任用自己认为能干的人为官，同时把收来的货物、税款掌握在自己的驻军公署，充当士卒的日常开销。每日宰杀数头牛来犒赏将士，优待士兵。平时加紧练习骑马射箭，重视警报系统，增设侦察人员。在军事上，严明法规："匈奴入盗，急入收保，有敢捕虏者斩。"所以匈奴每次入侵，严密的警报系统发挥威力，士兵迅速退回营垒固守，不敢擅自出战。匈奴每次进犯都无一收获，只能空手而归。赵国军队却因此保存了实力，多年来在人员、物资上没有多少损失，为以后的伺机反击奠定了物质基础。

匈奴人讥笑李牧胆怯，就连赵国边境上的士兵也认为自己的将军是胆小怕死之辈。赵王因此责备了李牧。但李牧依然如故，我行我素，敌人不来，杀猪宰羊，犒赏士兵；敌人来了，立刻藏起有用物资，坚守不出。赵王忍无可忍，把他召了回来，另派将领替代他。新任将领到职一年多，每当匈奴兵来犯，他都命令部队出击，与敌人展开血战，几乎每次都会受挫失利，损失伤亡惨重。边境地区受到匈奴侵扰，不能按时耕种、放牧，变得一片萧条。赵王看到这样情形，再次请李牧复出，李牧闭门不出，坚持说自己有病，赵王一再恳请，李牧提出："王必用臣，臣如前，乃敢奉令。"如果大王坚持让我去，那么我还会像以前那样做，您要是答应我我才敢去。最后，赵王答应了李牧。

　　李牧再次到边境后，仍按原来的规约行事。几年当中，匈奴来犯一无所获，但他们始终认为李牧胆怯，不敢出战。戍边的将士日日受到犒赏而不被使用，因此，都请求愿与匈奴决一死战。李牧看准了时机，准备了经过挑选的兵车一千三百辆，精选的战马一万三千匹。获赏百金的勇士五万人，优秀射手十万人，全部组织起来加以训练。并大纵牲畜，让人民漫山遍野地放牧。匈奴见此情景，先是派遣小股兵力入侵。接战后，李牧佯败，丢下几千人给匈奴。单于听说后，率大军入侵赵地，李牧则出奇兵，以两翼包抄战法出其不意包抄匈奴军，一举歼灭匈奴骑兵十余万人。接着又乘胜灭襜褴、破东胡、降林胡，单于远远逃走。其后十多年，赵国北边稳固，匈奴不敢接近赵国边境的城邑。

李牧祠

　　李牧此战取得巨大的胜利,给予匈奴沉重打击,确保了赵国边境的安全,同时树立了自己在赵国的威信,后来赵王拜他为赵国大将军,号武安君,总管赵国的军事行动。

　　蒙武、王贲听嬴政把他们与李牧相提并论,激情难耐,再次发誓,不退匈奴绝不还朝。

　　酒宴结束,嬴政他们视察大军,看到五万军兵盔甲明亮,士气高昂;各色战旗鲜艳夺目,随风飘扬。这时,马嘶鼓响,起程的时刻到了。嬴政目送大军远去,很久才坐车回宫。

加固长城

　　嬴政送走大军,日夜等待边境消息,他盼望蒙武等人击退匈奴,凯旋回朝。面对春日良辰,美景佳人,嬴政却忧心忡忡,寝食难安,他第一次亲自派兵,不知道吉凶如何。

　　和嬴政一同焦虑难安的还有蒙骜和王翦,他们担忧儿子的安危,唯恐他们身遭不测,终日愁眉苦脸,陪伴在嬴政身边。这时,有一个人却心情放松、得意非凡,他就是吕不韦。吕不韦早就注意嬴政暗中培养少年人才,对自己渐渐疏远,意欲摆脱自己的控制,一开始他想,你小小孩子,能斗得过我吗?接着眼见嬴政渴望涉足政事,还做出不少成绩,他心里产生畏惧,正打算对嬴政采取行动,机会却自己找上门来了,这些不知天高地厚的少年竟然主动请命阻击匈奴。匈奴是什么人?这么多能臣名将都有所畏惧,难道你们能对付得了吗?吕不韦明知出兵匈奴凶多吉少,却不加阻拦,自然有他的打算,他一直觉得嬴政身边的少年太嚣张,搞不好将来会与自己分庭抗礼,这是个机会,可以灭灭他们的威风。还有,蒙骜和王翦自恃国家老臣,功高位重,恐怕难从心底服从自己,也利用这个机会,让他们知道知道厉害。

　　嬴政哪里会想到吕不韦的这些政治阴谋,他只是一心一意期盼早日击退匈奴。这天,他微服骑马只身来到大街上,打算散散心。日头刚上三竿,街衢巷道人来人往,他们忙于生计劳作;店铺大开门面,迎来送往;儿童嬉戏耍闹,笑声不绝于耳。嬴政信马由缰,漫无目的地走着,这是他的国土,他的都城,几年来,这份责任感越来越重。他看到百姓们安居乐业、丰衣足食,心里就有说不出的高兴,他的心愿就是天下归一,永远太平。今天,又见到这些勤劳朴实、快乐平安的百姓,他的心情又好转起来。突然,一群孩子的笑声吸引了他,他慢慢地策马前行,朝着笑声走去。

　　一群七八岁的孩子正在玩游戏,他们各自用石块垒筑城堡,相互攻伐。

　　嬴政笑呵呵地看着,记起小时候在赵国时也经常与小朋友玩这种游戏,他便下马走了过去。几个小孩看见一个英武俊朗的大哥哥走过来,高兴地围拢过来,叽叽喳喳说笑不停。嬴政看看他们的"城堡",问道:"你们谁厉害? 谁打赢了?"

　　一个健壮的男孩指着对方说:"他胆子小,不敢跟我们打,就知道藏在城堡里。"

　　被指责的孩子反驳说:"不对,我不是胆小,我是先防守。你看,我的城堡多坚固,你们跨越不过来吧?"

　　嬴政低头看去,发现他的"城堡"又长又宽,大有"一夫当关,万夫莫敌"之势,不由得赞同说:"你的城堡确实不错。"

　　孩子得到夸奖,立刻高兴了,他蹦跳着说:"我赢了,我赢了。"

另一个孩子却不服气，嘲笑地说："你哪里赢了，最多是没有输罢了。"

两个孩子你一言我一句吵了起来，嬴政一直盯着地上的"城堡"，突然想起什么，匆匆告别孩子们，骑马回宫。

原来，嬴政看到假城堡，想起北方边境的真城堡来了。多年来，北方诸侯国为了抵御匈奴入侵，采取了各式各样的措施，但是，由于匈奴的作战方法和侵略习惯，难以起到长治久安的效果。后来，秦、赵、燕三国分别在北方边境修筑城堡，并派兵驻

赵长城遗址

守，作为防御匈奴入侵的第一道防线。这些防线一度阻止过匈奴入侵，发挥了积极作用。现在，匈奴发现北方边境属于多个国家，城堡互不联结，他们觉得有机可乘，就从各国交接地带入侵，抢夺财物。

嬴政回宫，恰巧边境前线传来消息，奏报蒙武等人出师不利，去了近一个月了，还没有找到匈奴的军队驻扎之地，没有与匈奴真正交手。自从大军出发，嬴政思虑了一个多月，已经料到

会有这样的情况出现,所以并不生气,他立刻派人请蒙骜、王翦前来商量对策。蒙骜、王翦也听说了出师不利的消息,非常担忧,匆匆见驾请罪。嬴政扶起他二人说:"出兵是我的主意,不怪你们,也不怪蒙武、王贲,都怪我虑事不周,贪功冒进。"二人见嬴政自责,更加恐慌,叩头不已。嬴政说:"两位老将军别磕头了,还是快想办法解救边境危难吧!"

蒙骜、王翦这才匆忙起身,请命说:"边关危难,我们不能挺身而出,让大王担惊受怕。如今,孩子们都身历险境了,我们还怕什么? 请大王给我们五万兵马,我们去驱逐匈奴!"

嬴政高兴地答应了他们的请求,让他们带五万兵马奔赴前线救急。蒙骜、王翦不愧是多年征战的名将,他们去后不久,就采用计策驱逐了匈奴,秦国北部边境暂时安定下来。

大军班师之日,嬴政亲自率众臣迎出郊外。吕不韦暗地指使官员弹劾蒙武、王贲,说他们口出狂言,毫无战绩,损兵折将,有辱使命,按律应该受到惩罚。嬴政说:"这次出兵是我的错,我错误地估计了敌我之间的形势。不怪两位将军。"吕不韦见嬴政这么说,也打圆场说:"两位小将年幼,以后多多历练就好了。不过,既然有人提出异议,律令不好违抗,还是要给予一定惩罚以示警诫。"于是,下令剥夺两人一年的俸禄,不准他们私自出入宫廷,陪伴大王左右。

这场政治斗争吕不韦占了上风,他暗自得意。

嬴政无奈地接受了事实,但是他并没有气馁,而是越斗精力越旺盛,他直接对吕不韦提出重新加固边境城堡的想法。吕不韦说:"大王果然妙计百出,其实我早就想到修护城堡了,这才是长久的策略。"于是,下令东起上郡,西至陕西,全线加固城堡。

嬴政了解到匈奴趁诸侯混战的空当入侵的事实后,叹气说:"国家分裂,外族才如此猖狂侵略。"由此,他更加坚定了统一全国的决心。

众所周知,嬴政兼并六国,做了始皇帝后,做的一件大事就是修筑长城,这也是他少年时期承受匈奴入侵、饱受匈奴侵扰之苦时就产生的想法。他派蒙武的儿子蒙恬组织人员勘察地形,商量修建长城的具体方案。他们经过长途跋涉实地考察,多次艰难地探讨研究,订出了具体的修建计划。运用"因地形,用险制塞"的指导思想,把长城建于高山之上,尽量利用山脊、峰峦为障碍,使匈奴骑兵无法越过;尽量把长城建于河流之北,使敌人得不到水源。在丘陵、平原则修筑高大厚重的城墙,或用土石夹筑,或用土夯筑,而把各段长城联结成一条气势雄伟、隔断南北的巨龙。经过几十万人的辛勤努力,西起临洮、东到辽东,全长一万多华里的长城,终于修建成功了。这座雄伟浩大的工程,是世界少有的奇迹。长城仿佛一条巨龙,蜿蜒交错,绵延在伟大中国辽阔的土地上,翻越连绵群山,穿过无边草原,跨越沙漠,奔向苍茫的大海。从此以后,历代王朝都把修筑长城视为一项重要的军事任务。长城成了中原大地抵御匈奴入侵最重要的屏障,同时,长城也是中华民族创造的伟大奇迹。

嬴政一边规划着心目中的万里长城,一边与内臣外将周旋着,积聚力量,卧薪尝胆,等待一展宏图的时机。

嬴政满怀雄心壮志,采取各项措施强国富民,触动了权贵利益,也引起丞相吕不韦的猜忌。六国趁机联合兵力,发动对秦国的战争。多年来,秦国屡次对六国用兵,令他们胆战心惊,这次,他们卷土重来,意欲报仇雪耻。秦国上下对这次战争有什么不

长城古烽火台

同看法和建议呢？少年嬴政为了鼓舞士气，亲征前线，制定战略，他能不能打退六国联军呢？

外敌当前，内政不稳，吕不韦借刀杀人，计害成蛟，由此爆发了关于嬴政身世之谜的特大新闻，此辱此恨，又给嬴政带来了哪些影响？

第十章 破联军发誓报弟仇

第一节　离间除无忌

魏王中计

前文说过，子楚继位后，曾经派遣蒙骜、王龁攻打魏国，魏国情势危急，魏王召回了居留赵国十年的魏国公子信陵君无忌。公元前247年，无忌召集魏、韩、赵、楚、燕五国之兵打败了秦军，此后，秦国采用离间计，买通魏国晋鄙旧时门客，散布言论，说无忌功高盖主，诸侯信服无忌而不知魏王，无忌早晚会篡夺王位。这些消息传到魏王耳中，他心生怀疑，对无忌产生疏远之意。

当时，秦国蔡泽等人联合设计，欲求无忌出使秦国而加以谋害。无忌的门客冯谖说："孟尝君、平原君都曾经出使过秦国，后来侥幸逃脱，今日公子千万不可冒险前往，重蹈覆辙。"无忌也担心秦国加害自己，所以不敢前行。他上奏魏王，派遣门客朱亥为使，带着礼物使秦答谢。

朱亥本是一名屠夫，得到他人推荐，效力无忌，帮助无忌用锤击杀了晋鄙，世人无不惊奇他的神勇。子楚也听说了朱亥的勇猛，打算留下他为秦所用，可是朱亥不答应，誓死回国报答无忌的知遇之恩。因此秦国君臣更深刻地体会到无忌的权力之大，子楚临终前，曾经嘱咐嬴政，无忌不除，难以实现先祖们的统一大愿。

嬴政继位后，吕不韦等人继续采取对策，意欲离间魏国君臣关系，除掉信陵君无忌。这年，魏国太子增正在秦国做人质，嬴政听从吕不韦的建议，善待太子增，时常派人与增来往相善，成为无话不谈的好友。

吕不韦秘密使人告诫增，说信陵君无忌在赵国十年，结交诸侯，诸侯各国的大将、丞相都敬重、畏惧无忌，现在魏王请回无忌，任命他为大将军，让他联合五国之兵，称雄诸侯，天下人都说无忌应该为王。就是我们秦国也畏惧信陵君的威名，打算与他讲和，推举他做大王呢！

太子增听说后，心中忐忑不安，他想，无忌为王，我就遭殃了，不是被杀就是被放逐，这可怎么办？

增是个没有主见的人，他立刻把这些话写信告诉了父亲魏王。魏王本来听到流言已经对无忌有所猜忌，今天见到儿子的书信，听说秦国也要拥立无忌，不免心中恼恨。这时，秦国又派来了使臣，说秦国要与魏国修好，而且书信中尽是崇拜仰慕信陵君的话语，魏王更加气恼。

秦国使臣假意说："我王还有一封书信和许多礼物是给信陵君的，请大王代为引见。"

魏王见秦国如此看重信陵君，强忍怒火，派人带使臣去见无忌。

信陵君无忌听说秦国使臣单独求见自己，心中疑惑，召集门客计议。他说："秦国突然派使臣来见我，其中必有计谋！"众门客各抒己见，议论纷纷。正在这时，秦国使臣进来了，他奉上书信，说："我王有书信和礼物奉贺。"

无忌见多识广，早有防备，他急忙回礼说道："我是魏国人臣,怎么敢与贵国大王私交!秦王的书信礼物,无忌不敢接受。"

秦国使臣再三说明秦王素来仰慕信陵君威名,愿意诚心结交。信陵君知其中有诈,再三推辞谢让,不敢有丝毫越礼行为。

魏王难以按捺心中愤恨,跟着来到了信陵君府邸。他见无忌推托,不接受书信和礼物,就冷冷地说:"既然秦王赏识你,你就接受了吧!"

无忌急忙说:"我是魏国臣民,哪能跟秦王私交,请大王为我做主。"

魏王思虑一会儿,说道:"也罢,既然秦王来了书信,如果不展信拜读也有失礼仪。今天恰好我赶到了,你不妨拿出书信,当众拜读,一来显示尊敬,二来表明你的清白。"他接过书信,展开读道:

"公子威名,如雷贯耳,天下侯王,莫不倾心于公子。指日当正位南面,为诸侯领袖;但不知魏王让位当在何日?引领望之!不腆之赋,预布贺忱,唯公子勿罪!"

魏王读罢书信,更加确信无忌有代替自己称霸诸侯的野心,生气得不再言语。无忌知道事情有变,拿过书信细读,吓得面容改色,跪倒在地,他惊慌奏道:"大王,这是秦国的离间之计,您千万不要相信啊!"

魏王哪里肯信,他从小就忌妒无忌聪明仁贤,怀疑无忌不是一日两日了,只是苦于没有确凿的证据,今天可谓人赃俱获,他岂能轻易放过?他假意说:"我也相信公子无意叛国,可是书信在此,人言可畏,为了表明你的心迹,你要当面修书,以绝秦好。"说着,背转身去,不再理会无忌。

无忌知道魏王中计,却有口难辩,无奈之下,提笔写道:

所向披靡的秦国军队

"无忌受寡君不世之恩，糜首莫酬，南面之语，非所以训人臣也。蒙君辱贶，昧死以辞！"

他以此表明自己忠于魏王，无心夺位篡权。

魏王看到无忌的回信，面无表情，冷冷地看他几眼，而后转身满脸笑容地对秦国使臣说："请你回去转告秦王，我年龄大了，请遣送太子回国吧！"他并没有相信无忌给秦王回信上的言语，打算召回太子，再做打算。

新桓衍献计帝秦

使臣回归秦国，把魏国君臣的表现详细汇报给嬴政和诸位大臣。吕不韦高兴地说："魏王中计了，我们立即厚赠礼物，欢送魏太子增回国。"

当时嬴政继位不久，一切国事由吕不韦和太后赵姬决断，他们两人把持朝纲，以嬴政的名义发下诏书，欢送魏国太子增，两国关系修好。

太子增回到魏国，见到魏王后，详述秦国如何厚待自己，以及诸侯间关于无忌的言论，他竭力劝父亲魏王说："无忌十年前窃取兵符，私自矫杀我大将晋鄙，逃亡赵国十余年，叛逆之心早就有了,现在他雄拥五国兵马,岂肯久居人下? 父王一定要早做准备啊!"

让我们回到十余年前,仔细看看长平之战时,无忌究竟做了什么,招致众人念念不忘,让魏王每每念及就会心生不快,恨不能除掉无忌。

当时,秦军围困了邯郸,赵国无奈之下,求救于各个诸侯。诸侯畏惧秦国,一面答应发兵,一面却暗中将军队驻扎在边境做观望之态。魏王也派大将晋鄙率十万大军驻守北部边境,观望时局进展,不要轻易发兵救助赵国。赵国陷入危机之中。

赵国公子平原君赵胜是无忌的姐夫,他眼见各诸侯只做观望,无诚心救赵,心中恼怒,派人谴责无忌说:"我一直认为你是深明大义、能够解救他人危难的人,所以娶了你姐姐,两家结亲。现在邯郸朝夕之间就要被秦军攻破了,魏国却迟迟不肯前来相救,难道这就是两家亲情的表现吗? 你姐姐日夜啼哭,担心国破家亡,纵然公子不念及赵国和我,也总该顾虑一下你姐姐吧!"

无忌听平原君这么说,心里焦急难过,屡次求见魏王,请求魏王发兵救赵。可是魏王畏惧秦军,听信了将军新桓衍的建议。新桓衍说:"秦国这么猛烈地攻打赵国,其中是有缘故的。大王可曾记得前番秦国与齐国争强称帝之事吗?"

战国末年,秦齐两国最强盛,他们都想着率先称帝,霸主天下,曾经都立过称号,一个称东帝,一个称西帝。当时赵国拥戴齐国,因此得罪了秦国。后来,秦王接受范雎"远交近攻"策略,认为要想真正成就帝业,应该结交齐国,攻打临近的赵、韩、魏各国,从此与齐国言归于好,而不断加兵于近处的各诸侯。

　　魏王听新桓衍旧事重提，点点头说："将军的意思是秦国一直记恨赵国？"

　　新桓衍说："大王，如今齐王去世，新君难当重任，秦国正想趁机讨伐赵国，借此威服诸侯，重新称帝。为今救赵之计，可以让赵国出使尊秦国为帝，这样一来，秦王欢喜，也就罢兵而去了，不费刀戈解救邯郸之围。秦王如果知道是大王您献计尊秦为帝的话，一定会重重赏识您的。这可是两全其美的办法。"

　　魏王本来惮于抗秦救赵，听新桓衍这么分析，觉得很有道理，于是派遣新桓衍为使，出使赵国献上帝秦的计策。

　　新桓衍来到邯郸，向赵王陈述帝秦的好处。赵王召集众臣商议，大家议论纷纷，有的赞同，有的反对，也有人模棱两可，不知道究竟该如何是好。

　　此时，有一个齐国人恰好在邯郸围城之内，他叫鲁仲连，以好游善辩闻名于世，人称"千里驹"。他听说了新桓衍的计谋后，勃然大怒，求见平原君说："我听路人都在议论公子打算尊秦称帝，这是真的吗？"

　　平原君连忙恭敬地说："此战由于我听了冯亭的提议，接受上党而引起，赵国人无不怨恨我，我已经成了惊弓之鸟，魂魄都散了，哪里敢言论这样的事情。这都是魏王派来的使臣新桓衍的意思。"

　　鲁仲连立刻说："公子是天下贤人，难道还要听从魏国使臣的命令？我要见见新桓衍！"

　　新桓衍素知鲁仲连的名声，担心自己说不过他，再三推辞，不愿见他。

　　平原君却不甘心，一再强求相邀，无奈，新桓衍接受鲁仲连的来访,两人在馆舍内长谈时政,分析该不该帝秦。

鲁仲连果然名不虚传,他力陈帝秦的害处,而后说:"如果魏国执意尊秦为帝,我会劝说秦王把魏王剁成肉酱!"

新桓衍吃惊地说:"先生怎么会说出这样的话来!"

鲁仲连冷笑着说:"秦王称帝,一定会传令各国诸侯入朝,到那时,要杀要剐,谁能阻挡?"

新桓衍听后,默然不语。

鲁仲连见他有所心动,继续说:"秦王称帝后,一定会变动各诸侯的将相大臣,派遣听命秦国的人掌管国事,还会将一些奸佞之徒送给诸侯,这样一来,魏王即便不被处死,也没有好日子可过。"

新桓衍吓出一身冷汗,他也担心事情真如鲁仲连所料,那么自己不就成了天下最大的罪人了? 他起身拜谢说:"多谢先生指教,我这就回去禀告我王,再也不敢言论帝秦之事了。"

从那以后,各国再也无人倡议帝秦,诸侯之间只好刀兵相见,一较高下。新桓衍的策略没有实现,一方面由于诸侯贪图各自利益,不愿放弃拥有的荣华富贵;另一方面也说明,天下统一,众望所归,百姓再也不愿忍受战争灾难,同时也体现了当时秦王称帝时机还不成熟,没有达到水到渠成的火候。十几年后,年少的嬴政继位秦王,他发愤图强,时刻谨记先辈的宏愿,以实现国家统一为己任,通过十年的努力,终于平定了六国,建立了中国第一个封建帝国。

再说无忌,他屡屡劝谏魏王,却迟迟得不到肯定的答复,眼见邯郸朝夕可破,他会采取什么对策救助赵国呢?

无忌含恨离世

无忌日日担忧赵国危难，魏王却说："赵国不肯听从帝秦之计，自己又无力退兵，现在又指望他人帮忙，真是岂有此理！"始终不答应出兵救赵。

无忌见自己无力说服魏王，又派多名善辩之士去游说魏王，希望他能同意出兵，可是魏王态度坚决，就是不答应。

双方僵持不下，无忌不愿意背负"寡情薄义"的名声，尤其是不愿意忍受平原君的责骂，他决定单独赴赵，与邯郸共生死。他准备了一百辆战车，带领门客卫士出发了，他们打算直扑秦军，以殉平原君之难。这是一群义气可嘉的人物，他们会用死亡证明自己的肝胆之心。

一行人马路过魏国都城大梁（今河南开封）北门时，无忌与居住此处的侯生告别。侯生已经七十多岁了，以前是个守门人，无忌听说他贤明，亲自驾车去拜望他，侯生深受感动，做了无忌的门客。这次赴难，侯生一直没有发表意见，也不跟随无忌前去。无忌心生怀疑，觉得自己待侯生不薄，他为什么对这件事如此冷漠呢？

两人相见，侯生笑呵呵地说："公子一定要努力解救邯郸危难。我年龄大了，不能跟随您一起去，不要怪罪，不要怪罪。"

无忌更加纳闷，他盯着侯生，可是侯生再也没有其他的话了。无忌只好闷闷不乐地离他而去，心里想，我现在奔赴前线，犹如羊入虎口，九死一生，侯生却不为我谋划半点计策，也不阻止我前行，真是奇怪！他越想越不对劲，喝住车辆人马，与随行门客们商量，打算回去见侯生。门客们都对侯生怀有不满，气愤地说："他是个快入土的人了，有什么用处？公子不必费心再去见他了。"

无忌却不以为然，他决定单独回去见侯生。

远远地，无忌望见侯生站在城门口朝自己张望。他看见无忌，立即满脸笑意，大声说："我知道公子一定会返回来的。"

无忌问："为什么？"

侯生说："公子厚待我，现在你要赴汤蹈火，深入敌军之中，我却一副无所谓的样子，你一定会恨我的，所以肯定会返回来。"

无忌见他猜中自己的心事，深施一礼道："先生说得对，我也是回来问个缘由，不知道我什么地方得罪了你，让你抛弃旧时情意呢？"

侯生说："公子广招门客，数千人不能为公子出一计策，却徒劳地跟随您去送死，这有什么好处吗？"

无忌无奈地说："我也知道没有用处，可是多年来与平原君情谊深厚，怎么忍心看他受此危难呢？不知先生有什么好办法？请您千万不吝赐教！"

侯生把无忌请到内室，向他献出了一个窃符救赵之计。

原来魏王有一位宠妃名叫如姬，深受魏王喜爱，当初，如姬的父亲被人杀害了，她派人四处寻找杀父仇人，三年也无所获。无忌得知后，让门客搜寻仇人，很快就把仇人杀了，他把仇人的头献给如姬，如姬很感动，表示一定要报答他的恩德。侯生正是利用了这件事，他对无忌说："如今十万大军驻扎边境，只有大王的兵符才能调动他们。大王的兵符藏在卧室内，如果能够请求如姬，让她窃取兵符，公子就可以带着兵符前去调动晋鄙的十万大军，如此一来，不是能够救赵退秦，立下大功吗？"

无忌恍然明白，他立即求见如姬，拜请她窃符救赵。如姬一

信陵君窃符救赵

直没有机会感谢无忌，这次见他有求于自己，随即答应下来。

晚上，如姬摆下酒宴，请魏王畅饮，魏王不知是计，酩酊如泥，躺在床榻上沉沉睡去。如姬借机盗取虎符，托心腹侍卫颜恩送出宫去，交给了无忌。

无忌得到兵符，心情十分激动，他再次辞别侯生。侯生又献计说："将在外，君命有所不受。这是做将帅都知道的道理，如今您带兵符调动大军，恐怕晋鄙不信，不肯轻易交出兵权，如果他执意请示魏王，一切就前功尽弃了。我有一位朋友，名叫朱亥，他力大无比，武艺高超，让他跟随公子一起去，如果晋鄙听从您的指挥最好，如若不然，就让朱亥当场将他击杀。"

一切安排妥当，侯生说："我本来也该随公子前往的，只可惜年龄大了，不能长途跋涉，就让我的魂魄护送公子吧！"说完，他拔剑自刎。无忌痛哭一场，命人厚葬侯生，安抚他的家人，随后和朱亥带着兵符登车而去。有人作诗感叹这段故事，诗曰：

魏王畏敌诚非勇，公子捐生亦可嗤！
食客三千无一用，侯生奇计仗如姬。

果如侯生所料，晋鄙不相信无忌所持兵符，打算请示魏王再做决断。朱亥见状，大喝一声，从袖中亮出大铁锤，朝晋鄙当头一锤，只见晋鄙脑浆迸裂，顿时气绝身亡。其余将官不敢再声张，就这样，无忌接管了十万大军。

此时，魏王察觉到兵符丢了，下令宫中严密搜索，这哪能找得到？魏王仔细思索，他想，无忌多次劝我发兵而我不许，他的门客众多，其中不乏鸡鸣狗盗之徒，肯定是他干的。于是急忙召见无忌，侍卫回报说："信陵君在四五天前就带领一千名门客、一百辆车骑去救赵国了。"魏王听了，怒气难遏，派将军卫庆率领三千兵马火速追赶。

卫庆赶到边境时，无忌已经开始调动大军，他约法三章，父子都在军中的，父亲回家；兄弟都在军中的，兄长回家；独生子弟，也回家侍养父母。如此一来，十万兵马有十分之二的人解甲归田，回归故里去了。剩余的八万大军，兵强马壮，士气大振，他们盔甲鲜明，刀枪整齐，只等着赶赴前线。卫庆见此，知道无力劝阻无忌回朝，只好派人回禀魏王，然后他留在军中，等待战争结果。

无忌率军解了邯郸之围，赵王很感激他，把他留在了赵国。无忌考虑到私自盗窃兵符，又杀了大将晋鄙，不敢回国，也就听从赵王的安排，让卫庆率领八万大军回国，自己留在了赵国。

卫庆回国后，向魏王详细禀告了无忌的所作所为，魏王气极败坏，下令斩杀无忌的家属和他的诸多门客。如姬跪倒求情说："这件事情是臣妾的罪过，我罪该万死！"随后，向魏王陈述了她窃取兵符的经过。魏王听闻，气得咆哮如雷。如姬反而冷静下来，她劝说道："大王，信陵君已经退却秦军，救了邯郸，这也是魏国的功劳，现在谁人不知魏军强大，魏王虎威？依我看，这是好事,如果斩杀了信陵君的家属和门客,对大王不利。"

魏王怒气稍平,静下心来一想,觉得也有道理,虽然心中怨恨无忌,却也无可奈何,不如顺水推舟,做个人情,也就不再追究这件事了。

从此,魏王与无忌产生隔阂,这也是魏王终生无法释怀的一件事情。

这就是十余年前的那段恩怨。

现在,秦国屡屡离间魏王和无忌,魏王思前想后,决定不能继续姑息无忌,于是来了个明升暗降,下旨说,无忌功劳卓著,理应负责宫廷事宜,与我朝夕相处。接着,免去了无忌大将军一职。

无忌知道魏王心怀芥蒂,不肯相信自己,心里十分苦恼无奈。他经常称病不去上朝,与门客们彻夜醉饮,荒度时日,身边美女环侍,日夜为乐,意志消沉,沉疴渐重,最后竟然卧倒在床,一病不起。三年后,无忌与世长辞,告别了这个曾经让他威名远扬的世界。

正可谓:

> 侠气凌今古,威名动鬼神;
> 一身全赵魏,百战却赢秦。
> 震国同坚础,危词似吠狺;
> 英雄无用处,酒色了残春。

出兵伐魏

公元前 243 年,赢政继位的第四年,威震诸侯的信陵君无忌去世了。这时,远在秦国的嬴政已经十六七岁了,他正如一颗耀眼的明星,冉冉升起在中华大地的上空。这个少年国王将以坚忍的毅力和不屈的精神成为几百年来诸侯当中最强大无比的领袖,为纷争多年的诸侯割据画上一个句号。

这天,嬴政来到朝堂,众臣分列两边,吕不韦上前奏道:"大王,魏国信陵君无忌已经死了。这可是一个好消息啊!"众臣纷纷随声附和。

嬴政乍闻此言,心里一惊,几年来,他早就听闻无忌的威名,知道他是阻碍秦国统一大业最强的对手,没有想到,这么快他就死了!他见朝臣高兴,也点点头说:"仲父,我听说无忌为人贤明,广交宾客,也算是世之豪杰,他死了,我国也要有所敬意,应该派使臣前去吊唁。"

众臣不住地点头,暗地佩服年幼的嬴政心怀宽广,不容小觑。吕不韦略一思索,说道:"无忌挫败我军,导致先王含恨而去,我国与他有仇,不能前去吊唁。依我看,应该趁机出兵,讨伐魏国。"

相国与大王意见相左,众臣面面相觑,不知道该站到哪一边。

嬴政认为讨伐魏国与吊唁无忌不相矛盾,他分析说:"无忌抗击我国是为国尽忠,值得尊敬;无忌豪杰屈死,值得同情。我们吊唁他并不是示弱,相反,我们可以此为名出师魏国,讨伐他陷害忠良之罪。"

众臣见嬴政虽然年少,分析诸侯大事却井井有条,很有见地,不免倾向于嬴政这一边。

吕不韦轻蔑地笑笑说:"大王多虑了,出兵魏国有何难?不用什么出师有名。"

众臣一听，又纷纷转向吕不韦这一边。

嬴政见朝臣左右摇摆，自己的意见得不到贯彻，心中气恼，不再言语。两人僵持的时候，殿外侍卫传报，赵国派廉颇伐魏，大兵已经围困了繁阳。

无忌素与赵国相好，如今遭受猜忌离世，自然引起赵王不满，所以率先出兵伐魏。听到这个消息，嬴政看看群臣，见他们窃窃议论，面露喜色，知道他们因为赵魏刀兵相见而高兴，刚想开口说话，吕不韦抢先一步奏道："大王，赵国已经讨伐魏国了，现在正值冬季，北风呼号，天寒地冻，我们可以静观其变，等待时机出战。"

吕不韦善于谋划，不做亏本生意，他见赵魏交战，于己有利，所以话锋一转，献出这样的计策。

相国不再坚持立即出兵，众臣心想，这是相国向大王妥协了，赶紧附和道："应该等待时机再出战。"

嬴政高坐殿堂之上，身穿厚厚的丝绸棉衣，却仍然一阵阵心寒。他知道吕不韦左右朝政，众臣多听从他的意见，今日自己的一个小小建议都被否决了，看来，吕不韦不会轻易放弃自己的权力。他清楚吕不韦不是向自己妥协，而是根据实情做出的战略调整，他根本没有把自己放在眼里。

想到此，嬴政只好假意赞同众臣的请求，说道："仲父说得对，应该待机而动。"他一方面是指待机出兵伐魏，一方面暗地鼓励自己，不要莽撞行事，待机收回大权。

吕不韦已经习惯定夺国家大事，没有注意到嬴政的内心变化，他转身传下诏令，秦军修整待命，伺机伐魏。

CR CR CR 第十章 破联军发誓报弟仇 CR CR CR

秦国既没有派人吊唁无忌，也没有立即出兵伐魏，而是调动军队，做好出战准备。嬴政回到后宫，心里想着朝中之事，闷闷不乐，他望着缤纷的大雪，独自饮酒排遣心中郁闷。这时，太后赵姬来了，她看见嬴政独自饮酒，心中疑虑，问道："大王有什么烦心事吗？怎么一个人喝闷酒啊？"她环视宫内，看到许多宫女静静地站在一边，等候吩咐，就说道："大王，你的那些朋友哪里去了？"她指嬴政结交的少年俊杰们。

嬴政苦闷地说："他们都去太院读书了。"

赵姬看着嬴政，好心劝慰："你是国王，不能跟他们相提并论，你要学治国的本领，怎么能跟他们混在一起呢？仲父吕不韦智勇双全，世间难得的大人才，你应该多向他学习请教。"

又提起吕不韦！嬴政有些恼怒地想，他不明白为什么母亲如此看重和依赖吕不韦，纵然他是相国，可是自己是秦王啊！难道非要听从他的意见？随着年龄一天天长大，嬴政对吕不韦越来越存有戒备之心，他渴望亲政，渴望实现自己的理想，可是吕不韦仿佛一道暗墙，耸立在他的眼前，让他难以逾越。

自从与母亲因为选娶王妃一事闹翻，嬴政很少单独与母亲交谈了，今天听她这么说，虽然心中烦恼，也没有再言语。

赵姬正是春风得意之时，儿子为王，情人辅政，天下大事决断于他们一家三口，她能不骄傲吗？她时时提醒嬴政要尊敬吕不韦，要听从吕不韦的意见，梦想着这样的日子可以千年不变，自己可以永享人世间的尊贵荣宠，哪会想到嬴政的心事。

母子俩相对无语，各自想着心事。

过了许久，赵姬才起身告辞。

第二节　亲征退联军

燕赵相争

廉颇是有名的大将,他多次出兵,战绩卓著,这次伐魏,很快攻下了繁阳。魏王心怯,急忙派人出使赵国,离间赵王与廉颇的关系。长平之战时,赵孝成王听信秦人离间计,改派赵括代替廉颇为将,结果造成赵军大败。现在他的儿子赵悼惠王继位,他宠信大夫郭开,又听信了魏人的离间计,再次召回廉颇,派遣乐乘为将攻伐魏国。廉颇大怒:"我从惠文王时就做大将,四十多年了,多次征战没有什么过失,为什么大王一再听信他人谣言,屡屡让我不能尽忠尽责?"随后,他带兵攻击乐乘,不接受赵王的调遣。乐乘害怕廉颇,逃回了国内,廉颇自知得罪赵王,也不敢回国,逃到魏国去了。

赵魏大起干戈之际,远在北方的燕国见有机可乘,派遣剧辛为将,率领大军攻打赵国北部边境。多年来,燕国偏居一隅,屡次遭到赵国侵犯,由于国势微弱,只好割地求和自保。现在的燕王正是当年与子楚一起在赵国为质的喜,他继位为王,团结文臣武将,希望有一番作为。今日见赵国国内空虚,廉颇被废,即刻召集群臣商量讨伐赵国,以报多年来受辱之恨。

赵国听闻燕军犯境,急忙派遣大将庞煖带兵阻击。

　　说来凑巧,庞煖与剧辛曾经是一对好朋友。两人学业有成,各自投奔赵燕两国。庞煖在赵国做了武官;剧辛到燕国后,被燕王喜任命为都城蓟(今北京市)郡守。

　　剧辛带兵西渡易水,很快来到了常山地界,直逼赵国都城。燕军兵势雄壮,士气夺人,所到之处无人敢抵挡。赵王害怕了,亲自召见庞煖询问对策。庞煖与剧辛非常熟悉,他说:"我了解剧辛的为人,他一定自恃为大将,不把我放在眼里,兵家最忌轻敌,他有了轻敌之心,我们就好对付了。现在李牧在代郡为守,让他带兵马南行,从庆都阻断剧辛的后路,我带兵与他正面交锋,如此一来,燕军腹背受敌,必败无疑。"赵王很高兴,立即传令李牧配合庞煖行动,一举挫败燕军。

负荆请罪的老将廉颇

　　果然,剧辛一路挺进,见赵军连连后退,心中得意,他想,看来廉颇奔逃,赵国确实没有能干的大将了,该当我剧辛立功,我一定逼近邯郸,生擒庞煖和赵王!

　　两军终于在东垣对阵了。庞煖率军挖深沟、筑高台,坚守待敌。两军相持多日,剧辛先坚持不住了,他召集众将说:"我们深入敌人国界,如果他们长期坚守不出,我们粮草供应不实时,什么时候才能成功返回啊?"众将商量决定再次挑战。

这天,雪后初晴,阳光格外灿烂,映照得人睁不开眼睛。燕将栗元请战来到阵前,大声叫嚷赵军出战。几日来,庞煖观察敌我军情,了解双方动态,心里已有了底。他派乐乘、乐闲各带兵马埋伏左右,自己亲率大军来到阵前。两军交战不多时,就听赵国军营号炮连声,左右伏军一起杀出,把燕军杀得大败而逃。

初战失利,剧辛并不死心。第二天,他披挂整齐,亲率兵马来到阵前。两位旧友战场重逢,别有一番滋味在心头。庞煖与剧辛分别在战车上欠身施礼,互致问候,然后两人反复酬答,议论两国国力军事。就在这时,庞煖忽然转身对赵军大喊一声:"谁斩杀剧辛,取了他的首级,将赏赐三百黄金。"剧辛勃然大怒,挥舞令旗,让燕军冲杀上来。赵军不甘示弱,双方在阵前展开决斗。赵军埋伏的兵马再次从左右杀出,燕军三面受敌,渐渐失去了优势,只好鸣金收兵,退回大营。

两战两败,燕军士气受挫,剧辛独坐帐内,郁闷无计。正在踌躇时刻,守营军士来报,说赵国派人送来了书信,放在辕门外就走了。书信用了三层信封粘贴牢固,剧辛一层层撕开信封,展信细读,只见上面写着:

"代州守李牧引军袭督亢,截君之后。君宜速归,不然无及。某以昔日交情,不敢不告!"

原来庞煖念及旧日情意,知道李牧旦夕将至,提前通知剧辛,让他快速回军,免受杀身之祸。

剧辛思虑片刻,一面为了稳住军心,派人向赵国下战书,言称李牧来了,燕军也不怕,只待明日决战;一面秘密吩咐军士,虚扎营寨,连夜撤退,让栗元率军前行,他亲自带兵断后,阻击追兵。

燕军悄悄往北后撤,来到龙泉河时,探马飞报,前面旌旗飘动,道路拥塞,听说是李牧的大军驻扎在此。剧辛这才完全相信庞煖的好意提示。他不敢北进,率军东行,打算投奔辽阳。燕军走到胡卢河,赵国追兵赶上了,两军再次交战,燕军逃奔多时,人困马乏,军心不稳,哪里是赵军的对手,很快燕军兵败如山倒,溃散逃亡。剧辛见大势已去,长叹一声:"我哪有颜面回去见燕王啊?!"说完,拔剑自刎。正是:

> 金台应聘气昂昂,共翼昭王复旧疆。
>
> 昌国功名今在否? 独将白首送沙场!

随后,庞煖命人收编燕军俘虏,整治军队,带大军胜利回国。

赵王得知赵军大胜,迎出郊外,犒劳三军。他见到庞煖,说:"将军真是神勇无比,廉颇老将也不过如此。"庞煖拜谢献计说:"现在燕国已经诚心归附了,我军士气大振,世人莫不敬服。秦王年幼,国事决断于吕不韦,正是国内空虚的时候,我想趁机联合列国,再行'合纵'之计,西面攻打秦国,以雪多年来的耻辱,确保我国无恙。"

五国再次联军

庞煖乘胜献计"合纵",燕、楚、韩、魏四国惧怕赵国国势,无不纷纷响应。多年来,齐国与秦国相隔最远,双方很少发生直接对抗,齐国出兵伐秦路途遥远,攻下城池也无法接受管理,不能分享胜利果实,所以没有加入联军队伍。这样,公元前242年,嬴政继位的第五年,赵国联合其他四国,一共五国,各派出精锐兵马,组成二十万大军,推选楚国相国春申君黄歇为上将,统率全军浩浩荡荡直奔秦国边境。

黄歇是四公子之一,孟尝君、平原君、信陵君相继去世后,现在四公子就剩下他一个人了。黄歇召集五国大将,商量出兵计策,他说:"五国多次联军,屡屡伐秦却没有成果。我认为函谷关是一大阻碍,秦军在那里设置了严密的防守,易守难攻。多年来,我们的兵士都知道函谷关难以进攻,产生了畏惧心理,如今不如改道蒲阪,从化州往西,先取渭南,窥取潼关,秦军必然惊慌失措。这就是《兵法》上说的'出其不意'之计。"

众将纷纷点头称善,赞同黄歇的主张。五国兵分五路,出蒲关,往骊山方向挺进,很快来到渭南城下。五国大军攻打渭南,却不能取胜,只好将渭南团团围住,打算将渭南围困,迫使其投降。

秦国国内,嬴政正等待时机出兵伐魏,却听说燕赵相争以后,五国联军来攻打秦国了。春日乍到,天气时冷时暖,空气中弥漫着浓浓的战火气息,大战在即,如何应对?嬴政已经十七岁了,他读兵法,习文墨,成为具有文韬武略的少年帝王,面对战事,他会有什么表现呢?

多年来,秦军兵强马壮,威震诸侯,都是他们出兵讨伐各诸侯,现在突然面对五国主动攻打自己,秦国上下有些措手不及,将相们产生了畏战胆怯心理。这天,嬴政上朝,问讯退兵之法,众臣你一言,我一语,众说纷纭,毫无头绪。嬴政看看吕不韦,说："仲父有什么高见呢?"几日来,吕不韦食不知味、寝食难安,召集门客们商量退兵计策,大家也没有好的办法,所以他上朝以后,一言不发,静听众臣言论,听到嬴政询问自己,慌忙施礼回答:"五国联军,气势汹汹,不容小觑啊! 退兵之计,请大王让我和众将们仔细商讨。"

函谷关

嬴政见众臣面露怯意,心生恐惧,不免不满地摇摇头说:"我虽然年幼,可是听说秦军作战,攻无不克,战无不胜,已经攻取了大半天下江山,诸位爱卿为何如此惮惧五国联军?"

蒙骜奏道:"大王,当年无忌曾率五国联军大败我军,让先王含恨离世,我们不敢贸然行动。"

嬴政说:"我也读过兵法,知道两军交战,贵在军心坚定,如今诸位将军没有出兵先自胆怯,这不是长他人志气,灭自己威风吗?"

众臣听了,无不佩服嬴政临危不惧。

嬴政接着说:"虽然上次我们败了,可是现在情况发生了变化,当时无忌率领五国兵马抵抗我军入侵,当然奋勇向前,力保国土不失。现在五国联军由黄歇统帅，我听说三十年来，我国与楚国不相交兵，没有过战事，他肯定不会像无忌一样拼命。五国虽为联军，各怀心思，我想破敌不难。"

众将听了嬴政的这番分析，纷纷点头称善，吕不韦赶紧奏道："大王年轻有为，真是难得的明君圣主。"

嬴政第一次见众臣如此信服自己，心里也很高兴，他连忙说："仲父不必多礼，请你安排众将出兵抗敌。还有……"他想了想又说："我也习练兵法，略懂武艺，今天既然敌人兵临城下了，我也该亲自出战，和大家一起抵抗侵略。"

吕不韦听说嬴政要亲自出征，急忙阻止："大王，您万驾金躯，怎么能轻易深入险境呢？不能去。"

众臣纷纷跪倒，齐声阻止嬴政。

嬴政无奈，让众臣起身，然后说："你们放心吧！仲父，你快安排出兵。"

赵姬听闻嬴政打算亲征，着实吓了一跳，她急忙命人喊来嬴政，劈头盖脸将他训斥一通，骂他野性不改，没有帝王的样子，冒险亲征，如果出现意外该怎么办？嬴政屡次受到母亲斥责，早就不耐烦了，他顶撞说："我已经十七岁了，快到亲政的年龄了，以后我的事情您少管！"赵姬顿时怒火中烧，她狠狠地瞪着嬴政，诉说道："多年来我受了多少苦难，把你养育成人，你反而如此对待我，这是一个帝王该做的事情吗？"嬴政最怕母亲提起往事，尤其是赵国的苦难岁月，他知道母亲确实受了不少委屈，每每想到此，他都是缄默不语，任随母亲发泄心中怨恨。

赵姬误以为这样就能永久控制儿子，她哪里知道，嬴政在一天天长大，他有自己的心事和志向，母子俩的冲突日渐深刻。终于有一天,这些冲突将一一激化,成为帝王家不可避免的残酷血腥斗争。

那么,嬴政有没有亲临战场?秦军能不能击退五国联军?

嬴政奇计退联军

吕不韦派遣蒙骜、王翦、桓齮、李信、内史腾五位大将,各带领五万兵马分别迎战五路诸侯,而自己带领中军做接应,驻守潼关以南五十里。

大军当日出发,前去阻击敌人。这时,嬴政没有放弃亲征的念头,他安排甘罗等人镇守咸阳,自己带着蒙武、成蛟等一帮少年俊杰,悄悄来到了前线中军大帐。

吕不韦正与众将商讨具体作战方案,听闻嬴政来了,慌忙出去迎接。嬴政身披甲胄,骑着一匹黑色宝马,腰间佩带“鹿卢”宝剑,英姿勃发,气宇超凡,宛如天人临凡。众将跪拜接驾,把嬴政迎进大帐。

他让群臣发表意见,谈谈对五国作战的具体想法。王翦说:“我们五路兵马呈星状分布,环列潼关大营外周,完全可以阻挡敌人入侵。”李信说:“敌人远道而来,我们应该快速出击,攻其不备,迅速击退敌兵。”蒙骜说:“敌情还没有探查清楚,不能贸然出兵。”吕不韦说:“如果强行与五国军队作战,必然造成双方混战,损失无法估量。”众将议论多时,没有一个可行的方案。

大军驻扎一天了,战事毫无进展,渭南再次派人求援。嬴政见到渭南使臣,详细询问渭南一战的情形。使臣说:“五国联军倒也没有特别之处,与我军交战死伤很多,只是他们人多,小小的渭南兵马不足,所以很难突围。”

　　嬴政想了想,命人召集众将,他已经想出退兵之计了。

　　嬴政对众将说:"五国兵马自称精锐之师,如今却难以攻下一座渭南,由此可以看出,实际上五国兵马的战斗力非常弱。韩、赵、魏三国紧邻我国,多次与我国作战,相互熟悉作战风格。而楚国远在南方,千里迢迢来到这里,三十多年没有与我军交战了,我们应该挑选精兵,率先攻打楚军,楚军必然害怕逃亡,楚军一破,联军望风而散,我们不就击退联军,大获全胜了?"众将觉得此计不错。吕不韦传令,五路大军设置深沟高台,遍插旗帜迷惑敌人,暗地里各挑选一万精兵,统一指挥,偷袭楚营。

　　一切安排妥当,吕不韦陪同嬴政视察三军,嬴政望着精兵强将、战车骏马,十分满意。突然李信营帐传来消息,他的一个督粮官名叫甘回,因为押运粮草耽搁时辰,被李信捆绑了。五位大将中,李信年龄最轻,只有二十几岁,正是血气方刚、年轻气盛,他满面怒容,准备处死甘回,众将纷纷求情,言说罪不至死。

　　嬴政恰好来到李信营帐,看到这个情景,再生一计,劝说道:"大敌当前,将军先斩将官,对大军不利。"李信见嬴政求情,免除了甘回死罪,但是命人将他打了一百皮鞭,直打得血肉模糊,惨叫不已。

　　处罚完毕,嬴政亲自扶起甘回,把他接到自己帐内,向他密授一计。

　　夜里,繁星点点,夜色深沉,各路兵马的营寨内灯火渐渐熄灭,军士们酣然睡去。只见甘回拖着伤痕累累的躯体,偷偷摸出营帐,翻过沟壑,爬上垒台,狼狈地逃到楚军兵营去了。

　　甘回面见黄歇,怒陈受罚经过,告诉他秦军武装精良,今夜要偷袭楚营,希望他早做准备。

黄歇听罢，大吃一惊，他想通告各营一起行动，可是已经来不及了，他想，我军已经三十年没有与秦军交战了，素闻秦军作战勇猛，攻城掠寨，无可阻挡，我军与秦军单打独斗，肯定不是对手，况且我军都是南方人，深入秦地，对这里不熟悉，不如先撤退再做打算。想到此，他下令军士们拔寨起营，连夜疾驰后退了五十里。然后才放缓步伐，徐徐后退。

这是嬴政的计策，他派甘回提前去通知黄歇，将楚军吓退，免去秦军一场恶战，也离间了五国联盟。

楚军刚刚撤退，秦军就赶来了，王翦等人不知道嬴政已经用计吓退了楚军，见楚营已撤，挥军北下，突袭赵营。赵国兵士正在酣睡，突然见秦兵如天兵天将一样来到眼前，慌乱成一团。赵国大将庞煖见军队大乱，仗剑立于军门，喝令军士听从指挥，拿刀动枪迎战，有私自行动、意欲逃窜的立即斩首。赵军纷乱，被秦军攻杀一夜，天快亮的时候，燕、韩、魏三国兵马才来救援，王翦等人见敌兵势众，鸣金收兵，安营扎寨，静观敌情。

庞煖收拾残兵败将，看到唯独楚军没来救援，心中不满，派人去打探，才知楚军早早得到消息，已于昨夜逃跑了。他想，楚军一定秘密归顺了秦国，所以才提前得到消息撤退，不由得长叹一声："'合纵'之事，今后休矣!"列国合纵抗秦这件事情，再也不要提了，也不会有什么效果了。这是战国末年，列国最后一次联兵，却以这样极不光彩的结局告终，五国徒劳派兵遣将，劳民耗资，没有打上像样的一仗就自行解散了，让世人嗤笑!

韩、魏见楚军已退，也请求班师回国，只剩下赵燕两国了，庞煖是此次联兵的倡议者，不甘心就这样回到赵国，他把怨气发在齐国人头上，带领赵燕两军，横扫齐国西部边境，掠取了饶安城，才率军返回。

嬴政亲赴前线,施奇计,使秦军几乎没受什么损失,就败退了五国联军,取得了大胜。众将佩服嬴政的谋略,纷纷跪拜致贺,嬴政却笑呵呵地说:"这是诸将的功劳,我不过前来学习罢了。"

吕不韦见嬴政少年有为,有勇有谋,一面高兴祝贺,一面也暗藏忧虑。他想,嬴政能干英武,质性聪明,一旦亲政,会怎么处置我这个仲父呢?

秦昭襄王,也就是嬴政的爷爷刚继位时,年幼未冠,太后临朝听政,任用她弟弟魏冉为相,于是太后与魏冉把持了朝政。魏冉征战诸侯,立下了很多功绩,他也因此日渐骄傲,常常代替秦王发号施令,巡察官吏,省视城池,校阅军马,一时间,富贵尊崇,无人可比。后来,昭襄王任用范雎,铲除魏冉势力,剥夺他的相位,把他赶到边境陶地,最后郁郁而终。

念及此,吕不韦不由得打了个冷战,魏冉是昭襄王的亲舅舅,还遭到了这样可怜的下场,我虽是嬴政的父亲,却没有名分,以相国辅佐他,多年来还与他母亲赵姬藕断丝连,如果他知道这些实情,会不会痛恨我呢?吕不韦的担心越来越重,他与嬴政的冲突也渐趋深化,他没有想到,这些不可告人的秘密即将大白于天下,引起嬴政一场歇斯底里的愤怒与发作。

第三节   闻奸情痛失成蛟

楚国内乱

再说黄歇,他带领楚军一路逃奔,后来听说联军解散,各回各国,也带军回到了楚国都城郢。这时,四国派遣使臣来责问:"楚国是这次联军的首脑,怎么不打招呼偷偷跑了呢?请明确告诉我们原因。"他们纷纷来讨说法。

楚王就是曾经为质秦国,黄歇设计救出来的原楚国公子。因为黄歇相救才得以继承王位,所以他一直重用黄歇,任命他为相国,总理楚国大政。这次他见四国不服,怒谴楚国,也怪罪黄歇,怨恨他丢了颜面。黄歇无地自容,恨不能有条地缝可以钻进去。

楚王担心伐秦不成,反而招致秦怨,唯恐秦军不日攻打过来,召集群臣问计。黄歇的门客朱英为了宽慰主人,献上一计,他说:"人人说楚国是大国,现在怎么越来越败落衰微,不敢与秦军对抗了呢?我却有不同的看法,以前,楚国与秦国相隔非常遥远,中间隔着两周之地,韩、魏等国又对秦国虎视眈眈,所以楚国不惧怕秦军,这不是楚军厉害,而是形势所致。现在,两周被秦兼并,韩、魏结怨于秦,朝夕可亡,楚秦之争,从此才正式开始啊!相国的责任重大,为了防备秦军,你何不劝说楚王东迁到寿春,

一来远离秦国,二来以长江、淮河为天堑,可以过上安稳的
日子。"

　　黄歇正愁没有台阶可下,听朱英一番言论,心里颇感安慰,
他素来惧怕秦军,如今不战而败,更加心存惊畏,觉得迁都也是
条计策,于是上奏楚王,将都城迁到了寿春。

　　五国联军伐秦,楚军不但寸功未立,还被吓得迁了都,足见
他们无用至极!楚国君臣只想着自保一时,却没有料到亡国之
日越来越近了。史臣有诗感叹楚国迁都一事:

　　　　周为东迁王气歇,楚因屡徙霸图空。
　　　　从来避敌为延敌,莫把迁岐托古公。

　　楚国迁都后,国内发生了一件大事,相国黄歇被人暗害身亡
了。这件事情还得从头说起,当年,黄歇辅佐楚王继位,两人关
系情同手足,由此黄歇权倾一时,富贵荣宠。楚王继位多年了,
却没有孩子,黄歇为此十分着急,经常寻求各地美女进献楚王。
有一个赵国人名叫李园,从赵国来到楚国,投奔到春申君家里做
门客,他打算把妹妹嫁给楚王,又担心嫁过去后不能生育孩子,
得不到楚王长久的宠爱,于是心生一计。

　　李园假装回家探亲,回来时超过了假期,黄歇问他为什么回
来晚了,李园说:"齐王见我妹妹长得漂亮,派人来求婚,所以耽
误几天。"黄歇不知是计,也要求见一见他国色天香的妹妹。

　　李园就把妹妹送到相府,黄歇一见,果然貌若天仙,容颜出
众。李园急忙谄笑着要求黄歇将他的妹妹纳为婢妾。在李园的
撮合下,黄歇将此女纳为妾,不久便有身孕。李园的妹妹听从兄

长的说辞,对黄歇说:"楚王对您如此宠幸,即使他的亲兄弟也比不了您。现在楚王没有儿子,日后他弟弟必然继承王位。您在楚国为相二十余年,平日也有得罪他弟弟的地方,如果楚王弟弟继位,就会给您带来祸殃。现在我有了身孕,外人不知,您把我献给楚王,楚王见我貌美,必然宠幸,如果我能生个儿子,就是您的骨肉,将来可以继承王位,岂不保您一生荣华富贵?"

黄歇不知是计,反而称赞她比男子更加聪明,急忙把她献与楚王为妃,终使李园兄妹阴谋得逞。李园妹妹果然生下一男孩,被立为太子。李氏一家在这场交易中,妹妹被立为王后,李园不仅升了官,而且成了国舅,得到楚王的信任和重用。这个李园恐怕也是从吕不韦相秦得到了启发,可惜黄歇却没有吕不韦的老谋深算。

李园得势以后,害怕黄歇暴露事情的真相,也担心黄歇与自己争权夺势,便偷偷收买了杀手,寻找机会除掉黄歇灭口。

百密终有一疏,李园的阴谋被许多人看穿,朱英也知道事情的经过,他求见黄歇,告诉他暗藏的杀机。他说:"世界上有想不到的福,有想不到的祸,也有想不到的人。"黄歇奇怪地问:"什么是想不到的福?"朱英说:"您相楚国二十多年,名为相国,实际上国家大事全由您裁决,您是真正的楚王;如今楚王病重,不知道哪一天就要去世了,太子年少,继位后肯定由您辅政,您就像伊尹、周公一样,说不定哪天太子知道您是他的亲生父亲,会背叛楚国,改立国朝,重新登基呢! 这就是想不到的福啊!"黄歇说:"什么是想不到的祸呢?"朱英说:"李园受到重用,不思报国却暗地里培养杀手,一旦楚王去世,他肯定会埋伏杀手杀您灭口,这就是想不到的祸啊!"黄歇又问:"什么是想不到的人?"朱英说:

"您把我安排在楚王身边,楚王去世,李园先进去的话,我随即把他杀死,以绝后患。"黄歇想了想,说:"李园对我恭恭敬敬,从来没有越礼的表现,你多虑了。"没有把朱英的话当回事。朱英见黄歇不用自己的计策,害怕遭到李园迫害,就逃跑了。

果如朱英所料,楚王去世后,李园先进到宫门内,埋伏好杀手,等到黄歇进去的时候,杀手一拥而上,将黄歇杀死了。黄歇死后,李园立太子为王,他自己做了相国,把黄歇的门客家人全部杀死,把楚国王室公子四处遣散,疏远他们。

新继位的楚王由于身份关系,遭到楚国王室子孙排挤,先王的兄弟多次讨伐楚王,让他交出王位,先后由犹代、负刍夺取王位。楚国内王位相争,造成一场长达几年的内乱。

这件事情很快在诸侯间传扬开,人们无不喟叹谩骂黄歇贪图富贵祸乱国政、李园奸佞小人设计害主。有一个人对这件事情特别关注,他就是吕不韦,他听说了事情的始末,心中满是忧虑和恐惧,他仿佛看到屈死刀下的不是黄歇,而是他吕不韦;他仿佛看到秦国王室子弟起兵讨伐嬴政,信誓旦旦将这个外姓国王赶下台去……

吕不韦不敢多想了,他要采取行动,阻止秦国发生内乱,稳固自己的势力。

成蛟出兵

吕不韦首先考虑到的是成蛟,一是成蛟虑事周全,是嬴政的左右手,他为嬴政出谋划策,帮助嬴政一步步走向成功,深受嬴政信任和依赖,将来一定是自己的敌手。二也是吕不韦心中最大的担忧,成蛟的母亲楚玉被自己用计逼死,这个事情成蛟成年以后，肯定会有所追究，到时候自己罪责难逃。三也是至关重要的一点，成蛟是先王的嫡亲儿子，也就是与嬴政争夺王位的最大对手，就算他无心夺位，可是一旦嬴政的身份败露，那些王室人员肯定会推举成蛟为王，他已经被册立为长安君，要想除掉他必须尽快行动。

春去秋来，时光匆匆，转眼间又一年过去了，成蛟已经十五岁了，长成了一位面如冠玉、气宇轩昂的美少年，他是秦王嬴政唯一的弟弟，又与嬴政感情深厚，得到很多人的重视。成蛟通晓诗、书、礼、乐，又善于思索，机智聪明，前途无可限量，嬴政见成蛟如此有出息也很高兴，他决定让成蛟担任一些重要的职务，掌握部分权力。

在一次朝廷议会上，嬴政提出自己的想法，他说："长安君成蛟年龄大了，可以担任些工作为国家分忧了，仲父你看能否为他安排职务？"

吕不韦一听，觉得机会来了，假装想了想，说："大家都知道长安君贤德很有名望，应该能够担负重任，我现在有个想法，不知道可行不可行。"

嬴政说："相国有什么想法尽管说。"

吕不韦说："长安君虽然名声在外，却没有实际的功劳，不像甘罗不费一兵一卒独取赵国五城，如果委以重任必然招致外人不服。假如安排长安君做一些琐碎的工作，又会招致外人笑话。我倒是有个两全其美的办法，大王您看怎么样？"

嬴政急忙说："仲父有好办法还不快讲？"

吕不韦说："去年，赵国的庞煖倡议联合五国兵力攻打我国，多亏大王奇计击退了五国联军，此仇不能不报，我听说上党地区又有人谋反,大王可以命令蒙骜、张唐率军伐赵,命令长安君带兵一面做接应,一面平定上党之乱,如此一来,长安君立下战功再给予重任,不是更好吗? 我派能征善战的武将保护长安君,肯定不会有什么闪失。"

"出兵?"嬴政沉吟了一会儿,上次他带成蛟等人勇赴前线,退却了五国联军,可是成蛟自幼不爱打打杀杀,不热衷兵法军务,他单独带兵,行吗?

吕不韦见嬴政沉思,进一步说:"出兵不过是个借口,我会命人保护好长安君的,万无一失,大王尽管放心。"

嬴政思虑半晌,说道:"这样也好,给长安君一个磨炼的机会。"

这年年末,下了一场特别大的雪,大地上一片银装素裹,万物被白雪所笼罩。王宫门外直道两旁的参天古木,枝丫全压满了雪,沉重地垂下来,仿佛站在路旁的是一堆堆顽皮孩子堆积起来的高大雪人。宫门附近的直道一直有专人负责,雪刚停,他们就将雪铲推到路两边去了,笔直的大道上没有留下一丝雪迹。

一连下了三天的雪,天终于晴朗了,正中稍偏西的太阳,在万里无云的高空灿烂夺目,雪后的阳光带着耀人眼目的光亮,刺得人睁不开眼睛。如果深深吸口气,空气清新,沁人心脾。

成蛟的五万军队集合在大校场中,场内非常寂静,连轻轻的咳嗽声都能听得清清楚楚。场地四周,各色旗帜在风中翻飞。将士们盔甲鲜明,意气风发。

成蛟头带铜盔,身披甲胄,满怀信心地陪着嬴政检阅兵马,众文武大臣跟随左右,所到之处将士们都齐声高喊"必胜! 必胜!"的口号。

检阅完兵马,嬴政亲手解下腰上悬挂的尚方军令剑,大声向场中将士宣布:"将军此去,责任重大,特赐此剑,以示托付,兵在外由将军决定一切!"说罢以剑连击成蛟座车三次,然后双手递交成蛟。成蛟行过军礼,双手接过,带领三军谢过秦王。

嬴政在灞上为成蛟设宴饯行,他有些不放心地叮嘱成蛟:"这次出兵,千万谨慎,我和相国派了嬴准、嬴和还有樊於期、秦敢等人辅助你,你遇事要多请教他们。粮草我会派人实时供应,一定要安全归来。"

成蛟辞别嬴政,率领十万大军,兵分两路进攻赵国,平定上党反叛。一路由前军都尉五大夫秦敢率领攻蒲鹝,一路由成蛟本人领军攻屯留,两路兵马互成掎角之势,声援伐赵的蒙骜大军。

樊於期揭露奸情

成蛟大军直入,未遭遇任何抵抗。等到进入屯留城,才发现竟是一座空城,精壮男人皆已撤走,只留下一些老弱妇孺,而粮仓也是搬运一空,所剩无几。成蛟命令军队在屯留驻扎下来,他准备让兵士先稍事休息整顿。

嬴政听说成蛟进展迅速,派使者前去安抚犒赏部队,成蛟笑着说:"夺取一座空城有什么可贺的?"他让使者回去报告秦王,部队一定会取得真正的胜利。

夜里,成蛟带领随从视察军营,一抹新月升在了空中,大地上显得格外清静凄冷。这时,忽然有探马来报说秦敢的部队遇到强敌,需要接应。手下的人说:"天亮再去吧!夜里太危险了。"

成蛟求功心切，又是第一次带兵，缺少经验，他说："秦敢白天被困，如果我们不实时去接应，时间长了他会很危险，我们趁夜色出击，趁敌不备，可以马到成功。"

成蛟命令一部分部队留守在屯留，自己带领一部分部队轻装上阵去救援秦敢。成蛟的兵马飞速前进，天还没有亮就已经快到达救援地点了，他传下军令，将士们就地修整，吃饭以后与敌人展开对攻。他想，敌人没有想到救兵这么快就到了，一定会措手不及的。

成蛟的兵马刚刚停留下来，忽然四下喊声响起，原来部队中了埋伏。成蛟率领士兵腹背受敌，死伤惨重，成蛟不幸也中了一箭，箭正射在他的左胸前，成蛟当场晕死过去。将士们见成蛟受伤，拼死突围，终于救出成蛟，逃回了屯留。

樊於期等人大惊，秦王曾经委托他们负责成蛟安全，现在成蛟受了重伤，该如何是好？一旦成蛟死了，他们也无法向秦王交代。成蛟奄奄一息，什么话都不能说，几位副将聚在一起，秘密商量怎么办。秦敢说："临行前，相国有交代，如果长安君出意外，我们必死无疑。"嬴和也搓着手说："大王最喜爱长安君，出现这样的情况我们可怎么办？"他们几个面面相觑，不知道如何是好。樊於期突然说："如今的大王并非先王亲生骨血，长安君才是嫡子，相国让长安君带兵打仗，不怀好意。相国一直担忧长安君知道大王的真实身份后，会提出抗议为难，所以明着是恩宠长安君，实际上，打算谋害他。你们想想，相国与太后有染，大王政是他们的亲生儿子，他们一家三口居住在秦国后宫，把持秦国大政，害怕谁呀？不是单单畏惧长安君吗？现在让长安君出兵伐赵，如果兵败无功而返，一定会借机将长安君治罪。不是剥夺封号就是判处刑罚。如此一来，嬴氏国家就改姓吕了。这些事情，全国上下人人皆知。如今我们回去是死，还不如我们以长安君的名义造反了呢！"秦敢说："长安君危在旦夕，造反有什么意义？"樊於期说："王室子孙这么多，长安君死了，不是还有嬴和等人吗？"

行军路上

嬴和听闻，举双手赞成樊於期的决议。

几个人商量妥当，果然打起造反旗帜，他们传下檄文，渲染太后淫罪，挑明宫闱诈谋，号召秦人共同驱逐异姓国王，拥立长安君继位。檄文措辞激烈，怒斥吕不韦篡国之罪。檄文上说：

> 长安君成蛟布告中外臣民如悉：传国之义，嫡统为尊；覆宗之恶，阴谋为甚。文信侯吕不韦者，以阳翟之贾人，窥咸阳之主器。今王政，实非先王之嗣，乃不韦

之子也。始以怀娠之妾，巧惑先君，继以奸生之儿，遂蒙血胤。恃行金为奇策，邀反国为上功。两君之不寿有繇，是可忍也？三世之大权在握，孰能御之！朝岂真王，阴以易嬴而为吕；尊君假父，终当以臣而篡君。社稷将危，神人胥怒！某叨为嫡嗣，欲讫天诛。甲胄干戈，载义声而生色；子孙臣庶，念先德以同驱。檄文到日，没厉以须；车马临时，市肆勿变。

当天，长安君造反的消息传到咸阳，嬴政见到檄文，呆若木鸡，他怎么也没有想到会有这样的事情发生，呆呆地自语着："不可能，不可能。"他怎么会相信自己是吕不韦的儿子？他怎么能接受长安君造反的消息？恍如梦境一般，嬴政迷惑了、木然了，他甚至没有感到痛苦也没有觉得气愤，他游走在后宫殿堂，好像在寻找自己的归宿。是啊！多年来，嬴政忍受了很多莫名其妙的冷嘲热讽，忍受了许多说不清、道不明的待遇，他万万没有想到，这竟然是自己的身份在作祟！那么他到底是谁呢？

檄文很快传遍诸侯各国，人们刚刚淡忘黄歇的故事，又听说吕不韦的这些爆料，顿时添油加醋，详细描绘猜度秦国故事。有些受到秦国打击的人，更是蠢蠢欲动，打算趁机掀起秦国内乱，以报国仇家恨。

吕不韦勃然大怒，他本来打算除掉成蛟，哪会想到樊於期阵前起了异心，传檄文讨伐他和嬴政，这还了得！他急忙命令王翦为大将，桓齮、王贲为左右先锋，率领国内十万大军，征讨成蛟反兵。

这一年，秦国上空多次出现彗星。古时人们把彗星视为不吉利的象征,彗星出现,非灾即祸,今年却连续三次在东、北、西方出现彗星,引起国人心惊。嬴政命令宫廷占卜师占卜凶吉,结果显示国内将有兵变。

杨端和探营

兵变果然发生了。众臣见嬴政如失魂落魄一般没了反应,不免担忧惊惧,人心动摇。这天,蒙武和赵高等人来到宫内,他们听说了兵变经过,不放心嬴政,特地来探望劝慰他。蒙武说:"长安君知书达理、尊敬大王,不会做出这样的叛逆举动,肯定是樊於期临阵反叛,做出这种勾当。"嬴政听闻,心情略有所动。在这么多意想不到的消息打击之下,他一时不敢面对现实,所以有些懵了,没有细细琢磨兵变的真正原因。

赵高也说:"蒙、张两位将军出兵伐赵,进展并不顺利,被围困在庆都,张唐去屯留催取后队兵马,让樊於期率军接应,一定是他畏惧赵军,害怕失败受罚,才想出这样的主意。大王,当初樊於期自恃勇猛,请战保护长安君,他打算坐收渔翁之利,趁蒙、张大军胜利,捞取功名,哪会想到出师不利,他负有保护长安君安全的重任,哪敢让长安君亲临战场?"

嬴政心里更加敞亮了,他不再沉迷,仔细思考这件事情的前后经过,突然失声叫道:"不好,成蛟一定遇难了。"

蒙武等人急忙问:"大王为什么这么说?"

嬴政痛苦地闭上眼睛,一字一字重重地说道:"成蛟临行前,我命令樊於期等人严格保护他的安全,不能出现一丝差错,如果成蛟受到伤害,我会严厉惩罚他们。现在肯定是成蛟遇难,樊於期等人不敢回来,以成蛟的名义起兵叛乱。"

众人一听,吓得张大了嘴巴,事情果真如此,恐怕成蛟已经魂归西天了。

赢政不得不和众位少年一起面对这个残酷的事实,他猜测出了事情的真正原因,心里反而镇静了。他说:"成蛟生死不明,为了确切地了解事情的经过,控制敌人,应该派人去屯留打探消息。"

屯留在樊於期的手里,谁去合适呢?

此时,王翦的大军已经兵临屯留,正与樊於期决一雌雄。蒙骜、张唐得知樊於期谋反,大吃一惊,他们不敢停留,也日夜起兵赶往屯留平叛。与他们交战的庞煖见秦军后退,听闻秦国兵变,心中高兴,他传下令去,让扈辄带领三万精兵埋伏在太行山下,吩咐他说:"蒙骜名将,匆忙撤退必然亲自断后,你等到秦兵全部过去了,从背后追杀,确保大胜。"扈辄依计行事,果然将蒙骜大军杀得大败。蒙骜也中箭负伤,被赵军围困,他奋力杀敌,箭射庞煖,无奈赵军乱箭齐发,矢如雨点,可惜一代名将,死在了乱箭之下。庞煖回国后,不久箭疮不愈而亡。

再说张唐,收拾兵马快速奔往屯留,与王翦合兵一处,攻打樊於期。王翦来到阵前,大骂樊於期:"你捏造事实,诽谤大王,这是灭门的大罪!你还花言巧语,蛊惑军心,离间君臣,挑起内乱,难道你不知道大王与长安君兄弟情深吗?难道你要将秦国百年基业毁于一旦吗?我不和你这卑鄙小人说话,请长安君出来,老将我有话对他说。"

樊於期并不搭话,怒睁双目,挥舞大刀冲入秦军,一阵厮杀。秦军素闻樊於期凶猛,今日见他拼死冲杀,无不胆战心惊,纷纷后退。樊於期得势不让人,左右开攻,杀了不少秦军。王翦只好鸣金收兵,回营与将官们商量对策。

　　王翦兵马驻扎在伞盖山下,傍晚,他步出营帐,看着巍巍山峦,映照在夕阳余晖里,山色青黛,光线朦胧,真是一幅美丽的冬日景观。他想起蒙骜身亡,国家危难,不禁喟然长叹。嬴政的身世他也有所耳闻,可是嬴政幼年继位,五年来,并没有什么过失,反而勤恳好学,礼遇众臣,文采武略,慧质仁达,尤其去年奇计退五国联军,不正显示他过人的勇气与智慧吗?他少年英杰,身上有帝王气魄,身为臣子应该以此为骄傲,怎么可以起异心,谋叛乱,败国家呢?再者,国家内乱,会造成多大的损失?蒙骜已经亡了,还有多少人会死在这场无谓的纷争中呢?樊於期凶猛,急切恐怕难以收服,必须用计策才行。

　　就在王翦踌躇叹息的时候,侍卫来报,说大王派来了使者,正等在营帐内。王翦连忙转身回去迎接使者。来人是一位不足二十岁的少年郎,王翦一看,不免有些泄气,他想,如此危急时刻,大王派一个小娃娃来干什么?

　　来人见过王翦,自报姓名。原来他叫杨端和,屯留人氏,曾经是成蛟的门客。

　　杨端和向王翦转述了嬴政的计划。当日,嬴政猜测成蛟遇难,他决定派人前去打探仔细,就找来了杨端和。以前,杨端和经常陪同成蛟与大王读书、练剑,可谓从小一起长大的朋友,这次,成蛟出兵,杨端和奉命留守王府,他听说成蛟叛乱,一点也不相信。嬴政派杨端和去打探敌营,见机行事。他亲自写了两封信,拿起一封交给杨端和,嘱咐他说如果成蛟无恙,务必将这封信亲手交给成蛟,他拿起另一封信,无比沉痛地说:"如果成蛟不幸遇难,就把这封信交给嬴和、嬴准,请他们仔细思量。"嬴和、嬴准是秦国王室子弟,算起来都是嬴政的叔父辈。杨端和欣然受命,来到了前线。

王翦听闻,非常高兴,他说:"我正打算用计诈取樊於期呢!没想到大王先行一步,早就考虑到了,太好了。"

第二天,王翦假装挑战,引樊於期出城,双方一场混战,杨端和趁机混入敌兵当中,跟随队伍进入了屯留城。

杨端和是屯留人,回到家乡,轻车熟路,很快找到亲戚家住了下来。

杨端和仔细打听成蛟住处行踪,城中军士说自从起兵,就再也没有见过成蛟。杨端和心中疑惑更重,他猜测成蛟不是遇难也被樊於期劫持了,这可如何是好?

夜里,屯留城内灯火不息,樊於期亲自巡城,一刻也不大意。杨端和见情势危急,顾不了许多,偷偷翻越营帐,来到了中军驻地。恰巧,一名巡夜的军士是杨端和的老乡,军士不知杨端和探营,以为他来进见长安君呢!就把他带进去,还奇怪地说:"自从起兵,长安君就深居后帐,再也没有出来过,只有樊将军等人进去请示,您是长安君的门客,等一会儿樊将军来了,你们一起去见他。"

杨端和急忙说:"我是从咸阳偷偷跑出来的,有紧急事禀告长安君,不能等樊将军回来。"

军士为难地说:"樊将军有命令,谁也不准进去。"

杨端和眼珠一转,计上心头,他拿出嬴政的书信,说:"这是咸阳城内王室子弟们联名支持长安君的信,必须立即交给他。"

军士不识字,端详了半天,看到上面盖着玉玺大印,猜想一定是贵卿王侯家之物,又联想杨端和是长安君的门人,关系非同一般,就说:"您去吧!不过快点出来,最好别让樊将军撞见了。"

杨端和不敢怠慢,迅速来到后面营帐。后面一团漆黑,什么也看不清楚,他一边摸索前行,一边轻声呼喊:"长安君、长安君。"成蛟躺在床榻上,面容枯干,奄奄一息,哪里听得到杨端和的呼唤。

终于,杨端和摸到床榻前,他借着一丝微光看到了上面躺着一人。他打亮火石,眼前赫然出现成蛟失血过多、毫无生机的脸庞。他凑上前细细打量,发现成蛟已经只剩下一具枯干的躯体,没有一丝生还的希望了,杨端和不由得失声而泣。哭泣一会儿,他不敢停留,擦干眼泪转身出去了。

杨端和必须施行他的第二个任务,见到嬴准、嬴和,交给他们嬴政的亲笔书信。

嬴政再派兵

杨端和走后,嬴政日夜期盼他的消息,可是两三天过去了,音信全无,他猜想成蛟一定遇难了,要不然,无论如何杨端和肯定见到成蛟了,要战要和,都会有个说法。

众臣见嬴政焦急地思索对策,不再消沉,他们也不再动摇,一心一意为朝廷出谋划策,商讨讨伐成蛟反兵的策略。吕不韦老谋深算,他对嬴政说:"大王不要多虑,长安君年幼,不谙军务,樊於期有勇无谋,他们不会成就大事,王翦等人很快就会平定叛乱。"

嬴政望望吕不韦,心想,他始终没有为檄文所说内容辩解过,难道他真的是我父亲?朝堂之上,嬴政哪里敢质问这样的事情,再说,母亲赵姬已经早就对他说过了,说这是奸人忌妒相国独霸朝纲,有意诬陷她和相国,进而达到废除嬴政,私立国王,掌握大权的目的。这样说来,也不无道理。嬴政一面暗地里愤怒咆哮,一面又要默默忍受这些说辞和众多叵测的目光,他深知,现在不是质疑吕不韦的时候,吕不韦苦心经营多年,势力遍及秦国上下,无人可以撼动。嬴政知道朝廷文臣武将之中,才能出众、功绩卓著的太多了,身为少年国王,要想控制好他们,让他们团结一心为国效力实在是太难了。五年来,他不敢有丝毫疏忽,还招致今日兵变之祸,嬴政觉得压力重重,也体会到斗争残酷,但是他自幼不服输的性格强烈地表现出来,他决定在这场你死我活的斗争中坚持到底,争取最后的胜利。母亲与仲父的暧昧关系使他变成了一头受伤的小兽,他无法对任何人诉说此时内心的痛苦,只有用成功来代替这些看不见的伤害。

嬴政想到此,赶紧接过吕不韦的话题,恭敬地说道:"仲父,如果平定叛乱,你又立下大功。"

吕不韦笑呵呵地说:"大王尽管放心,很快就会传来捷报。"

嬴政说:"我想派人去屯留督战,你看如何?"

吕不韦立刻答应,众臣也齐声赞颂大王英明,临危不惧。

嬴政暗地里派去了杨端和,这次又通过朝议派去了小将辛胜,他也是嬴政培养的少年人才,嬴政诏令他一是慰劳三军,二是传令,活捉樊於期,大王要亲自审问斩杀他。嬴政秘密嘱托他,一定要与杨端和取得联系,探查成蛟是生是死。

辛胜领王命,驾车急奔来到屯留,传达了嬴政的旨意,王翦高兴地说:"将军来此,正有用处。"安排他带领五千兵马去挑战,而后假意败走,樊於期见辛胜年幼,不把他放在眼里,见他倒退,挥军追杀。这时,王翦趁机带领大军攻到了屯留城下,正打算奋

秦王再次派兵

勇攻城,却见城门大开,杨端和陪同嬴准、嬴和等人迎出城来。王翦惊喜地说:"大王料事如神,果然降服了他们。"

原来,杨端和探知成蛟垂死,无力回天,急忙带书信去见嬴准等人。嬴准、嬴和自从兵变,心中一直忐忑不安,身为王室贵卿,无故起兵谋乱,这不是毁坏先祖基业的行为吗?可是骑虎难下,只有听从樊於期的摆布了。樊於期自恃武功高强,总想着成为将相之才,本来请命保护成蛟,想趁机立下战功,升官晋爵,哪里料到吕不韦计谋更深,安排成蛟出兵,就是打算将他害死,政治斗争,凶残无比。樊於期不肯成为他人俎上肉,所以怂恿嬴准等人谋反。

杨端和见到嬴准,奉上嬴政书信。嬴准急忙展信拜读:

> 君亲则孤叔,贵则侯封,奈何听无稽之言,行不测之事,自取丧灭,岂不惜哉?……

信中尽述先祖创业之难,先王临终时的重托,嬴政说:"你我是一家人,共同拥有嬴氏江山,如今你们听信谣言,挑起内乱,这不是摆明了要毁掉秦国吗?你们区区几万兵马,难道能对抗几十万秦国大军吗？六国不足惧，难道害怕你们几个人吗？先王曾经厚待你们，嘱咐你们辅佐我，他在天之灵，知道你们做出这样的事，一定不会宽恕。你们此举，一是毁坏先祖基业，愧对列祖列宗；二是自取灭亡，令人痛心。"

嬴准读着读着，不由得泪流满面，泣不成声，他与嬴和抱头痛哭，后悔莫及。杨端和知道他们两人无心叛逆，进言说："五国联军都被大王轻易吓退了，他会畏惧你们吗？如今长安君垂死，一切祸事都是樊於期挑起的，你们应该斩杀樊於期，进献大王，大王念宗族亲情，一定会宽恕你们。"

嬴准叹道："都是我们鬼迷心窍，听信了樊於期的花言巧语，才做出这样不忠不义的事来。"嬴和说："樊於期凶猛，我们难以擒住他，这可怎么办？"杨端和说："明日樊於期出战，我们趁机投诚归降，封闭城门不让他进来。外有大将王翦等人追杀，我想他也活不长久了。"

三人商量妥当，悄悄安排军士秘密行事。第二天，樊於期果然出去应战了，他们看到王翦领大兵攻城，急忙开城纳降。

樊於期追杀辛胜半日，不见他的踪影，知道中了调虎离山之计，急忙挥军返城，却见城头遍插王翦军旗，嬴准等人立在城头上，大声喝道："我们已经全城归降了，樊将军请自便吧！"樊於期见大势已去，拨马要逃，无数秦兵围拢过来，把他团团包围。嬴政有令，要活捉樊於期，秦兵不敢放箭射他，为此樊於期捡到一条活命，左右冲杀，冲出一条血路，往燕国去了。

辛胜见到杨端和，言说嬴政密旨，寻访成蟜下落。杨端和哭泣着带众人来到后帐，去见成蟜。此时，成蟜一丝微弱的呼吸也停止了，年仅十五岁的他离开了人世，他走得那么缓慢，一定有许多心事要对王兄诉说,他幼年丧母,继而丧父,在王兄嬴政的呵护关爱下长大,两人曾经度过了快乐无忧的时光,两人曾经立下宏伟雄心,振兴强大祖宗基业,可是这一切,都成了一场梦,陪伴成蛟远赴黄泉,追随他那可怜的父母去了。嬴政对满腹才华、聪明仁贤的成蛟寄予厚望,希望他能帮助自己顺利接管朝政,治理国家,哪里想到,他这么轻易地死在了一场政治阴谋当中,真是让人心痛愤慨。

吕不韦用计除掉了成蛟,扫除了心中的一大阴影,他敏感地察觉出嬴政对自己越来越不信任。成蛟的死让嬴政更加成熟起来,他渐渐明白这是吕不韦向自己动手了,他在铲除异己,达到长久控制朝政的目的。嬴政再次看到权力之争是如此残酷,充满了血腥的味道。失去成蛟就好像失去了一只手臂,嬴政默默抚平心头的伤痛,他知道斗争已经拉开了序幕,自己必须耐心等待时机的到来。他用青铜宝剑重重砍向一棵参天的古木,残雪纷纷落下,整个后宫肃穆萧条,仿佛在为成蛟沉痛默哀。

一波未平一波又起,权力面前,人人不甘落后,吕不韦为了保住自己,竟然向赵姬推荐假宦官嫪毐。嫪毐与赵姬一拍即合,狼狈为奸,密谋陷害嬴政夺王位。嬴政冠冕之日,听闻奸情,下决心平叛固权,斗争又一次拉开了帷幕,他们是如何展开你死我活的争夺的呢?

第十一章　冠冕之日平定叛乱

第一节　假宦官嫪毐

吕不韦胆怯了

后宫之内接二连三出现丧事。首先是夏太后病逝，夏太后是庄襄王的生母，也就是嬴政的祖母。夏太后一生不得志，年轻的时候丈夫不喜欢，好不容易熬到儿子做了秦王，儿子却又早早去世了，孙子继位后，赵姬掌握后宫，她没把这个老实的婆婆放在眼里，从来没有给过她什么好脸色。夏太后一辈子深居后宫，却过着简单朴实、毫无幸福可言的生活，说起来令人可怜。

夏太后安葬在杜东，孝文王的陵墓在寿陵，庄襄王的陵墓在芷阳，夏太后的陵墓位于丈夫和儿子之间，与她生前一样，仍然孤孤单单，偏居一隅。也许是害怕生前那种备受冷落、冷冷清清的生活，夏太后得知自己的陵墓所在地之后，平生第一次说了句大气的话："东望吾子，西望吾夫。后百年，旁当有万家邑。"东边是我的儿子，西边是我的丈夫，我一生没有能够与你们好好相处，就让我在这里看着你们吧！百年之后，我的身边就有一座超过万家人口的城市。她也有怨恨，她也有希望，她甚至也有自己的抱负，但这个女子就这样走过了自己平淡的一生，把希望寄托在了来世。

后来就是成蛟死亡，太师去世。嬴政处理完几件丧事后，觉得身心疲惫,他在宫中数日都没有上朝,他想起自己进宫不久那一场重病,那是多少年前的事情了?七年还是八年?总之是过去很久了,那是一个孤苦无助的孩子,现在这个孩子长大了,他做了秦王,他拥有一个国家,他为什么还不快乐?他为什么还是孤苦无助?多少年了,嬴政没有忘记卖瓜老人与自己的谈话,没有忘记当初自己暗暗发下的誓言,他迷茫地望着深深后宫,我该做一个什么样的君主?跟夏太后一样老死后宫?还是奋发向前,实现自己的远大理想?成蛟死了,太师死了,除了自己还有谁可以依靠?嬴政在宫中沉默多日,终于静下心来,他理清了思路,自己需要做的不是主动出击,而是慢慢地等待时机。

嬴政每日沉默地上朝、退朝,既不多言也不用心听大臣们议事,仿佛置身事外又像是应付公事。有一天有大臣上奏,说秦王年纪大了,应该准备亲政了,大臣一连奏了几遍,嬴政像没听见一样不予理睬,后来其他大臣一起请求嬴政,嬴政看看他们说:"我正在想我那匹宝马为什么这几天不爱吃东西,没有听清楚你们说什么。"大臣又奏了一遍,嬴政皱皱眉头说:"我现在连匹马都养不好,你们却用这样的事情烦我,相国内安臣民,外服诸侯,天下共知,就让他再辛苦几年吧!"

大臣们见嬴政不似先前那样雄心勃勃,多少有些失望,他们暗自思忖,到底是少年郎,经不起风吹草动,秦国怎么会有这样懦弱无为的君主呢?他们不再奏请亲政的事,而是追随吕不韦。嬴政的变化却逃不过吕不韦的眼睛,他心里暗暗琢磨,嬴政不是这样意志消沉的人,他这样做一定有他的道理,难道他在麻痹我吗?想到此吕不韦非常吃惊,他与赵姬一直有所瓜葛,没有断绝关系,这件事情一旦让嬴政知道,自己可怎么办?

吕不韦觉得当断不断必受其乱，他又一次见到赵姬时，说了自己的想法，他说："嬴政年龄大了，你我之间的事情他早晚都会察觉，与其被他察觉还不如我们提前了断，这样才是长久安全之计。"赵姬从第一次见到吕不韦就喜欢他，多年颠簸之后，竟然能够与他再续前缘，真是令人无法想象的事情！两个

心机叵测的吕不韦

人掌握秦国朝政，上上下下，风光无限！赵姬不同意吕不韦的意见，她还没有享受够眼前的美好日子呢！赵姬说："嬴政是我的儿子，他知道了能把我怎么样？"赵姬还举出宣太后的例子。

芈八子是秦昭襄王的母亲，她本来地位不高，儿子嬴稷(就是后来的秦昭襄王)又在外国做人质，没有继承王位的可能，但是上天眷顾胆子大的人，嬴稷的哥哥继位没有多久就去世了，没有留下子孙，所以王位就落到了他的诸位兄弟身上，经过一番斗争，嬴稷继承王位，芈八子成了太后。芈八子敢作敢为，是位少见的女子，她联合娘家的势力保护自己年幼的儿子坐稳了王位，粉碎了他人欲夺王位的阴谋。

芈八子在儿子做了秦王后，执掌朝纲三十六年，她执政期间，秦国继续向外扩张，领土不断扩大，她还靠自身的魅力修好匈奴，使秦国免受匈奴侵扰，得以专心发展生产，征服诸侯。

芈八子虽然颇有作为,她的生活却很不检点,先后有好几个情人,其中最著名的就是匈奴义渠王,两人一起生活了多年,芈八子去世的时候,竟然要她的情人为她殉葬。

赵姬问吕不韦:"芈八子的作为大不大?"

吕不韦苦笑着说:"可是她的风流韵事更为外人所不齿。"

"什么耻不耻的?"赵姬说,"我觉得没什么过错,我和她的情形不是很相似吗?帮助儿子坐上王位,临朝听政这么多年,国家大事还不是你我说了算,我要学习她,难道就不行吗?"

吕不韦听了劝说道:"嬴政不是受制于人的君王,你我也没有芈八子的本事。"吕不韦说得没错,赵姬没有政治家的谋略,她能做到今天完全是吕不韦一手策划的,如果让她单独执政,就好似让牛弹琴,是不可能的事情。缺乏政治目光的赵姬自然也没有看清眼前的危险,她以为这样的日子会一成不变,百年永固。

吕不韦劝说不动赵姬,心里更加恐慌,他不甘心眼睁睁看着自己走向悬崖,他在想办法让自己摆脱面临的危险。

嫪毐这个人

一天,吕不韦驾着马车在大街上飞奔,他要急着去见一个人,此人从赵国来,据说有特异的本领。吕不韦从邯郸开始发迹,对于赵国有特殊的感情,赵国推荐来的宾客门人他都十分热情地接待。

初春的早晨寒意未消,阳光有些吝啬地照耀在人的身上,让人越发想起昨夜的寒风是多么可怕。馆舍就在眼前了,门口一排低矮的植物,常年葱绿的叶子,据说是从南越运送来的,吕不韦每次经过这里,看到这些奇怪的树木都会多看上几眼,他不明白世上怎么会有这种树木，难道它们感觉不到寒冷？它们会长生不死？

馆舍里跑出几个下人迎接吕不韦，吕不韦跟他们稍微打个招呼，匆匆走了进去。馆舍内厅堂回廊，别致高雅，这是秦国最高级的外宾接待处，从这里走出去的人非富即贵，非同一般人可比。拐过几个院落，吕不韦进了一个房间，里面等待的人赶紧起身相迎，他正是来自赵国的嫪毐。

嫪毐是赵国一般百姓家的子弟，跟人学了些辩士游说之学，以为有了本领，又听说吕不韦广招天下客，就来到秦国寻求发展的机会，他通过关系报上了自己的名号，希望得到吕不韦的接见。吕不韦门客几千人，家仆上万人，偌大的家业他哪里能够面面俱到。嫪毐来到秦国很长一段日子都无所事事，游逛在市井之间，勉强在吕不韦家混口饭吃。时间久了，大家也不把他当回事，逐渐把他遗忘了，可是一次偶然的机会，嫪毐被吕不韦盯上了。

有一次吕不韦跟几个亲近的朋友出去喝酒，喝到酒兴正浓处，他的一位朋友说："相国真是网尽天下人才，你府里什么样的人才都有。"吕不韦听他话里有话就叫他仔细说说，朋友说："你府里有个叫嫪毐的年轻人，听说长得特别俊美，成了咸阳城里一道惹眼的风景了。"吕不韦听了笑道："这也好奇吗？俊美是好事。"说完以后没把他当回事。过了几天，吕不韦又听自己的一个妾说起嫪毐的事情，就感叹道："俊美也能当饭吃吗？你们这些凡俗小人！"

事情却并不是这么简单。吕不韦见到了嫪毐，就被他的俊美气质吸引住了。经过一番交谈，吕不韦发现嫪毐虽然外表俊美,内心却没有多少学识和才智,吕不韦不由得感叹道:"金玉其外,败絮其中。"吕不韦的一个门客对他说:"嫪毐没有多少才能,相国正可以利用。"吕不韦一听,不住地点头说:"对,我有主意了。"

吕不韦有了什么主意?多日来,他一直为赵姬的事情心情烦乱。面临危险,这个女人竟然毫无察觉,更可怕的是她还要把自己拖下水,你说这能不让吕不韦心急如焚吗?自始至终吕不韦都是在利用赵姬,可是这个女人却好像对自己情有独钟,舍不得放弃自己,更可笑的是赵姬还想做芈八子那样的人,她能比得了吗?芈八子所做的一切都是为了自己的政治目的,她赵姬能做得到吗?

吕不韦看着远去的嫪毐,灵机一动,他知道自己该怎么做了。将嫪毐推荐给赵姬,一来讨好赵姬,二来也让自己逃脱出来,正是两全其美的办法。

吕不韦立刻派人把嫪毐安排进馆舍,自己再去隆重地迎接他,这就有了早晨起来吕不韦进馆舍的那一幕。吕不韦向嫪毐透露太后有意于他,希望他能够考虑考虑。嫪毐听说这样的事情后,不但没有生气,反而认为是自己的机会来了,他感激涕零地说:"我能得到相国推荐,真是三生有幸,如果我富贵了,肯定不忘相国栽培之恩。"嫪毐被困苦的生活吓怕了,一旦时运来临,就会如同苍蝇逐臭般不顾一切地扑上去。听到吕不韦的话,他毫不犹豫,立即答应了,害怕时间一久,吕不韦反悔,那自己的晋升之路就无望了。

嫪毐跟随吕不韦走出馆舍,走向了秦国的后宫,他能得到自己追求的荣华富贵吗?

经过吕不韦的精心策划，嫪毐进后宫专门服侍赵姬。嫪毐身份卑微，要想在宫中长期居住，只有一个办法：做太监。但如果真成了太监还怎么伺候赵姬呢？吕不韦又想出个办法，买通负责检测太监进宫的人，让嫪毐拔去胡须，扮成一个假太监！嫪毐言听计从，不但拔去胡子，还模仿太监说话、走路，像极了一个太监。

嫪毐进宫后，与赵姬相爱甚欢，两个人如鱼得水，相见恨晚。吕不韦见自己的计策成功，大大地松了口气，他觉得自己像从悬崖边上回到了平地，终于可以安心地睡个觉了。

嫪毐非常感激吕不韦的推荐之功，把他当成自己的恩人，全然不知这是吕不韦的阴谋。现在嫪毐已经站在了秦国政权斗争的风口浪尖上，他是随风而起，把握住到手的荣华富贵，还是跌入深渊永远得不到翻身呢？

富贵一时

嫪毐进宫后，与赵姬朝夕相处，恩爱无比，很快引起后宫众人的议论，大家心照不宣，对这件事情背后少不了指责、嘲笑，表面上却不敢有所流露。整个后宫恐怕除了嬴政谁都知道这件事了，可是谁又敢对嬴政说这样的事情呢？

赵姬自恃是秦王的母亲，见众人对这件事情采取默许的态度，更加为所欲为，放纵自己。没过多久，赵姬吃惊地发现自己竟然怀了身孕！这还得了，赵姬与嫪毐商量后，决定躲出宫去，一来生育孩子，二来他们也可以尽情享乐，无人再去打扰他们。

这天有人报告嬴政，说太后突然病了，非常严重，请嬴政赶紧过去。嬴政听说母亲病了，匆忙赶往赵姬的宫中。宫里侍女、太监围了一大群，嫪毐正端着药碗给赵姬喂药。

赵姬前往雍地

赵姬见到嬴政，说："我病了，多亏嫪毐尽心尽力服侍，你要对他有所奖励。还有，我请人占卜过了，我住在宫中对身体不利，我要出去住一段时间，等病好了再回来。"

嬴政觉得事情突然，就问："外面什么地方适合母亲养病？"

赵姬说："占卜的人说雍地比较合适，我看我就去那里调养一段时日吧！"雍地是秦国以前的都城。

嬴政说："母亲一人出宫我还是不放心，您打算让谁服侍您？"

赵姬说："这么多侍女、太监足够了，嫪毐虽然进宫时间不长，可是人很聪明，我会让他负责后宫事宜。我在那边的情况他会随时向你汇报的。"

嬴政早就听太后多次提起嫪毐，说他如何如何聪明能干，做一个太监实在委屈了他，他应该得到重用诸如此类的话。嬴政仔细打量一下嫪毐，见他五官清秀，虽为太监，举止却不畏缩，甚至略显文雅，就说："太后就拜托你了，希望你好好服侍太后，让她早日康复。"

自从樊於期揭露吕不韦与太后的奸情以来,嬴政嘴上没质疑什么,心里却一直像吃了苍蝇一样非常难受,今天太后主动提出远离都城后宫,正可以断绝与吕不韦的来往,也堵住世人的嘴巴。年轻的嬴政还以为母亲也是这样想的呢!哪里知道这是赵姬和嫪毐的诡计。真是一波未平一波又起!嬴政不但相信了他们,还对嫪毐寄予厚望。他觉得母亲病了,她有什么要求应该尽量满足她,就对她说:"我会跟相国商量赏赐嫪毐一事的,既然太后已经做出决定,就尽快安排去雍地的准备工作吧!"

嫪毐见事情进展顺利,非常高兴,赶紧跑到吕不韦家向他汇报情况,并且请吕不韦和秦王说说,封自己做个大一点的官。吕不韦知道事情的经过后,心中暗笑,想了想说:"放心吧!你服侍太后有功,大王一定会重赏你的。"

果然,嬴政亲自跟吕不韦讨论封赏嫪毐的事情,嬴政说:"他身为太监,应该给他一个什么样的封号呢?"

吕不韦说:"嫪毐虽然是太监,可是服侍太后有功,现在太后把后宫事都交给他了,如果职务太低,不好服众,我看应该重重封赏他,一来让太后高兴,二来也可以显示朝廷不拘一格选拔人才。"

最后商定封嫪毐为长信侯,并且把山阳作为他的封地。嫪毐一下子富贵登天,过上了连做梦都没有想到的生活,他兴奋之余,也开始重新武装自己,他买下一座豪华庄园,家里购置金玉玩器,车马随从,他的家童有数千人之多。嫪毐也开始学习吕不韦,广招天下客,为自己出谋划策,宣扬名声,一时间投入他门下的食客舍人竟然到了千余人。嫪毐的富贵来得如此迅速和传奇,引起咸阳城内外一片哗然,诸侯之间也把这件事情当作新闻来传扬。嫪毐真可谓，一朝登得王母床，摇身化作金凤凰。

　　此时的秦国，形成了三派政治势力，一是以尚未亲政的赢政为首的国王派；一是以老谋深算的吕不韦为首的功臣派；一是以太后新宠嫪毐为首的太后派。三派势力各有长短，为赢政亲政设下了重重障碍。如何在这三派争权夺利的斗争中击败对手，巩固地位，对少年赢政来说，可谓是巨大的考验。

第二节 铲除叛乱

得意忘形

嫪毐被封为长信侯后,出入朝堂,进出宫闱,后宫之事自然由他说了算,就是上朝议政,他也经常代表太后发表意见。太后独居雍地,只有嫪毐可以随时见到她,所以嫪毐说的话也就成了太后的旨意。大臣们看到秦王对此事不置可否,相国吕不韦也听之任之,自然也就不愿意多管闲事,一时间,嫪毐成了独霸朝廷上下的人。

嫪毐大权在握,见众人对自己毕恭毕敬,心里越来越得意,他经常骑着高头大马,穿行在市井之间,向人炫耀自己的尊贵。真应了一句俗话:"小人得志,得意忘形。"一天下午,嫪毐带领随从穿过馆舍前的空地,突然看见管理馆舍的几个小官吏,他在马上向他们喊道:"诸位,别来无恙。"嫪毐正是从这里被吕不韦带进来了王宫,他在这里住的时候就跟几个官吏比较熟悉。官吏们见是嫪毐,纷纷过来给他请安。嫪毐望着门口的一排绿树,得意地说:"树还是那棵树,人却不是当日的人了。"

嫪毐混迹市井间的时候,吃、喝、嫖、赌无所不能,今日闲暇,又都是旧日相识,他也不客气了,让几个官吏陪自己赌钱嬉要。官吏们知道嫪毐最近发迹,很有势力,也不敢得罪他,就陪他玩起来。

几个人你来我往，很快就来了几局，不巧的是，嫪毐每次都输，他着急地说："你们几个人是不是合伙陷害我？"官吏一听，说："你现在贵为侯爷，还怕我们害你？"其中一个又说："你不赖账我们就很高兴了，还害你什么？"原来嫪毐穷困时，与人赌钱输了经常欠账，大家都有印象，所以这个官吏跟他调侃。嫪毐却生气地说："我富甲天下，赖什么账？谁像你们这些穷困潦倒的人。"大家你一言我一语争吵起来，嫪毐见他们人多势众，不把自己放在眼里，想起不管是在朝堂还是王宫，不管大臣百官还是秦王贵妃见了自己都礼让三分，哪会想到这几个小官吏竟然顶撞自己，他越想越气，最后一掀桌子，大声喊道："你们这些贱吏，你们知道我是谁吗？我是当今大王的继父，你们敢如此顶撞我，真是不想活了！"

几位官吏一听，惊愕地对视几眼，赶紧跪下说："请侯爷饶恕我们无知，我们不敢了。"嫪毐见他们几个人向自己求饶，又得意起来，说："今天就饶了你们，以后可得注意，告诉你们吧！我的权力大得很，想杀谁就能杀谁，国家大事大王和相国都跟我商量。"

为了逞一时之快，嫪毐就要彻底断送自己的生命了。嫪毐走后，几个官吏呆愣了半天，最后一个说："我们得罪嫪毐，他一定会报复我们的，我们得想个法子。"另一个说："他权势盖天，我们能怎么办？你没听他说吗？大王都听他的。"又一个官吏思忖了一会儿，说："我认识一个人，也许他能帮助我们。"

隐情暴露

这个官吏认识的人正是赵高，母亲去世后，赵高搬出王宫，在外面购置了一座院落独自居住。院子不大，倒也幽雅肃静，赵高住在这里，认识了不少基层官吏。他们经常来往，赵高因此也接触到一些民间诉讼官司这类的事情，并逐渐对这些事情产生兴趣，没事的时候经常研究揣摩，竟然累积了许多经验和知识。

赵高听几位官吏诉说了事情的经过后，也是大吃一惊，他对嫪毐的事情已经有所耳闻，不过还没有得到确认，嫪毐竟敢在大庭广众之下说出那样的话来，看来这事非同一般了。

赵高考虑一夜，决定一早到宫中，看看嬴政对此事有无察觉。赵高是个行事机警的人，他想，自己贸然跟嬴政说起这样的事情，恐怕不妥当，不说呢也不对。赵高记起母亲屈死一事，多年来，他一直纳闷，太后信任、善待母亲，知道母亲不会做偷鸡摸狗的事，怎么会突然冤枉她偷窃宫中财物呢？其中到底有什么隐情？他想到隐情，联想到眼前官吏的诉说，不由得一惊，难道母亲的死与太后有瓜葛？那么多年前的那个男人又是谁呢？樊於期胆大妄为，挟持成蛟谋反时，曾经传檄文，披露吕不韦与太后有私情，难道那也是真的？

第二天天一亮，赵高早早进宫去见嬴政。嬴政昨天夜里也没有睡好。昨夜，嬴政读完厚厚的一叠竹简书后，站起身来踱步来到床头，床头上有一个精巧的锦盒，他伸手拿过来，打开锦盒，里面是一颗硕大晶莹的夜明珠！这是白天东夷来的使者进贡的宝物。嬴政平时对这样的物品不感兴趣，各国送来的珠宝珍奇他大都不去在意，往往由太后和相国对它们进行具体的处理，嬴政的志向在天下，岂能为这些东西所心动。

今天进贡的宝物有珍珠、玛瑙、玳瑁、珊瑚，种类繁多，很多嬴政也叫不出名字，嬴政看了一眼，突然发现其中有一颗非常大的夜明珠,他命人递了上来,拿在手里仔细观摩。使者见秦王喜欢,赶紧上前讲述夜明珠的由来以及它的珍贵之处。嬴政并没有听进去使者的话,他手拿夜明珠,心里想起了一个人。

这个人就是嬴政宫里的侍女,她的名字叫阿房。阿房是齐国王室女子,被选送到秦国服侍秦王,由于嬴政坚持不娶王妃,并且立了一个很高的王妃标准,赵姬一气之下,为嬴政的宫中安排了很多女子服侍他。

在这些女子当中,阿房引起了嬴政的注意,她长得妩媚脱俗,举止行动宛如行云流水,非常可爱。嬴政看到这颗夜明珠,突然想起了自己宫中的这个女子,嬴政把夜明珠留了下来,他希望有机会把这颗珠子送给阿房。嬴政年轻的心里有些忐忑,他不知道阿房会不会喜欢这颗珠子,如果她不喜欢,自己该怎么办呢?但愿她能喜欢吧!嬴政手握珠子,心里不停地猜测阿房到底喜欢还是不喜欢。

月光柔和地照耀着宫廷院落,嬴政怀藏夜明珠,一夜也没有睡踏实。

第二天天刚亮,嬴政喊过服侍的太监,问道:"阿房起来了吗?告诉她我想见她。"太监赶紧回答:"阿房一早起来就去花园了。"

嬴政也信步朝花园走去,他希望自己不要冒失地打扰了阿房,最好能够貌似巧合地相遇。嬴政一边想着心事一边走向花园。

赵高来到王宫时,听太监们说大王去了花园,他再一打听,知道嬴政去找阿房,心中窃窃发笑,他早就察觉嬴政对阿房有意思。赵高在宫院里徘徊几圈,突然心生一计,他思忖着,直接跟嬴政说太后与嫪毐的事,总觉得不妥,我何不先告诉阿房,让她把这件事透露给嬴政,不是更恰当吗?

　　阿房在花园中慢慢走着,看见嬴政匆匆而来,赶紧给他请安。嬴政不自然地看着阿房,半天才红着脸说:"这么巧,你也来散步。"阿房说:"大王您也起得很早啊!"嬴政说:"我要去早朝,不能起晚。"他使劲握握锦盒,感觉手心里全是汗水。阿房说:"我听说最近大王就要举行加冕冠礼,亲自主政了,我先祝贺您了。"嬴政还是不敢拿出锦盒,张望左右说道:"人都跑哪去了?"侍从们见大王跟阿房说话,离他们远远地站着。

　　赵高等了半天不见他们出来,有些不耐烦了,他对太监说:"大王就要早朝了,怎么还不出来?你去通报一下吧!就说我来了。"

　　嬴政没来得及送给阿房夜明珠,就听太监说赵高求见,他别过阿房匆忙出来了。嬴政见到赵高,询问他对于加冕冠礼的准备工作,赵高说一切都准备好了,尽管放心。嬴政又问朝廷上下对于亲政有什么看法,赵高说百姓们知道大王年长,都盼望您早日亲政,至于朝廷上,吕不韦近来深居简出,不大过问政事,好像把一切事务都交给嫪毐了。嬴政笑道:"嫪毐不足为虑!"嬴政把手中的锦盒递给赵高:"我刚才忘记送给阿房了,你替我给她送去吧!"赵高笑着答应:"大王尽管放心,我一定会完成任务的。"

　　赵高见到阿房后,借机告诉了阿房关于太后和嫪毐的事,赵高说:"大王为亲政准备多年,却没有料到嫪毐之事,如果嫪毐发难,情况将会非常危急,请您一定要提醒大王。"

　　阿房听说太后和嫪毐的事后,不敢大意,等嬴政退朝后,赶紧跟他说了,并且把赵高的话转告他,说嫪毐倚仗太后宠爱,日益扩大自己的势力,私自分封土地,赏赐手下人员,现在已经不容小觑了。

嬴政听说太后的事后,愤怒异常,他拍案而起,厉声喝道:"立即将嫪毐关押起来。"阿房赶紧劝说:"大王,加冕冠礼还有几天的时间,这个时候关押嫪毐不知道他的虚实情况,万一有不测就麻烦了,我看还是从长计议。"嬴政强压心头怒火,他召集来贴身侍卫做了详细的安排,只等到时机成熟就会缉拿嫪毐。

叛乱始末

四月里,春光明媚,秦王嬴政加冕冠礼就要到了。他突然提出去雍地看望太后,并且准备在雍地太后的身边举行加冕冠礼。自秦德公时,雍地就成了秦国都城,并且在此设立祭天神坛,秦穆公时,又在此设立宝夫人祠,年年岁岁拜天祭祖,逐渐演变成秦王室的传统。后来,秦迁都咸阳,历代秦王仍然不忘旧规,照常去雍地举行祭天仪式。

太后得到消息,慌乱成一团,她来这里两年了,两年来,竟然和嫪毐生下了两个儿子。两个孩子一个牙牙学语,一个还不会走。嬴政来到这里看到这种情形那还得了?

太后惊惶失措,急忙与嫪毐商量对策。两年来,嫪毐享尽荣华富贵,过着高人一等的生活,他可不愿意失去拥有的一切,一旦这一切被剥夺,自己活着还有什么意思。嫪毐是欲望的奴隶,也是钱财的奴隶。他听说嬴政要亲自来雍地,就对太后说:"一不做,二不休,事情既然已经败露,干脆除掉嬴政,另立我们的儿子为王吧!"太后吃惊地说:"那怎么行啊?嬴政也是我的儿子啊!"嫪毐说:"如果不除掉他,我们这么多人就都得死!"事已至此,太后后悔哪里还来得及!当初怎么就没有想到会有今天呢?短短两年的时间难道一切就都完了吗?

太后看着眼前两个年幼的儿子,横下心来说:"也只有听嫪毐你的了,嬴政智谋过人又有胆有识,恐怕你不是他的对手。"嫪毐说:"这两年来,朝中大事还不都是听我的,嬴政整日无所事事,什么也不懂,怕他做什么。"

两个人又谋划半日,太后将自己的印玺交给嫪毐,说:"你再想办法拿来嬴政的玉玺,两块玉玺可以调动京城四周的军队,到时候我们将嬴政住的地方包围,如果他不追究我们,我们也不要为难他。"面对生死存亡的搏斗,太后居然还想得这样天真,两虎相斗能谋求和解吗?

临行前,嬴政命大将王翦在咸阳阅兵三天,一是示威显强,二是欢庆相祝;又让桓齮带兵三万,驻扎岐山,以防不测。而后他带领侍从卫队,浩浩荡荡奔雍地而来,他头戴王冠,腰悬青铜宝剑,一身凛然。正是:傲气长虹贯日月,千古一帝独一人。嬴政所到之处,百姓们无不欢呼雀跃。年轻的君主就要举行仪式,亲临朝政了,这是全国上下的大事情,怎不让人心情激动呢?嬴政看到百姓们安居乐业,农田里一派欣欣向荣的景象,心情也高兴起来,他策马加鞭,飞驰奔向雍地。

太后将嬴政安排在一处行宫,然后亲自过来看望嬴政。太后说:"这么多日子不见你了,真想你啊!"嬴政说:"以后我会多来看望太后的,对了,听长信侯说您在这里生活不错,病也有了好转,我也很高兴。让长信侯来见我吧!"嫪毐已经带了太后印玺逃回咸阳了,哪里还在这里?太后支吾说:"长信侯回咸阳了。"嬴政假装奇怪地问:"他回去做什么?我还特意叮嘱他为我主持仪式呢！他走了可怎么办？"太后无言以对，沉默一会儿才说："好像遗漏了仪式用的物品，回去取了。"

嬴政心里明白，嫪毐已经回咸阳了，一定正在调集兵马准备攻打自己。嬴政立即命武功高强的侍卫追杀嫪毐；又令蒙武回咸阳，告诉昌平君嬴准和昌文君嬴和，负责咸阳城的安全，一旦有异常，即刻镇压；嬴政又命赵高带人回宫，保护玉玺，不可大意。安排好以后，嬴政安心住了下来，每日与太后游逛山水，品茗尝鲜，其乐融融。太后见嬴政毫不紧张，她的心里一会儿高兴，一会儿害怕，一会儿又痛苦难受，觉得时间仿佛凝固了、停滞了一样，让自己备受煎熬。

嫪毐回到咸阳，直接回到王宫，他要想办法偷玉玺。嬴政临行前，将后宫诸事交代给了阿房，特别叮嘱她，玉玺就在自己宫中，千万小心保护。嫪毐回宫后，直奔嬴政宫中盗取玉玺，阿房知道他来意不善，一开始与他巧妙周旋，后来嫪毐见时间紧迫，露出狰狞面目，逼死阿房，抢了玉玺夺门而去。后宫内院还不知道嫪毐叛乱，所以他得以顺利逃脱。

嫪毐抢了玉玺，命令心腹内史肆、佐弋竭二人调集一部分宫廷士卒，然后召集自己家的门客舍人和家仆，凑起一伙人来，准备去雍地攻打嬴政。昌平君和昌文君都是嬴政叔父辈的人，先王在时曾经厚待过他们，他们一直在朝中为相，得知嬴政传来密报，赶紧行动，将咸阳城的兵马掌握在自己手中。

夕阳如血，咸阳城内的街衢房屋顷刻间鲜亮起来，仿佛镀上了一层金色的薄膜，有人觉得好看，有人却说是太阳不肯下山，所以洒下了红色泪水。

很快天黑下来了，嫪毐带着一群乌合之众，走到街上，正碰上昌平君的巡逻人员，双方激烈地打斗起来。昌文君得到消息，命令军队前去支持，咸阳城内展开一场巷战。经过两个时辰的战斗，嫪毐的部队被打散了，昌平君命令士兵查点死伤人数，然后寻找嫪毐的下落。

嫪毐命令部队打了一会儿，发现自己的势力与对方太悬殊，根本无法抵抗，就开始撤退。他在几个贴身随从的保护下，趁着天黑偷偷溜走了。守城官吏不知道嫪毐叛乱，还以为他真的去雍地为秦王主持加冕冠礼，就放他出去了。嫪毐逃出城去，一路狂奔，自己也不知道该去什么地方，任由坐下骑朝着东方落荒而逃。

第三节　怒遣太后

赵姬的悔恨

夜已经很深了,白天还是春意融融,怎么一入夜就这么冷了,赵姬又披上一件外衣,她下意识地蜷缩身躯,仿佛这样可以温暖一些,不被外面凄冷阴森的凉风吹透。赵姬从嬴政那里回来前,嬴政跟她说了个笑话,说有个人过河,看到另一个人正在把一个小孩子往水里放,这个人就上前制止,说:"你把小孩放到水里做什么? 你不怕把他淹死吗?"没有想到那个人却振振有词,他说道:"孩子的父亲擅长游泳,是我们那个地方游得最好的人,他的孩子肯定也是游泳高手。"嬴政说完,开心得哈哈大笑,赵姬却感到毛骨悚然,她从来没有见嬴政这样放肆地大笑,难道他已经知道了嫪毐叛乱?

赵姬坐在床头难以入睡,嬴政来到后,一直没有责问自己与嫪毐的事,那么他到底知道还是不知道呢? 嫪毐回去盗取玉玺,成功了吗? 如果真的发生战斗,自己应该站在哪一方? 赵姬心头杂乱如麻,而那两个小孽障被藏在乳母家里,不知这几日过得可好。

赵姬战战兢兢不知所措的这个晚上,嫪毐战败逃走了。

第二天,咸阳城传来消息,嫪毐阴谋作乱被击败,叛乱已经

平定，请大王放心。赵姬在旁听到消息后，直挺挺昏了过去。等
到她苏醒过来，嬴政已经带领人马回咸阳了，留下几个侍女传达
对她的惩罚：大王说你身为太后不但淫乱宫闱，还串通情夫意欲
谋杀亲子篡夺王位，大王给你机会坦白你也不知悔改，实在是千
古以来最恶毒的女人，让天下人唾骂，罪不可赦。大王仁慈，念
你是亲生母亲，不能判你死罪，你就在这里待一辈子吧！永远也
别再回咸阳去了。

　　赵姬没有任何言语，她还能说什么？如果让她去死，她也会
毫不犹豫。前生冤孽还是今世情缘？赵姬欲哭无泪，欲死不能。
多少年前那个初识吕不韦的早晨，多少年之前那个嫁给子楚的
日子，恍然间如在隔世，子楚已经走了很多年了，自己先是他的
夫人，后是他的王后，一切似乎都说明自己与他是不可分割的
一体，可是两个人究竟一起生活了几个日月？有过多少句相
亲相爱的话语？子楚曾经那么的爱怜楚玉，却不能保护她的
生命，让她自杀而亡，这是自己的过错吗？也许应该早一点离
开的是我。荣华富贵，过眼烟云，我却一辈子都不舍得放弃，
招致杀身之祸。赵姬突然想起在赵国时他们母子居住过的小
小院落，日出而作，日落而息，清贫却安宁，困苦却心安，自得
其乐，悠闲度日。

　　赵姬安心住了下来，她想起嬴政讲的那个故事，父亲会游泳
儿子就一定会游泳吗？父亲和儿子不是一回事，母亲和儿子也
不是一回事，母亲落得如此下场，儿子却要走得更高，走得更远，
去实现他的帝王之业。

　　嬴政跟母亲不辞而别，回到咸阳不久，恰逢齐国使臣茅焦出
使秦国，他听说秦国内乱始末后，大胆进言："大王胸怀天下，秦

国更是以天下为己任，如今大王怒遣太后，让太后居住外地，不跟太后见面，这样的事情传扬出去，恐怕诸侯听了，会非议大王，认为秦国不可交，更加对秦国不利啊！"

嬴政怒遣太后后，心里也不痛快，可是身为君主，说出去的话怎么可以随便更改呢？现在听到茅焦如此说，立即接受他的劝谏，派人将赵姬接了回来。

赵姬没有想到嬴政还能原谅自己，她回到咸阳后，自动请求住在甘泉宫内，过着朴实简单、与世隔绝的日子，心底默默祝愿嬴政能够顺利平安。

阿房阿房

嬴政回宫后，看到阿房被害，痛哭失声，他没有想到自己刚刚喜欢上的一个女子竟然这样匆匆离去，连句离别的话语都没有留下。嬴政看着阿房大睁着双眼，仿佛怒视着嫪毐，不让他拿走秦王的玉玺，心生酸楚，她是为我而死啊！嬴政心里痛苦难耐，拔出宝剑在宫中狂舞，剑气飘零，好像要追随阿房的玉魂而去。"就让这宝剑的银光陪伴着你吧！那是我的衷心和义胆，是我的愧疚和思念，剑在我在，一路上不会让你寂寞。"想到此，阿房的倩影又在他的眼前浮现出来。

当时嫪毐回到王宫，直接去了嬴政的宫内，他总管后宫事宜，出入哪里都很随便，没有人敢阻挡他。嫪毐进去后，发现阿房坐在宫内，就讨好她说："你受到大王宠爱，将来就是王妃，恭喜你呀！"阿房说："那是将来的事，你现在祝贺什么？大王出去了，你要有事等他回来再说吧！"嫪毐见来软的不行，就沉下脸来说："我奉太后的命令回来取玉玺的，你赶紧让开，我自己去拿。"

阿房听了知道事情不妙，阻拦道："玉玺是大王的，你怎么能奉太后的命令来取呢？"嫪毐赶紧说："大王没有亲政，太后说了算，当然要听太后的。"阿房坚定地说："太后有太后的印玺，大王有大王的玉玺，这是大家都知道的道理，你如今这么说，我还是不明白。"

嫪毐跟阿房周旋了半天，见她毫不相让，于是恶狠狠地说："你以为大王宠爱你，你就了不起了，告诉你，大王也得听我的，你最好乖乖让开，要不然看我怎么收拾你。"

阿房并不畏惧，她望着嫪毐说："不管你怎么说，我都不会听你的。"

嫪毐看到这样拖下去不是办法，时间久了，如果让嬴政发现了破绽，那就彻底完蛋了。想到此，他拔出佩剑，指着阿房说："本来不想这么早就杀了你，你却活得不耐烦，还是早一点送你上路吧！"说着，剑锋刺向阿房的胸膛，热血喷涌而出，溅了一地，阿房怒视着嫪毐，慢慢倒了下去，她的手中至死还握着嬴政送给她的那颗夜明珠。

阿房早就喜欢嬴政，前几天得到嬴政送的夜明珠，欣喜万分，天天将珠子带在身边，仿佛时刻与心爱的人依偎在一起。一到夜里，阿房就拿出夜明珠，珠子发出灿烂光芒，照耀着宫内，阿房就觉得仿佛夜空璀璨的星斗照耀人间。在阿房的心里，嬴政也和这颗珠子一样，是照耀人间的瑰宝，嬴政年轻英俊，谋略胆识过人，他胸怀天下，气吞四海，将来一定能够统一全国，让百姓过上安定幸福的日子。

阿房聪明有智慧，她想如果嬴政喜欢我，我一定尽心辅助他，完成他的宏伟壮志，两个人比翼双飞是多么快乐的事情。阿房哪会料到事情出现这么大的变故,她没来得及与嬴政互表衷心、互诉衷肠,就香消玉殒了,幽魂一缕,哪里是自己的归属?此恨绵绵,又如何了断!

嬴政拿起阿房手中的夜明珠,它似乎因为主人的逝去而少了光彩,神情漠然,心情沉重。嬴政把夜明珠放在阿房的胸前,然后亲自将她安葬在王宫外不远处的一片土丘上,嬴政在阿房的墓前悄悄地说:"将来有一天我会为你修建一座华丽的宫殿。"

处理完阿房的丧事,嬴政传下旨意,活捉嫪毐者,奖赏一百万钱,杀死嫪毐者,奖赏五十万钱。嫪毐的恶行早就引起人们极大的不满,他叛乱未成还想逃走,但是能往哪里逃?人们齐心协力,很快就把他捉拿住了。

参与叛乱的人员也都受到了应有的惩罚,嬴政谈笑间平定了一场叛乱,不得不让朝廷上下对他刮目相看,平日里不问政事,无所事事的样子,关键时刻他却能果断出击,阻止叛乱,稳定朝纲,真是了不起。朝中大臣们纷纷称赞嬴政,祝贺他顺利亲政。

阿房宫部分复原图

在巩固权位的过程中,嬴政走向成熟,他听取李斯的建议,废除逐客令,广纳贤才,运筹帷幄,开始了平定六国、一统天下的宏伟大业。秦国固然强大,可是以一国之力对抗六国,这是多么艰巨的任务,嬴政究竟如何实现这个伟大的理想,采取哪些具有历史意义的重大措施,正是后世史学家最为关心的问题。

我们知道,嬴政对于历史发展起到了举足轻重的作用,这包括哪些方面呢? 在最后一章里,我们将全面解开这个历史秘密。

第十二章　掌控实权议谏逐客

第一节　大权收回

叛乱余波

嬴政亲政，太后、嫪毐被除，朝廷诸事就由嬴政一人说了算吗？这个时候人们忽然想起辅政大臣吕不韦，他是相国还是嬴政的"仲父"？曾经显赫一时，最近两年却被嫪毐抢尽了风头。人们哪里知道这是吕不韦退身自保的计策，所有的事情还不都是他策划的。

嬴政早就对吕不韦有所防范，不给他叛乱的机会，从嬴政十三岁继位，吕不韦独霸朝纲，到后来两个人明争暗斗，成蛟去世，吕不韦不得已采取韬晦之策，两个人何止是交过一次手。多年来嬴政最担心的就是吕不韦，他有勇有谋，手握大权，名声震天下，追随他的人非常多，要是他背叛秦国，振臂一呼应者云集，那还得了。嬴政多次忍气吞声与吕不韦周旋，可是他亲政前后，吕不韦却没有了动静，尤其是嫪毐叛乱，吕不韦始终没有发表他的看法，这究竟预示着什么？山雨欲来还是他甘心臣服？

听说吕不韦病了，经常不去上朝，嬴政传下旨意："我要亲自去看望相国。"嬴政的旨意刚刚下达，吕不韦就急急忙忙进宫见驾，他哭哭啼啼说自己年龄大了，力不从心，希望大王安排点简单的工作做。嬴政笑着说："相国辅佐两代秦王，功绩赫赫，怎么现在说出这样丧失斗志的话?"

吕不韦说:"大王,我确实是年龄大了,不能再担任相国一职,您要成全我呀!"

嬴政说:"相国先不忙辞职,我想请教一下你对于嫪毐一事的看法。"

吕不韦听了吓得汗水都流出来了,他说:"嫪毐谋乱犯上,理应重罚,大王做得很对。"

嬴政说:"可是我听说这件事情并不这么简单,好像背后还有人策划,相国认为谁会有这么大的胆子呢?"

吕不韦擦擦脸上的汗水,紧张地说:"我一定去查,一定去查,大王您说得很对。"

嬴政说:"相国一直有病,我已经派别人去查了,你在家安心养病吧!"

吕不韦知道嬴政已经怀疑自己与嫪毐一案有关,他心惊胆战地回到家中,望着从馆舍移栽过来的一棵常青树,叹道:"世上哪里有什么不老的树? 巧取名声而已。"

果然,没有多久审理结果出来了,吕不韦确实与嫪毐有关联,嬴政传旨,吕不韦罪责深重,念其辅佐先王忠心耿耿,不再处以重罚,暂且免去相国职位,发送回封地河南,去颐养天年吧!

追随过吕不韦的很多门客都为他可惜,认为都是因为嫪毐叛乱害了他,门客中一个年轻人却不这么认为,这个人叫李斯,他说:"没有嫪毐叛乱,大王也要制造其他的叛乱,没有叛乱,大王何以树立威信,将相国罢免呢?"吕不韦听说后,觉得这个年轻人不一样,就喊来单独谈话,他见李斯博览群书,富有才智,就说:"大王之志在天下,你们好好跟着大王,一定能施展你们的聪明才智。"李斯后来成了秦朝的开国丞相,为嬴政统一六国立下了汗马功劳。

吕不韦的最后一天

吕不韦回到河南封地有些日子了,他命人盖了一座精致的院落居住,院子里亭台楼阁、花池水榭、小桥流水,自然巧妙,美观大方。吕不韦每天起来在院子里浇花施肥,忙忙碌碌,却也非常开心,回想起自己惊心动魄的一生,能落得如此结局也算完美了。

吕不韦突然间由一位权倾天下的相国变成了一个安度晚年的老人,真是不可思议。没有人看出吕不韦对现在的遭遇有什么不满,他还是一副天天知足常乐的姿态。

嬴政派人打探吕不韦的消息,他们回来陈述所见所闻,嬴政听了直犯嘀咕,难道吕不韦真的没有斗志了?

赵高由于熟悉法令,善断诉讼,这个时候已经被提升为中车令,专门负责刑名法令事宜。他提醒嬴政说:"吕不韦老谋深算,不得不防。"赵高想起母亲的死,联想前后事,他已经推断母亲的死与吕不韦有关。吕不韦被罢免相位后,关于他与赵姬的流言飞语早已不是秘密,还有他与嫪毐的关系也被人描述得绘声绘色,所有这一切自然都逃不过赵高的耳朵和眼睛。

吕不韦罢相的消息传到各个诸侯国,众多的宾客门人纷纷前来看望吕不韦,他们有的表示安慰,有的表示惋惜,也有不少人暗地里打探吕不韦的内心想法,劝说他谋权夺位。

吕不韦望着来来往往的客人,听他们发表各自不同的意见,心里也是起伏澎湃。十几年来,吕不韦对于嬴政的认识比谁都深刻,年轻的嬴政非比常人,他怀有雄才大略却能够甘心听命于人，他善于抓住时机却不盲目出击，他故意忍让是为自己的日后大业做准备。

每天宾客来往不绝，吕不韦越来越担忧，如此下去必然引起嬴政和朝廷不满，固然自己没有野心，各种传言也会很快传遍四方。所以吕不韦总是一笑道："你们说我对秦国的功劳大，可是你们想过没有，如果没有秦国，哪有我吕不韦啊！信陵君听说国家有难，还赶紧回去帮忙，何况我呢？"可是宾客门人大多受过吕不韦的厚待，他们随着吕不韦倒台也失去各自的地位，心有不甘，再加上他们依附吕不韦多年，深知吕不韦足智多谋，勤勉能干。而嬴政年轻识浅，对于朝廷中诸事，多年来一直唯吕不韦是从，好像是任人摆布的傀儡，没有作为也看不出有进取之心，难道吕不韦真的甘心将朝中大政交还给他？

时光匆匆，吕不韦罢相快两年了，他的生日又到了。这天，家人、奴仆忙忙碌碌，准备酒席宴会，整个庄园人来人往，热闹非凡。各地来的宾客献上各式珍宝礼物以示庆贺。吕不韦微微笑着对他们一一感谢，请他们落座就席。

时值中午，生日筵席即将开始了，突然飞马来报，秦王的贺礼到了，诸位宾客齐声欢呼，站在路的两边夹道迎接使者，吕不韦整整衣袖转身进了屋里，人们高喊："大王的贺礼到了，相国快来迎接吧！"

过了半晌，吕不韦打扮整齐地走出屋门，他跪倒在地，口称"大王"迎接使者。

使者走上前，捧出秦王的御赐美酒，说："大王说相国一生操劳，功高盖世，生日之际，赏赐一杯薄酒以示祝贺。"然后又拿过一竹简书信，递给吕不韦说："这是大王给您的书信。"

　　吕不韦接过书信和御酒,微笑着请使者入座就席。使者也不客气,他带领一帮侍卫佩刀带剑坐了下来。

　　天快黑了,生日筵席才结束,众人散去。吕不韦送走他们,站在空落落的院子里,看着半阴半晴的天,忽然有一种恍若隔世的滋味涌上心间,仿佛一切都依稀熟悉,一切又都变得冷淡隔膜。他见家人还在奔走忙碌,忽地想起嬴政的书信,精神恍惚地迈着凌乱的步伐进了东边书房。

　　吕不韦接到书信和御酒,并没有着急看信也没有立即喝酒,他仿佛预感到了危险,但是面对满院宾客,吕不韦决定等到人散曲终,再看嬴政的来信。吕不韦内心忐忑不安,他觉得嬴政这封信也许会置自己于死地。

　　吕不韦想对了,宾客络绎不绝去拜访他,引起嬴政的关注。嬴政多次派人明察暗访,得知吕不韦的门客来自诸侯各国,其中心怀不轨者大有人在,嬴政犹豫了,吕不韦既然罢相还结交四方英杰,不得不防备啊!赵高趁机进谏说:"大王千万不要忘了嫪毐之乱,吕不韦图谋不轨之心人人皆知,他现在拉拢宾客,一旦有变将会引起天下大乱。"

　　嬴政亲政后,正在广纳人才,一心一意为自己的统一大业做准备,他考虑再三,做了一个重大决定,所以吕不韦生日当天,他派人送去御酒和书信。

　　吕不韦打开信,见上面赫然写着:君何功于秦?秦封河南,食十万户!君何亲于秦?号称仲父!其与家属徙处蜀!

　　见到短短几行字,吕不韦心里一片冰凉,知道自己的末日来到了,他讷讷地说:"大王仁慈,不赐我死,可是我还有什么颜面活在世上?"吕不韦终于清楚了,嬴政已经成功地掌管了秦国的

吕不韦之死

朝政,国家大事再也不需要自己了。秦国本来就是嬴政的,纵然有自己的谋划,可是嬴政怎么会因自己的功劳而放松对这个最大的政敌的防范呢?功高盖主,历来为君王所忌,嬴政不会甘心自己的光芒罩在他的头上。不管嬴政的身世如何,他现在是秦国王,秦国的统治者,他要为自己的国家和王位奋斗,这是政治斗争,不含有任何亲情或者其他因素。吕不韦想明白了,他端起酒杯一饮而尽,眼前一片蒙眬。吕不韦仿佛看到嬴政英姿勃发地指挥着将士们攻打六国,统一天下。这个以"奇货可居"起家,走上政治舞台,控制秦国十几年的人物,就这样走到了生命的尽头。

吕不韦饮酒自尽,奉命前来赐酒送信的使者回京复命,嬴政听说吕不韦自杀,沉默半晌,他下令说:"将他的家人迁往蜀地吧!"从此吕不韦的家人搬到了遥远的蜀地,他的势力在秦国彻底消失,嬴政真正地掌握了秦国政权,他雄心勃勃,开始为实现自己的理想做下一步的准备。

议谏逐客

嬴政高冠朝服坐在殿堂之上,陛阶下文武百官分列两旁,左右丞相站在最前面,整个大殿之内一派庄严肃穆。嬴政亲自主政以来,对官员制度进行了改革,为防止再次出现嫪毐叛乱、吕不韦专权的情况,他废除了总理朝政的相国一职,而是由左右两位丞相共同处理国事,直接对自己负责。左丞相是嬴非,右丞相是王绾。嬴非是王室宗亲,王绾原来是咸阳城的官吏,因为体恤百姓,秉公办事,深得民心,所以被破格提升为廷尉,后来升至丞相。

今日议事,右丞相王绾上奏嬴政,郑国渠马上就要竣工了。浩大的工程虽然耗费了巨大的财力、物力和人力,费时多年,但是百姓们看到郑国渠通水以后,解决了多年面临的干旱问题,都非常高兴。今年已经连续干旱两月有余,六七月份正是庄稼生长的关键时期,遭遇干旱,百姓心急如焚。正在这时,郑国渠建成放水,如同天降甘霖,庄稼能够浇上水,旱情缓解,丰收在望,百姓自然欢欣鼓舞。

嬴政听了也很满意,他说:"农为国之本,国家强盛,就可以考虑进一步发展了。"

朝臣中站出了大将军桓齮，他知道嬴政志在天下，现在内乱平息，国家稳定，正是出兵收复六国的时候了。桓齮说："我听说赵国用大将李牧，北定匈奴，东攻燕国，势力在一步步扩大，赵国与我国积怨很深，它们发展壮大，对我大秦非常不利。我国历代秦王励精图治，已经把秦国发展成为诸侯国中最强大的国家，现在国富民强，我们应该趁机出兵，防止诸侯各国反攻我们，威胁边防安全。"

桓齮的话正说到了嬴政的心里，他说："大将军说得很有道理，我们具体应该怎么做呢？"

这时朝臣中走出了左丞相嬴非，他施礼说道："大王，国内多有诸侯间的宾客说士，他们来自其他国家，名为辅助我国，实际上采取不同的策略削弱我国势力。吕不韦、嫪毐霸据朝纲多年，后来竟然要谋逆叛乱，令人痛心疾首；郑国名为帮助我国兴修水利，可是多年来耗费我无数财力、人力，韩国人都笑称我国中了他们的弱秦之计。现在看来，要想外服诸侯，国内必须采取清除策略，将来自诸侯各国的客卿赶出秦国，只剩下我们秦国人方能够团结一心，一致对外。"

出身秦国的大臣听了，都点头连声诺诺，表示同意这个说法；来自国外的大臣听了，都面露惊诧，不知道如何对答。

嬴政看着殿下文武大臣们的反应，说道："郑国修渠这件事，大家都看到它的效果了，即使是韩国人的阴谋，现在却为我国带来了巨大的利益，郑国就在殿外等候着呢！把他叫进来问问，看他怎么说。"

郑国走进来了，大臣们向他看去，只见他一身粗布衣服，满脸黝黑，身材并不高大，却很威严。郑国见过秦王，退到一边。

嬴政说:"韩国人用计消耗我国精力,让我们没有能力去攻打韩国。这件事情已经暴露了,你有什么话说?"

郑国不卑不亢地说:"记得当初,大王力排众议下令修渠,今天怎么又这么说呢?"

嬴政说:"大臣们不服,又提起这件事,你就说说你的看法吧!"

郑国转回头来,面对文武百官慷慨陈词:"你们已经知道这是韩国的阴谋,可是你们也已经看到渠道给秦国带来的好处,这是有利于秦国千秋万代的事情,你们怎么就不支持你们的大王呢?"

嬴非说道:"修渠有利于我国,这是大王决断英明,韩国欺人太甚,不可饶恕。"

嬴政说:"这件事情与郑国没有关系,你回去继续修渠吧!"他先命令郑国离开朝堂,然后继续说了自己对郑国渠一事的看法,认为韩国不足为虑。

嬴非说:"可是这些外来势力越来越强大,大王不可不虑啊!"这时,王室宗族成员们都上前支持嬴非,纷纷诉说诸侯间客卿都是为了各自国家的利益来到秦国,他们的目的不是为了壮大秦国,长此下去,会对秦国不利。

嬴政一时也没了主意,他问右丞相王绾对此事的看法,王绾说:"左丞相他们说得也有道理,而且朝中接二连三出现的事情也确实是这种情况。"

赵高已经做了中车府令,他上前说:"大王可曾记得当年张唐为什么不敢出使燕国?他多次与赵国交兵,害怕路过赵国时被人谋害。大王您想想,诸侯之间常年征战不断,彼此间相互防范,如果有人才他会不留在自己国内,而叫他辅助其他国家吗?"

嬴政点点头。是啊! 如果真是人才,自己的国家必定会重用他,如果是庸俗之辈,在秦国也没有什么用处,白白浪费秦国的钱财粮食,搞不好还会惹出事端。

武将中也有人上前说:"诸侯各国来秦的客卿,都是为了他们自己的国家奔走的,应该将他们统统赶走。"

朝廷上一片赶走外来客卿的声音,一些来自国外的朝臣低垂着头,躲在后面不敢说话。自从吕不韦倒台以后,秦国朝廷上下出身秦国的文臣武将占据优势,而来自各国的客卿们散的散,走的走,已经没有势力,也没有人占据朝中重要职务。

嬴政看到眼前的情景,说道:"传下令去,来自各国的宾客卿士,一律不得在秦国居留,三天之内,务必离开秦国。"历史上最著名的"逐客令"就这样下达了,朝臣们齐声称颂"大王英明",嬴政宣布退朝,他一边走向批阅奏章的宫殿,一边默默思索,这个决定正确吗? 似乎有不妥当的地方,可是一时又无法说得清楚。

太监们看见嬴政走来,赶紧忙着整理笔墨,准备茶水,还有一杆木秤。原来嬴政亲政以后,就为自己定了个规矩,每日批阅奏章不得少于一百二十斤,如果达不到这个标准绝不休息。当然很多时候批阅的奏章要远远超过这个数目。

李斯

逐客令一下,秦国上下一片忙碌的身影,多年来居留于秦国,以求发展的士子游客何其多! 春秋以来,诸侯分裂,大国之间为了争夺土地、人口和支配别国的权力,展开了争霸战争,适应社会变化的需要,许多人学习权变游说纵横之说,穿梭于诸侯之间,希望能够献计献策,取得诸侯国对自己的重用。他们往往投靠到各国的贵族王卿或者重臣家里,过着寄居的生活,等待机运来临。这种风气盛行之时,一个有名望权势的人家里可以收留几千门客,其景观不得不让人惊叹,像闻名于世的"四公子",他们每个人的家里都有三千多门客,秦国的吕不韦、嫪毐家中门客也是数千人之多,吕不韦还利用门客编纂了一本《吕氏春秋》,流传于世。当时秦国最为强大,更引起士子门客的关注,他们纷纷西来,打算在秦国施展抱负。

秦王下令逐客,不允许国内收留这些游客士子,而且要求他们尽快离开,不得延误,如果耽误行程,恐怕还有杀头之祸。士子游客来自五湖四海,本来胸怀一腔壮志,有人也做着升官发财的美梦,哪会想到,转眼间一切灰飞烟灭,被主人赶出门去! 被扫地出门的感觉确实不好受,有的人甚至嘤嘤而泣。别妻离子远离故土,来到偏远的秦国为的是什么? 他们不由得想起苏秦。苏秦可是这一行业的楷模,他是东周洛阳人,求学于鬼谷子先生,学业结束后,游说于诸侯各国多年,却没有丝毫建树,穷困潦倒回到家中,被兄弟姐妹、老婆孩子嗤笑,他们说:"你不安心农业,又不会做生意手工,以为凭你三寸不烂的舌头就能混口饭吃,现在后悔了吧?"苏秦并不服输,他把自己关到屋里,依然刻苦钻研他的学术,希望能够有所突破,后来他得到一本书——《阴符》,日夜苦读,一年后,他认为自己理解了书的全部要义,便再次离家出游诸侯间。这次出游,苏秦用六国联合抗秦的战略,得到各国重用,拜受六相国印,权倾一时,无人可与之比。他的成功事迹激励了一代又一代致力于此的人,他们羡慕苏秦的成功,也渴望自己能够取得像他一样的荣耀,实现梦想。可是现

头悬梁、锥刺股的苏秦

在,秦王逐客,梦想仿佛阳光下的残雪,瞬间就要消失殆尽了。

客卿们叹息悲观,收拾行李准备离开秦国,李斯也在这些人当中,他是楚国人,自然在被驱逐行列。李斯曾经是吕不韦的门客,现在官居长史。李斯虽然年轻,却富有心智,他小时候,家境贫寒,只好在家乡做一些为人打杂的工作养活自己。李斯比较勤快有眼力,对待事情也有自己的见解,很快得到他人赏识,被推荐到郡中做了一名小吏。李斯因此见到山外之山,天外之天,他见识了达官贵人,也看到了高大壮观的建筑,对此他产生了强烈的感想。

李斯负责郡中一座大粮仓,每年粮食丰收,收进仓库之后,李斯就比较忙碌,他不但要看管好粮仓,还要做一件重要的工作,就是消灭粮仓中的老鼠。粮仓中的老鼠数目多,个头大,毛色油光发亮,出入粮仓从容不迫。李斯想了很多办法对付它们,却收效不大。老鼠们早就把粮仓当成自己的家,而且习惯了人类对它的诛杀,一点也不害怕。赶赶不走,杀杀不绝,这可怎么办?李斯想来想去,赶进一只狗去吓唬老鼠。老鼠非常熟悉粮仓里的地形,看到狗追赶,纷纷沿着熟悉的道路逃回窝里去了,狗也奈何不了它们。

有一天,李斯去厕所,见到厕所里几只老鼠仓皇四逃,它们体形萎缩,毛发脏乱,令人不堪目睹,李斯回到粮仓后,感慨道:"同是老鼠,生活在粮仓里的过着富足的日子,不怕人灭、不怕狗追,而生活在厕所里的呢? 吃不饱、住不暖,过着肮脏贫贱的日子,见了人还要拼命逃窜。这是为什么呢? 难道仅仅因为它们所处的地方不一样吗?"李斯从这件事情上,看出生活的不公平,他下决心刻苦努力,一定要实现个人的理想,改变这种不公平的社会现象。后来李斯成为秦朝的开国丞相,帮助赢政统一天下,他提出了各种改革建议,例如郡县制、书同文、车同规等等,建立了比较完整的封建君主专制中央集权的国家制度,为后世历代封建王朝所采用。

李斯辞去小吏职务,拜师求学,他得知荀子"制天命而用之"的安邦治国学说,觉得非常切合实际,就跟随荀子学习。李斯学习相当刻苦,也很用心,老师指定的任务他每次完成得都很出色,在荀子的众多弟子中比较有名,他和韩国的韩非备受荀子看重,说:"你们两人将来都会很有作为。"李斯却很谦虚,每次都说自己不如韩非,韩非因此非常尊重他。韩非比李斯年龄大,又是韩国王室子弟,他学业结束后,提前回到自己的国家去了。

李斯学业结束后,拜别老师,荀子问他:"你打算到哪里施展你的才华?"

李斯说:"天下兼并分离已经多年,各个诸侯国被贵族王卿所控制,任人唯亲,不思进取,不求发展,他们为了各自的利益,无视天下发展大势,已经走到了穷途末路,我看他们没有多少前途。楚王不用大夫屈原，醉生梦死以求自安，灭亡就在眼前了。我看秦国多年来，励精图治，重用贤良之士，发展得非常快，如果能够辅佐秦国完成统一大业，我将会感到无限荣耀。"

荀子点点头说："你看得很透彻，分析得也不错，人类的智慧是无限的，如果能够掌握一定的自然规律，运用得当，将会前途无量。"

李斯轻装简从来到秦国，当时吕不韦辅政，他正在广招天下客，李斯就投到他的门下，并且很快就崭露头角，得到吕不韦推荐，做了一名郎官。

《谏逐客书》

有一次，嬴政命朝臣们讨论统一全国的问题，并且下令所有官员不论官职大小都可以议论，都可以直接上书秦王。嬴政看了李斯的一篇文章后，亲自召见了他，和他当面探讨，李斯说："要想成就大事业，必须留意细节，抓住时机，如果不能忍耐是成就不了大事业的。秦穆公成就霸业，却没有消灭诸侯，为什么呢？那个时候周室还没有衰竭，诸侯还相当强大，所以才有霸主轮流做的现象；秦孝公以来，周室衰竭不起作用了，秦国也强大得无人敢比，所以现在可以乘胜东进兼并六国。诸侯哪个不威服秦国？他们和秦国相比，好比是秦国治下的郡县而已。秦国强大，大王贤明，如果不趁机出击，完成统一大业，等到诸侯各国恢复元气，就是黄帝在世也无能为力了。"

嬴政认为李斯的意见非常正确，从此以后很看重他，经常与他讨论诸侯国之间的事情，并且提升他做了长史。

李斯为实现理想刚刚迈出了第一步，突然间就遇到这样的

事情,要被逐出秦国,他心情黯淡,不明白一向明智的嬴政为什么会做出这样的决定,难道他不再为自己的霸业考虑了?难道

李斯的书法

他也是一个昏庸无能的君主?李斯站在自己临时租住的一间小院落里,秋风吹落的片片树叶在他身旁飞舞飘扬,这是一个多风的秋季,每阵风吹过都让李斯感到心寒。他呆立了许久,随从李贵过来请示:"老爷,是不是该动身了?"动身?去哪里?楚国?李斯的心底凉凉的,他弯腰捡起一片半绿半黄的树叶,抬头看看树冠,说道:"树叶落了,明年还会长出新叶,我回去了,明年会回来吗?秦王放弃大业,还有机会吗?"李斯说到这里,命令李贵,打开行装,准备笔墨,他要上书秦王。

李斯回到屋内,铺开竹简,备好笔墨,稍一思索,下笔写道:

　　臣闻吏议逐客，窃以为过矣。昔穆公求士，西取由余于戎，东得百里奚于宛，迎蹇叔于宋，来丕豹，公孙支于晋。此五子者，不产于秦，而穆公用之，并国二十，遂霸西戎。孝公用商鞅之法，移风易俗，民以殷盛，国以富强，百姓乐用，诸侯亲服，获楚、魏之师，举地千里，至今治强。惠王用张仪之计，拔三川之地，西并巴蜀，北收上郡，南取汉中，包九夷，制鄢郢，东据成皋之险，割膏腴之壤，遂散六国之从，使之西面事秦，功施到今。昭王得范雎，废穰侯，逐华阳，强公室，杜私门，蚕食诸侯，使秦成帝业。此四君者，皆以客之功。由此观之，客何负于秦哉！向使四君却客而不内，疏士而不用，是使国无富利之实，而秦无强大之名也。

　　今陛下致昆山之玉，有随和之宝，垂明月之珠，服太阿之剑，乘纤离之马，建翠凤之旗，树灵鼍之鼓。此数宝者，秦不生一焉，而陛下说之，何也？必秦国之所生然后可，则是夜光之璧，不饰朝廷；犀象之器，不为玩好；郑卫之女，不充后宫；而骏马駃騠，不实外厩；江南金锡不为用；西蜀丹青不为采。所以饰后宫，充下陈，娱心意，说耳目者，必出于秦然后可，则是宛珠之簪，傅玑之耳，阿缟之衣，锦绣之饰，不进于前；而随俗雅化，佳冶窈窕，赵女不立于侧也。夫击瓮叩缶，弹筝搏髀，而歌呼呜呜快耳者，真秦之声也；郑卫桑间，韶虞武象者，异国之乐也。今弃击瓮叩缶而就郑卫，退弹筝而取韶虞，若是者何也？快意当前，适观而已矣。今取人则不然，不问可否，不论曲直，非秦者去，为客者逐，然则是所重者在乎色乐珠玉,而所轻者在乎民人也。此非所以跨海内、制诸侯之术也。

臣闻地广者粟多,国大者人众,兵强者士勇。是以泰山不让土壤,故能成其大;河海不择细流,故能就其深;王者不却众庶,故能明其德。是以地无四方,民无异国,四时充美,鬼神降福,此五帝三王之所以无敌也。今乃弃黔首以资敌国,却宾客以业诸侯,使天下之士退而不敢西向,裹足不入秦,此所谓藉寇兵而赍盗粮者也。

夫物不产于秦,可宝者多;士不产于秦,而愿忠者众。今逐客以资敌国,损民以益仇,内自虚而外树怨于诸侯,求国无危,不可得也。

洋洋洒洒数百字写完,李斯放下笔又仔细看了一遍,然后亲自带好书简,去找蒙武,蒙武现在是将军,官位不低,他和李斯有些交情。李斯见到蒙武,把竹简交给他说:"拜托你把此书上奏秦王,我明天就要走了。"两个人又说了一会儿话,李斯告别,回去做着离去的准备。

嬴政下完逐客令,已经两天了,他每天批阅奏章都要仔细看看有没有关于逐客的奏章,可是两天来,这样的奏章一份也没有!嬴政心里非常纳闷,对于逐客他至今也没有确定做得对还是不对。客卿们虽然来自国外,可是他们对秦国的贡献也不小,孝公时的商鞅,昭王时的范雎,他们为治理秦国立了很大的功劳。吕不韦、嫪毐图谋不轨,也是与他一步步斗争的结果,与众多客卿似乎关系不大。嬴政自亲政以来,第一次遇到这么棘手的问题,真要赶走客卿,秦国会不会越来越闭塞?秦国的统一大业还能实现吗?这是嬴政最关心的问题,可是朝廷上下有几个人明白他的心思呢?

第二天,蒙武将李斯的书简上奏给嬴政,嬴政接过之后,见是李斯的奏章,急忙阅读起来,他一口气读完,拍案而起,高声说:"这正是我等待的文章啊!差一点铸成大错!"嬴政火速下旨:撤销逐客令,所有国外来的客卿和以前一样,继续个人的工作,不必离开秦国了。逐客令一废除,众多客卿欢呼雀跃,他们口呼"大王英明",拥到王宫前,要求见秦王。

嬴政命蒙武,赶紧把李斯叫来,他要亲自和他谈话。

蒙武匆匆去找李斯,他的小院已经空了,房东说,他刚刚离开,也许还没有出咸阳。蒙武回去回复嬴政,嬴政说:"你立即去追李斯,同时传令各个关口注意,不要放走李斯。"

蒙武骑快马一路追寻而去。

李斯带着简单的行装和李贵乘坐一辆马车,慢悠悠踏上行程,李贵问:"老爷,我们是要回家吗?"

李斯说:"先去骊山,我想好了再决定去哪里。"

蒙武边走边打听,很快追上了李斯,他喊道:"大王有令,请你快快回去。"

李斯听到蒙武的喊声,站在车上大笑起来:"秦王果然英明,我的决定也没有错。"李贵看李斯大笑,以为他悲极而疯,慌忙抱住李斯:"老爷您要保重啊!"

李斯挣脱开,望着李贵说:"跟你也说不清楚,掉头,我们回去,这回保证你不用住在那个小院子里了。"

李斯回来后,得到嬴政重用,被提升为廷尉。

秦穆公求贤

　　王室宗亲们知道嬴政废除逐客令,非常不理解,纷纷来见秦王,嬴政知道他们的意图,拿出李斯的《谏逐客书》,然后问他们:"你们喜欢的女子可有外国的? 你们喜欢听的音乐可有外国的? 你们津津乐道的古玩珍宝可有外国的? 这些东西都来自外国,你们却觉得好,不舍得丢掉,为什么你们就不能容纳客卿呢? 地广所以粮多,国大所以人多。巍巍泰山为什么这么高大? 因为它能容纳每一寸土壤。浩浩大河为什么这么深远? 因为它能接受每一条细小的流水。称王的人不抛弃民众,才能表现出他的德行。所以,地不分东西,民不论国籍,一年四季都富裕丰足,鬼神也会来降福。这正是五帝、三王之所以无敌的原因啊！现在我们却要抛弃百姓以帮助敌国，拒绝宾客以壮大诸侯，使天下之士退出秦国而不敢往西，裹足不敢入秦，这和人们所说的'把粮食送给强盗，把武器借给敌人'有什么两样啊！"

众人听完嬴政的话，再读一读李斯的文章，都讷讷地说："大王真是明鉴啊！让我们这些粗俗的人也长了见识。"从此秦国上下再也不提逐客的事，外来客卿在秦国安居并安心为秦国效力。

李斯的《谏逐客书》，提醒了嬴政驱逐客卿是不正确的，嬴政听取李斯的意见，实时改正错误，避免了人才的大量流失，如此一来，秦国的客卿都得到应有的地位，施展各自的才华，为秦国强大、统一六国做出不可磨灭的贡献。嬴政虚心纳谏，不但挽留了人才，他好贤的名声也传播开来，这时许多人才蜂拥至秦国，其中一个人为嬴政实现理想作出了重大贡献。

第三节　大胆用人一统六国

礼贤下士识尉缭

尉缭是魏国大梁(今河南开封)人,大梁是魏国的都城,它南面是韩国,北面是赵国,东邻齐国,西边就是强大的秦国。尉缭是大梁官宦人家的子弟,他小时候家境败落,所以日子过得并不富裕。尉缭喜欢读书,研究纵横说士之学,有了一定的成就之后,年轻的他投奔到魏国公子无忌的门下。当年,魏王拜无忌为大将军,联合五国共同抗秦,结果秦国吃了多年以来未曾有过的一次败仗,大将军蒙骜弃军而逃。尉缭当时正是魏公子无忌的门客,参加了这次战役,并且为无忌出谋划策,立下了不少功绩。

无忌死后,他的门客也一哄而散,各人寻找门路去了。

尉缭先后去过齐国、赵国和楚国,发现各国国王都是贪图享乐、毫无志向的人,他们荒废国事,不求进取。各国国事被贵族王卿掌握,他们忌贤妒能,对于有才能的人只会打击报复,一点也不重用,导致国家衰败,百姓们生活艰难凄惨。

尉缭看到这些境况,心痛地离开一个个诸侯国,他感叹道,世上难道没有贤能的君主吗?

后来,尉缭经人推荐来到秦国,他听说秦王英明果断,招募贤才,就怀疑道:"君王见得多了,不知道这个君王是不是也徒有其名、好大喜功?"

这个秦王正是嬴政,他听从李斯的建议,废除逐客令,广招天下有才能的人。尉缭在这时来到秦国,并且见到了秦王嬴政。

尉缭见到嬴政后,见他如此年轻,举止言谈谦逊有礼,毫无帝王的样子,便不把他放在眼里,出入朝堂傲慢无礼,每次见到嬴政也是一副爱理不理的样子。

尉缭的举动引起朝中大臣们的强烈不满,他们纷纷上奏嬴政,有的说:"尉缭曾经辅助无忌打败过我国的军队,所以不把我们放在眼里,实在可恶,应该立即将他斩首。"有的说:"尉缭有什么才能,竟然对大王如此无礼,他客居我国反而如此嚣张,真是让人无法忍受,请大王下令惩罚他!"

嬴政见众人义愤填膺,大有不杀尉缭不罢休的架势,就说道:"你们可听说过文王访贤的故事?"大臣们点头唯唯应承,嬴政接着说:"文王在渭水边巧遇姜尚,交谈后发现他很有才能,懂得安邦定国的谋略,就亲自到他家里去请他,后来姜尚辅佐文王武王开拓疆土,建立帝业,这是多么了不起的人才啊!文王能够屈尊到民间亲自请姜尚,他才是真正的爱才啊!我现在足不出宫,反而要天下贤士来拜求我,是我做得不好,没有足够重视人才。"

嬴政没有生尉缭的气,而且更加尊重他,每次出宫都与他同乘一辆车,每次吃饭也与他一起吃,就连穿的衣服,嬴政也下令,他们两人的衣服一起做,用同样的布料。嬴政还把尉缭请到宫中,让他与自己同睡一榻,不管什么时间,两个人都能随便交谈说话。

有一次,尉缭生病了,不能进宫,嬴政听说后,亲自驾车去他家里看他,还让专门服侍自己的太医为尉缭诊病,并带去外夷进贡的上好药材。

相处几个月,尉缭见嬴政虽然年轻,却能勤勉自励,治理国家一丝不苟,而且心怀天下,志存高远,心中不免生出一番敬意。这正是自己苦苦追寻,并发誓为之效力的君主。他放弃了成见,打消了所有的顾虑,决定将自己思索多年的计谋和方略贡献出来,一心一意帮助嬴政实现理想,建立伟业。

巧用离间计

尉缭病好以后,立即进宫去见嬴政,他见到嬴政后,深施一礼,诚恳地说:"多日来,我傲慢大王,无视国内群臣,是我心胸狭窄,无知无识。今天来给大王赔礼认错了。"

嬴政急忙起身让座,说道:"先生太客气了,我久居深宫,不了解外面的礼仪,有什么得罪的地方,先生一定要指导我,也让我能够有进步。"

尉缭见嬴政仍然如此谦虚,惭愧地说:"我游历过几个国家,见过好几个君主,他们谁也比不上大王啊!他们目光短浅,胸无大志,不堪辅佐,难成大器。我来到秦国之前,对大王也有怀疑,认为你和他们一样都是王室后裔,生长在富贵乡里,从小无忧无虑,过着锦衣玉食的生活,不懂得国家社稷大事,所以见到大王后,多次

荷花

失礼,让大王见笑了。"

嬴政笑着说:"我听说南方有一种树,它结出的果子,各个都不一样,先生可曾听说过吗?"

尉缭赶紧说:"大王圣明,我真是孤陋寡闻,贻笑大方。我也读过韩非子先生的《说难》,竟然还犯其中的错误。"

嬴政说:"我也早听说过韩非子先生,不知道什么时候能够见到他,如能与他畅谈一席天下大事,何其快哉! 先生如有韩非的文章,一定要给我带来,让我也拜读拜读。"

尉缭见嬴政如此渴慕贤才,而且喜欢读书,再次施礼道:"大王让人佩服,我改日一定为大王带来韩非子先生的大作。今日我来是想与大王探讨诸侯国的事情。"

嬴政一听,赶紧说:"请先生快快赐教。"嬴政收回逐客令,坚定统一六国的信念后,多日来思虑的是如何能够快速又简捷地平定天下。自春秋至战国,先有五霸争夺天下,后有七雄互相残杀,几百年了,谁强谁弱,没有争出个你高我低,反而导致国破家亡,民不聊生。几百年来,发生过多少次战争无人能够数得清,究竟为什么总是此起彼伏,没有真正的霸主能够立足中原,一统天下呢? 个中因由,是嬴政常常思索的问题。

宫外,阳光灿烂,又是一年初夏美景良辰,嬴政与尉缭走出宫,他们边走边聊,不一会儿便来到后宫花园内。花园里,鸟语花香,树木葱茏郁郁,几个水池刚刚被打捞干净,荷叶碧绿透明,像打磨一新的玉器,微微崭露的荷苞亭亭玉立,一副跃跃欲放的样子。

嬴政和尉缭来到一座亭阁间,里面装饰得干净明亮,简单却不失庄严,案几上摆放着笔墨竹简。宫女早备好了茶水,清香的气味在亭间萦绕。两个人坐下后，嬴政说："先生，自春秋以来，几百年的时间里，诸侯之间争雄夺霸，却没有一个国家能够一统天下，这究竟是因为什么？"

尉缭坐直身躯，表情庄重地说："大王，诸侯之间互有抵消，此强彼弱，是因为各个国家都有自己的优势，一旦哪个国家很好地发挥自己的优势它就会强大。一旦这个国家强大，就会招来其他国家的防备，弱小国家自然结成同盟，希望共同抵抗强国，保存自己的势力。齐桓公时，秦晋修好，马陵之战，齐国与韩国又共同对付魏国，这样的事情不胜枚举啊！秦国自从用商鞅变法以来，国力壮大，经过历代秦王的巩固发展，已经是诸侯间最强大的国家了。"

嬴政说："秦国固然强大，攻城略地也取得了很多领土，可是许多诸侯也曾经像秦国一样强大，后来却慢慢衰弱了，这是什么原因？怎么样才能统一天下，使天下从此再也没有战争呢？"

尉缭说："大王为天下计，令人佩服。大王可曾记得晋文公？他雄霸天下多么不可一世，可是后来，基业不但没有稳固反而被韩、赵、魏三国瓜分了。也就是从那时起，秦国有机会东进，攻取东方各国。这是因为晋国分裂，没有那么强大的国势阻挡秦国东进了。由此看来，分裂对手，分散他们的精力，使他们彼此不能同心协力是取胜的关键。后来诸侯接受苏秦的建议，联合起来抗击秦国，所以再次阻止了秦国东进的步伐。"

嬴政点点头说："很有道理，与其对付一个强大的对手，不如将它拆散成多个弱小对手。"

尉缭说："魏国公子无忌，联合五国抗秦，结果秦军大败。后来有人离间魏王与无忌，无忌被罢将军印，不能再联合其他五国共同抗击我们,大王,最近秦军不是接二连三打败了魏国吗?"

嬴政说:"先生的意思是……"

尉缭说:"对,要想平定六国,必须拆散它们的联盟,一旦它们彼此不能相互帮助,秦军吞并哪一个诸侯都是很容易的事情。如此一来,天下大事可定。"

嬴政站起身,深施一礼道:"先生的一席话,使我恍然大悟,只有离间诸侯,才可以迅速彻底取得胜利啊!"

尉缭献上的离间诸侯大计,确实是古来少有的大计谋,与苏秦的联合六国相对应,令人扼腕感叹:春秋战国,造就了多少英雄豪杰,又产生出多少出其不意、纵横天下的战略战术啊! 真是江山代有才人出,一代更比一代强。

尉缭说:"要想离间诸侯,我已经想好了具体的操作办法,大王可愿闻其详?"

夜,已经很深了,月明星稀,万籁俱寂。嬴政和尉缭从亭阁走回书房,在书房里秘密私语,促膝长谈。宫女几次来奏请大王用膳,可是嬴政都拒绝了,他说:"一会儿我与先生一起吃。"

今晚月色微明,书房里点起好几盏烛灯,火光闪烁,照耀得房间内非常明亮。房间一角的案几上摆放着一大叠竹简,都是嬴政喜欢的书籍。

尉缭已经同嬴政详细述说了自己的计划,嬴政觉得非常可行。尉缭计划的大体意思是用重金贿赂各诸侯国掌权的大臣,离间他们之间的关系,进而拆散他们的联盟。

尉缭游历过多个诸侯国,他清楚地看到各国的实际情况,国事颓废,掌权大臣们有的贪图钱财,醉心于眼前的荣华富贵,无意振兴国家,富国强民;有的爱好虚名,独裁专权,利令智昏。能够从他们入手,必定是一项简单又有效的措施。贿赂诸侯重臣,一来分离诸侯间的关系,二来也可以瓦解君臣之间的关系,让他们不能同心对外,一举而两得。嬴政认为此计甚妙,拍案叫绝。

嬴政又询问各个国家及掌权大臣的具体情况,分析应该派哪些人员前往各国。天快亮的时候,尉缭说:"大王也该准备上朝了,我也该回家了。"嬴政送走尉缭,又仔细琢磨一会儿,他穿戴整齐,走上朝堂。

就这样,一个宏大而周密的离间计划,在嬴政的亲自指挥下,悄悄地在六国之间展开了。

通过离间计策,诸侯间的联盟被彻底破坏,各国不能互相照应,最终为秦国快速平定六国铺平了道路。

尉缭献离间计,立了大功,被封为国尉,掌握全国的军队。

大战在即

嬴政要平定的六个国家是赵国、韩国、魏国、燕国、楚国、齐国。赵、魏、韩是由晋国分裂而成,它们从北向南一字排开,正好位于秦国的东方,阻断秦国与齐国、燕国的直接交壤,楚国在韩国的南方,虽然与秦国为邻,但是位置比较偏远。

当时各诸侯国的情况各不一样,韩国国王昏庸,派郑国去秦国修渠就是他的一大败笔,不但没有拖垮秦国,反而壮大了秦国的经济,并且引起秦国人对韩国的极大不满,招致对韩国的仇恨,韩国已经濒临灭亡的境地,不堪一击。韩国所剩的唯一资本就是韩非,韩非著书立说,创立法家学说,并在韩国推广实践,为稳定韩国起到了一定的作用,为世人尊重。魏国自从不用无忌,国势衰弱,战斗力减弱,几次与秦军对阵,都是弃城丢甲,大败而走。而且魏国内已经没有良臣勇将,经不起秦国轻轻一击。

相对于韩、魏来说,赵国比较强大,国土面积大,人口众多,国家有一定的实力。近年来,赵王重用李牧,北攘匈奴,南略魏、韩的土地,国家呈现富庶景象。

燕国在赵国的东边,自古以来燕国地理位置偏僻,土地贫瘠,人口稀少,国家一直不算强大,不过燕国主张外修诸侯,中立和好,又凭借独特的地理优势,很少受到外部势力的干扰。

齐国在最东边,齐国地大物博,从齐桓公时,国家富有,百姓强悍,历经几百年,仍然是当时非常强大、不容小觑的强国。齐国与秦国中间隔着赵、魏、韩三国,并不接壤。

秦始皇统一中国

楚国是诸侯国中最南方的国家,吞并吴、越等国以后,成为南方最大的国家,也是一个强国。

赢政仔细揣摩六国形势,又多次与尉缭、李斯、桓齮等人探讨研究,在离间计的基础上,制定出"远交近攻"的战略方针,根据各个国家强弱、远近不同的情况采取不同的措施。李斯说:"齐国和燕国离秦国非常远,中间又有他国相隔,要想先对它们进行用兵,是不切实际的,应该先与齐燕修好,一来麻痹它们,让它们误以为秦国不会对它们用兵,二来秦国出兵赵、魏、韩,它们也不会派兵救援。六国联盟破解,各个击破,逐一消灭。秦国要想统一天下,必须先除掉赵、魏、韩三国,三国被除,秦国才有可能继续东进,平定齐国和燕国,并且南下灭楚国。"

赢政说:"昭襄王时,曾经用范雎的这个计策,远交近攻,取得很有效的成果。现在我们要继续运用,并且要更加灵活。诸侯国内政事变动,诸侯国之间相互关系都要随时注意,根据变化,随时采取相对的措施,这样才能立于不败之地,完成大业。"

尉缭说:"大王考虑得非常周密,战事变化不断,我们也要随机应变。"

赢政说:"根据计划,立即行动,使者出使各国,国内做好战争的准备。"

经过秦国君臣齐心努力,他们的离间计策和远交近攻的策略取得了有效的成果,诸侯之间在秦国重金贿赂、修好结盟等各种手段软硬兼施之下,联盟逐渐分裂瓦解。各国政权内部,由于君臣冲突,互生猜忌,有的陷入内乱之中,有的国事无人管理,自顾不暇,何谈拒秦。

赢政见时机成熟,下令开始征战诸侯,统一天下,一场精心准备、势在必得的大战拉开了帷幕。

　　此后的数十年里,在他的领导下,秦国日渐强大,灭六国、统天下,结束了春秋战国以来几百年的分裂局面,建立了中国历史上第一个统一的中央集权的封建王朝——秦朝。设置郡县,统一行政、文字、货币和度量衡,修筑长城和驰道,为两千年的封建社会的建立和形成,奠定了坚实的基础,起到了举足轻重的作用。

秦始皇　大事年表

公元前 259 年(秦昭襄王四十八年),出生。

正月生于赵都邯郸,名政,姓赵。后世称之为秦始皇。其父是秦孝文王之子异人,后改名为子楚,为秦庄襄王。其母赵姬,嬴政登基后为赵太后。

公元前 257 年(秦昭襄王五十年),3 岁。

父亲异人返回秦国。

武安君白起拒绝指挥邯郸之战,被赐死于杜邮。

赵、魏、楚三国联军,大破秦军于邯郸。自商鞅变法以来,90 年间,秦军第一次被重创。

公元前 251 年(秦昭襄王五十六年),9 岁。

秋,昭襄王卒,时年 75 岁。孝文王立。子楚立为太子。

嬴政跟随母亲赵姬归秦。

公元前 250 年(秦孝文王元年),10 岁。

孝文王除丧,十月继位三日卒,时年 54 岁。

子楚立为王,为庄襄王。

嬴政被秦国立为太子。

公元前 249 年(秦庄襄王元年),11 岁。

吕不韦为相国,封文信侯,食洛阳十万户。

公元前 247 年(秦庄襄王三年),13 岁。

秦将蒙骜攻魏、赵,取 37 城。秦将王龁攻上党,初置太原郡。

信陵君临危受命,返回魏国,亲率五国合纵之师拒秦于河内,蒙骜败走。信陵君率军追击至函谷关,撤退。信陵君二次击败秦军。

五月,庄襄王卒,时年 35 岁。

太子政立为王。

国事皆决于吕不韦,尊为"仲父"。

公元前 246 年(秦王政元年),14 岁。

秦王政批准始修建郑国渠。大约在同一年,吕不韦创作《吕氏春秋》。

公元前 243 年(秦王政四年),17 岁。

天下饥。百姓纳粟千石,拜爵一级。

魏安釐王圉卒,魏太子增质秦回国,立为王,为魏景愍王。

信陵君无忌病酒而卒。

公元前 241 年(秦王政六年),19 岁。

春申君率领五国合纵伐秦,秦出兵,五国罢兵。吕不韦相秦后,二次合纵攻秦。

公元前 240 年(秦王政七年),20 岁。

夏太后死,以周天子礼制独葬杜东。

公元前 239 年(秦王政八年),21 岁。

王弟长安君成蛟将军击赵,反死屯留,军吏皆斩死,迁其民于临洮。嫪毐封长信侯,予之山阳地,事无大小皆决于毐。以河西太原郡更为毐国。

《吕氏春秋》成书。

公元前 238 年（秦王政九年），22 岁。

四月，王冠，带剑。

嫪毐作乱，吕不韦、昌文君、昌平君发卒攻毐。平叛，嫪毐等主犯 20 多人枭首，车裂，灭其宗。涉案徙蜀 4 000 余家。

李园杀春申君黄歇。

公元前 237 年（秦王政十年），23 岁。

秦王亲迎赵太后于雍城，入咸阳复居甘泉宫。

郑国间谍案泄露，郑国说服秦王继续修渠。下逐客令，李斯上书，乃止。

公元前 235 年（秦王政十二年），25 岁。

秦王命文信侯吕不韦及其家属徙蜀，吕不韦饮鸩死。

公元前 232 年（秦王政十五年），28 岁。

燕太子丹为质于秦，秦王不礼，丹怒而逃归。

公元前 230 年（秦王政十七年），30 岁。

华阳太后卒。与孝文王合葬寿陵。

天下民大饥。

韩国灭。

公元前 228 年（秦王政十九年），32 岁。

秦王政母赵太后崩，与庄襄王合葬芷阳。

公元前 227 年（秦王政二十年），33 岁。

荆轲刺秦王。

公元前 223 年（秦王政二十四年），37 岁。

王翦、蒙武攻占楚地。

楚国灭。

公元前 222 年(秦王政二十五年),38 岁。

王贲攻燕辽东,得燕王喜,燕国灭。

还攻代,虏代王嘉,赵国灭,嘉被俘后自杀。

王翦平定荆江南地,降越君,置会稽郡。

公元前 221 年(秦始皇二十六年),39 岁。

齐王建不战而降。齐国灭。

六王毕,四海一。

秦始皇称始皇帝。分天下为 36 郡。统一法度衡石丈尺。车同轨,书同文。销天下兵器,徙天下豪富于咸阳 12 万户。

高渐离刺始皇,被诛杀。

公元前 220 年(秦始皇二十七年),40 岁。

始皇巡陇西,治驰道。

公元前 219 年(秦始皇二十八年),41 岁。

第一次大出巡。泰山封禅,峄山刻石,泰山刻石,琅琊台刻石。

遣齐人徐市出海求仙人。

南渡淮水,伐湘山树。

任嚣、屠睢率 50 万人攻岭南百越。

公元前 218 年(秦始皇二十九年),42 岁。

始皇东游,张良狙击始皇于博浪沙。

芝罘刻石。

公元前 216 年(秦始皇三十一年),44 岁。

微行咸阳,逢盗兰池,击杀盗。

公元前 215 年(秦始皇三十二年),45 岁。

出巡。碣石刻石。遣韩终、侯公、石生求仙人不死之药。

卢生入海还,奏录图书曰:"亡秦者胡也。"

蒙恬将30万人北击胡,掠取河南地。

同年,灵渠由史禄为总工,开凿成功通航。

公元前214年(秦始皇三十三年),46岁。

派蒙恬北逐匈奴,沿黄河修城塞44座,建县制。

平定百越,置桂林、象郡、南海郡。

公元前213年(秦始皇三十四年),47岁。

谪治狱吏不直者,筑长城及南越池。

李斯、淳于越廷议大辩论,始皇接受李斯建议,焚书。

公元前212年(秦始皇三十五年),48岁。

蒙恬监修九原直道。

修建阿房宫。征发隐宫徒刑者70余万人,分做阿房宫、骊山陵。

侯生、卢生求仙药不得而逃跑,且诽谤秦始皇,导致坑儒事件。

公元前211年(秦始皇三十六年),49岁。

陨石坠于东郡,有人刻"始皇死而地分"。派御史调查此事,尽取石旁居人诛之。

迁北河榆中三万家,拜爵一级。

公元前210年(秦始皇三十七年),50岁。

出巡。至云梦,祭祀舜帝。至会稽山,祭大禹,会稽刻石。

自琅琊出海至芝罘,亲自用连弩射杀巨鱼一条,意为与海神战。

至平原津而病,卒于沙丘平台。